周 建 新

著

STORIES OF WUJIAO- CHANG

五角场 的五只角

上海文艺出版社
Shanghai Literature & Art Publishing House

一位五角场人的真情倾述（序）

朱大建

　　本书作者周建新，长得斯文儒雅，聪明能干，是一位内行的企业管理者。他业余时间爱读书，爱写作，爱文学，有着一颗敏感温情的心灵。他在上海东北角的江湾五角场居住 30 多年，是一位新五角场人。他 1990 年考入位于五角场的空军政治学院，读书、留校工作、退役后创业，都在这片热土上。他是五角场发生脱胎换骨巨变的众多建设者、参与者、见证者之一。

　　这本书收录的 50 余篇非虚构纪实散文，大多曾在《解放日报》朝花副刊、《新民晚报》夜光杯副刊、上海作家协会主办《上海纪实》电子刊发表过。之前，我曾读过其中的部分篇章。这次，完整地读了全书清样，我真切地感受到，这些文章，是周建新敏感温情心灵里开出的朵朵鲜花，是他智慧眼睛观察考据的呕心沥血之作，是周建新几十年建立起的对五角场深厚情感的真情倾述。

　　作者在《侬好，五角场》等多篇文章中写到，唐朝时五角场是一片汪洋，唐末宋初逐渐由滩成陆，明朝时有了村落小镇。五角场的成形，始于 1927 年开始的"大上海计划"。征地 7000

亩，筑路，建楼，造房，形成了"蜘蛛结网"般由五条马路放射出去的道路格局，成为民国时期背靠租界建设的"新市区"雏形。这"蜘蛛结网"的道路，是著名水利专家沈怡先生等人一笔一笔"画"出来的。

作者在《一条隐秘而充满故事的小路》一文，写了"大上海计划总设计师"董大酉先生，率先在五角场建造了一栋私家小别墅，他领衔设计了市政府新厦、博物馆、图书馆、体育场等一批中西合璧的建筑。

作者探访了民府路上的"三十六宅"、政旦东路上的董大酉私宅、政通路赵无极家的老宅（现为五角场街道办事处办公房）等，作者感慨："政府官员白天在市府大厦上班，夜晚在三十六宅居住，上下班极为便捷……七八十年前，这里是高档时髦的住宅区，也是上海滩最著名的社交地之一，家家户户都有小汽车，红顶，黄墙，镂空竹篱笆，独立车库。小洋楼的楼下会客厅高朋满座，楼上有主人的卧室书房，可以想象那是何等的高贵华丽之地。"

八·一三抗战，日军从虬江码头登陆，一路烧杀，五角场成了日军的军营、机关、据点、侨民民居。抗战胜利后，市政府搬回老市区，五角场成了"下只角"。从 1927 年至今，不过 90 多年历史，几起几落，五角场已从尘土飞扬房屋破旧的市郊"下只角"，变成高楼林立商业繁华的城市副中心"上只角"。

作者在《侬好，五角场》《熠熠生辉的彩蛋》等文章中写到，进入新世纪以后，既是中环线建设的需要，也为了提升市级副中心品质和档次，五角场商圈几乎被推平重建，原先老旧低矮的建筑一律被拆除，一座座高楼拔地而起，万达商业广场、百联又一城、东方商厦、苏宁电器商厦等商业巨头先后开业，霓虹闪烁，五光十色。环岛上空架起一座形似飞碟的钢铁彩蛋，是视觉艺术家陈逸飞生前设计的最后一件雕塑作品《科技之门》。下沉式广场熙熙攘攘，地下还有地铁、隧道，形成地面、地下、空中立体交通网络。

这本书中的文章，细致地记录描绘了五角场 90 余年的巨变，有些文章，是作者曾亲眼看到和亲身经历的人和事，心灵受到震撼有感而发；有些文章是在收集资料查阅文献的基础上再去踏勘现场，看今忆旧，夹叙夹议，抒发心中感想。比如，在邯郸路近国福路，作者联想到《共产党宣言》翻译者陈望道先生，在翔殷路海研所门口，作者联想到敬爱的周总理在此脱下自己的手表，一边看秒针，一边数着潜水员的脉搏。在共青森林公园，当时被称作"共青苗圃"，担任团中央书记的胡耀邦同志，曾亲自到这座苗圃召开现场会，还带头亲手栽种了一棵果树苗。路过苏宁易购广场，作者想起了与自己共度两年军校生活的同学们。他写翔鹰电影院、朝阳百货公司、邮局、新华书店等等，纪实叙事，既回顾五角场曾经发生过的历史场景，也着眼当下寻常人家的烟火生活，大多是作者对往事的回忆、人物及事件的记录，从而引发对生命的感悟，引发读者的共鸣。

这本书的多篇文章，写到很多文化名人在五角场的生活。1935 年 10 月，文学巨匠茅盾携女儿沈霞（14 岁）、儿子沈霜（12 岁）两次去江湾体育场观看体育比赛。复旦大学历史地理教授谭其骧平时都要"去五角场转一转"，文史教授贾植芳时常陪夫人去五角场散步，"洗澡理发"，"修鞋"，"修钟表"，"配中药"，"银行存款"，订阅报刊，邮寄书稿。中文系教授吴中杰在五十年代时，每周要到五角场去泡一次澡，"只要在中午刚开门时进去，浴水还是很清的。"作家梁晓声在复旦求学时，到五角场去吃阳春面。作家龚静在复旦读书时去五角场买蝴蝶酥。这些文字让人感到亲切有趣有生活气息。

这本书有浓郁的书卷味，也有着市井烟火气。作者在《五角场的美食》等多篇文章中写到美食：蓝天大肉包，三黄鸡，酱棒骨，小馄饨，茶叶蛋，舟山小海鲜，桐乡小锅面，西北狼烧烤，潮州府砂锅粥与涮羊肉火锅。作者是浙江桐乡人，找到一个小饭馆做的蛋炒饭，是将调匀的鸡蛋在饭粒中同炒，放些猪油和酱油，很像作者奶奶的炒法，吃出了童年故乡的味道。作者的妻子喜欢吃被上海人叫做"包脚布"的煎饼果子，在一块烧烫铁板上，摊开放了鸡蛋的煎饼，再放上酱料、葱花，裹上半截油条。这是一对来自山东的双胞胎老姐妹卖的早餐。

这些在作者的肚子里酝酿发酵了很多年的人物故事、生动细节，作者用有个性有灵魂的质朴文字表达出来，就显示出健旺的生命力，有着吸引人心打动人心的力量。作者在《老别墅的岁月尘烟》《我在五角场 Citywalk》中写到了自己的父母妻子女儿，显露出作者的内心对亲人的深切情感。作者追思父亲时写道："在修建合生汇的五六年间，翔殷路黄兴路围着长长的围墙，里面是个大工地。有一位老人几乎每天坐在围墙外的花坛边，看来来往往的人，每当有人问路，问公交站点，他就会站起来热心地介绍，还会为他们引路。"这位老人就是作者的父亲。作者每到这个转角处，就会想起父亲。作者还在陈旧的相册里，找到一张旧照片，照片是年轻的妻子拍的。"照片上有母亲、女儿和我，女儿手上拿着一束金灿灿的油菜花，新鲜的花朵还散发着早春的芬芳。"作者联想到，如今母亲走了近二十年，自己慢慢变老，女儿长大成人。生命是一个不可逆的过程，人生就是由无数个这样的瞬间构成。回首往事，作者感慨万千："原来我们需要的幸福，只是那么简单。"读到这里，读者自然而然地会产生共情。

2021年，我和复旦大学才女李元红老师共同介绍本书作者加入上海市作家协会，才三年时间，周建新埋头创作，就捧出这本叙述五角场前世今生的非虚构纪实散文集，不由得让人欣喜地眼睛一亮。

我在本文开头说过，这本书是作者周建新在五角场居住三十余年的真情倾述，是心灵里开出的朵朵鲜花，说的都是心里话，抒的都是真感情，这样珍贵的倾诉，值得我们认真地倾听，阅读。

2024 年 6 月 7 日

（作者朱大建先生系著名散文作家、上海市作家协会理事兼散文报告文学委员会主任、《上海纪实》主编）

上世纪八十年代末的五角场

第五辑　我在五角场 City walk

第一辑　穿越五角场的『黑旋风』

生活在五角场的人们是幸运的、幸福的；见证了这个时代的变迁、拥有这份回忆的人们更是幸运的、幸福的。

——摘自《侬好，五角场》

一个古老的民间传说

早先，五角场是一片汪洋大海，大约在唐末宋初时期开始积淤成陆，原先自太湖流向东海的吴淞江，经改道下游成了如今的苏州河，原来的下游逐渐形成了两条河，一条是虬江，另一条是走马塘。这两条河流从现在的复旦校园分叉，一南一北，至包头路附近汇合，流入黄浦江。人们把这两条河流围成的沙丘，称作"圆沙"。"圆沙"的中间有一条贯穿东西的小河，被称作圆沙浜，后改为浣纱浜。浣纱浜河畔有一座土地庙，叫做圆沙寺，至今在安波路上还存有其遗迹。先民们在此耕地种田，纺纱织布，繁衍生息。在当地民间，流传着这样一个曲折动人的神话故事。

在很久以前，东海的海岸线在今天逸仙路一带，五角场地区还处在一片浩瀚之中。相传东海龙王残暴无比，常常横施淫威、兴风作浪，使沿海土地上的广大百姓饱受洪涝之苦。宋朝景德皇帝得知灾情后，动了恻隐之心，一面拨款赈灾，一面下了一道圣旨，在今江湾镇万安路东首（现文化花园小区附近），建造了一座名为景德观的道观，坐西朝东，面朝大海。凡逢年过节，乡民们以全牛、全猪、全羊供奉龙王，祈求赐福，以庇佑百姓平安。岂料龙王爷毫不领情，依然肆虐成性。

有一年，地藏王周游来到此地，见此情景，心中好不气愤，便令地方土地公请精卫来填海，想要再造一片陆地，把海岸线向东推出50里。土地公奉命圈出了一块土地，大致从现在的新江湾城军工路以南、走马塘以北、黄浦江以西这一地区，请精卫衔来木条、石块、泥沙，从此前的西海岸起始，一尺一寸地向东方填埋。精卫是一种最有恒心、最有灵性的鸟，经过寒来暑往的不断劳作，不知多少年以后，终于达成了再造50里地的愿望。此前常年受灾、无家可归的乡民，陆续来到这块新大陆。他们在这里搭棚建屋、修篱种菊、精耕细作，有的还到海边结网捕鱼，过起了男耕女织的安定日子。

然而，东海龙王不乐意了。他想把这片新大陆吞入东海，利用海潮倒灌，兴风作浪，搅得这块新生的土地泥沙四溅，寸草不生，每年还有大批老幼百姓被海浪卷走，葬身鱼腹。到了明朝正德年间，有一位名叫殷清（字西溪）的九品官员，立志要为这方百姓消灾弭祸。他辞去了官职，在这块新陆地的沿江地段，建造了一排东西长一里多的房屋，供灾民居住；又购来粮食六千石、衣服上万件，接济灾民。自此以后凡遇灾情，殷先生就开仓济贫，依靠他救济而活命的乡民不计其数。逐渐在此形成了一条由40多家商铺组成的街，即殷行镇。殷清死后，乡民们为了纪念他的功德，在镇后垒土成山，叫做"依仁山"，并在山上为他修筑了坟墓，塑造了雕像，让子孙后代不忘他的恩德。后来，殷清化作了这一带的土地神，继续济世安民。面对龙王的横暴，他与景德观（当时已改作东岳庙）供奉的七位神明一同商议扼制龙王施虐的良策。这七位神明是万历皇帝敕封的唐宋时期著名的忠义之士，分别是：东岳左丞相刘韐，抗金名将蕲王韩世忠、李若水、刘锜，唐朝平息安史之乱名臣张巡、许远，还有因不屈于元朝而投海的宋朝末代皇帝赵昺。他们说，若他在陆地作恶，神明们可仗义制恶，稳操胜券；但龙王身居海陆两地，若他在海里施威，我等便无力抵御。怎么办呢？

这时殷土地想到了一个计策，他说："吾生前与几位好友为装点新陆地的美景，分别在殷行镇、朱家宅、张家宅、浣纱浜等地栽种了七棵银杏树，经历了上百年的风风雨雨，它们依然根深叶茂，由此可见这些银杏树不惧残暴。各路神明何不各选一棵银杏作为替身，助银杏向上生长，以至枝叶繁茂，连成一片天罗；向下扎根，以至盘根错节，联结成一片地网。如此天罗地网定能使得海潮冲不垮，地煞震不开。"

于是，各路神明心领神会，各自化作了金龙、赤龙、黄龙、青龙、蓝龙、白龙、黑龙等七条龙，分别附于七棵树身。果然，他们大显身手，与东海龙王决斗了上百年，最终保住了这片陆地，保佑了这方百姓的安宁。

如今，传说中的这七棵银杏树，其中有两棵毁于民国时军阀卢永祥之手，被砍去修筑工事；有两棵连同殷行古镇，一并被侵华日军修建江湾机场时铲除；还有两棵在国民党军队撤退前被砍伐作路障。唯有浣纱浜这一棵（现安波路浣纱浜菜市场旁），历经了数百年雨雪风霜之后，仍旧苍劲挺拔，生机勃勃，枝繁叶茂，成为五角场这块新陆地的象征和城乡日新月异变化的见证者。而此后，五角场的兴衰荣辱，皆在它的见证下发生，我们与五角场的不解之缘也缓缓拉开了序幕……

（本文参考《宝山县志》《五角场镇志》等相关书籍）

写于 2020 年 7 月初

拜访安波路上的古银杏

一个初夏的午后，我独自去拜访五角场最古老的历史见证者——一棵古老的银杏树。我越过国定东路，步履轻盈地行走在安波路上，微风吹拂着我的面颊，碎片状的云彩飘浮在空中，太阳在云中穿行，天空也像我的心情一般，格外明媚、舒畅。有一只可爱的白色蝴蝶，绕着我的身子飞舞，或左或右，忽高忽低，跟随我行走了数十米远。我忽然觉得，自己不像去观望某一棵树，倒更像是去拜访一位久负盛名的长者。

几天前，老友薛增兄与我喝茶叙旧，我们欣喜地聊着杨浦这几年翻天覆地的变化。薛增先生是杨浦区城市规划的"老法师"，曾担任建筑管理科长多年，经手新建或改建的工程项目不计其数，亲眼目睹一幢幢高楼雨后春笋般拔地而起。他告诉我，五角场的历史，最古老的证物就是安波路上的一棵古银杏树。我查阅了 1995 年编写的《杨浦区志》，上面记载："银杏古树在今翔殷路 791 弄，明朝神宗万历年间栽种，迄今已有 400 余年树龄。"20 世纪初期，五角场为江湾地区的偏僻农村。在过去的 100 年间，江湾五角场改天换地，尤其是最近三十年，城乡面貌再一次华丽转身，成为大上海东北角一颗璀璨的明珠。这棵生长在距离五角场核心区不足 1 公里的银杏树，无疑是一个有着最鲜活生命力的证物。在这之前，我通过朋友介绍新结识了一位从事内衣经销的陈雁先生，他童年和青少年一直生活在浣纱浜，直到被动迁到翔殷路上的一个小区。他告诉我，三四十年以前，这里依旧是一片农田和村子，这棵大树是方圆数里范围内的一个重要标志，那里留下了他许多童年的回忆。

这条安波路，是与翔殷路相平行的一条支路，整条道路由填埋的浣纱浜而修筑。浣纱浜原名"圆沙浜"，因虬江与走马塘合围而成的土地叫圆沙，其上的河浜便被称作圆沙浜。后来，这一带盛产棉花，家庭纺织业发达，常有人在圆沙浜里洗布，就有人将它改成了这个风雅的名字。而给这条道路起名"安波"，有两种说法：一说是因东北辽宁某地名，符合杨浦道路命名的规律，附近就有营口路、双阳路、佳木斯路等等；另一说隐含安波息浪之意，或许是巧合，或许两者皆有。

我自西向东行走。走过一段透视围栏，我见院内长着一株大柳树，树龄也该有百年以上，底部分叉成两枝树干，树冠郁郁葱葱。这棵树，当年应该就在浣纱浜依水而生，倒垂的枝叶曾经亲吻过清澈的河水……忽然间，那只蝴蝶又在我身边翻飞起舞，恍惚中我仿佛穿越到了一百年前的乡村，自己正独自划着一只小舟，行进在碧波荡漾的浣纱浜上。小河两岸绿荫如盖，杨柳依依，金黄色的枇杷把果树压弯了腰，火红的石榴花在绿丛里若隐若现。远处田野麦浪滚滚，棉花吐絮；附近村舍炊烟袅袅，鸡鸣犬吠，杨柳枝头喜鹊喳喳叫。河畔有三三两两的女子，正嬉笑着浣纱，一群光腚赤身的村童，在河水里嬉戏，前方木桥上有穿越小河的水牛与农人……我远远地望见了那棵大树，飘然来到它的面前。但见这棵大树，高大挺拔，直冲云霄。主干粗壮笔直，树身纹理清晰。仰头望去，翠绿的树叶似一团绿色的云朵，正围绕在这高大巨人的顶部，充满了勃勃生机。

大树底下有一旧式菜场，不断有人影在里面晃动。有个中年女子在外面地摊旁叫卖，一张塑料布上摆着一些青菜、红薯、毛豆之类。菜场北侧是个住宅小区，门内有数排六七层高的居民楼。不难发现，大树的顶部已远远高出这几栋居民楼顶。这会儿从大树下经过的人，以老年人居多，或步行或推着车，也有牵着一条小狗的，偶然有快递小哥骑助动车匆匆掠过。一位戴眼镜的老先生，推着婴儿车，唱着："宝贝，小宝贝，快快长大呀！"此情此景，似一幅充满人间烟火气的市井风俗画。

我正仰头观望，白色蝴蝶又在我身边蹁跹飞舞，或左或右，忽高忽低，不一会儿，它缓缓飞向上空，消失在树丛中。"每一只蝴蝶都是从前一朵花的灵魂，回来寻找它自己"——不记得是谁说过这句话。我正寻思着，回头看到一位外貌敦厚的老先生立于古树前，他面朝大树，双手合十，虔诚地拜了几下。我站在他身后，自言自语："这棵大树有些年头了吧？"他转过身，朝我笑了笑，我迎上去，与他攀谈起来。他姓贺，从杨浦一家国企单位退休，家住不远的民星路上。每天骑车去黄兴公园锻炼，回来时常常绕到此地，停下来在大树下歇一歇，看一看。贺先生很热情，给我介绍："这棵大树已经四五百岁了，长势依然旺盛。"他告诉我，传说这棵大树，是一条巨龙，非常有灵性。每逢农历初一、十五，附近许多年长的居民，都会来这里烧香，祈求平安。

"我等你叶变黄，你看我正变老。"一代又一代人，曾经生活在它的周围，他们站在这棵大树下，看枝头发芽，听风吹树叶哗哗响；望落叶飘飘，满地金黄。一棵银杏树，不仅见证了这方土地上先民们昔日的艰辛与苦难，更见证了现今城市建设的辉煌与荣光。

写于 2020 年 5 月 25 日

穿越五角场的"黑旋风"

前段时间，我无意间翻到一篇题为《黑旋风》的短篇小说，小说的内容是反映上海普通平民的生活，故事情节较为简单，文句有些生涩，字里行间还读出久远的年代感，作者穆时英先生于我是一个十分陌生的名字。然而，我一口气读完了这篇小说。吸引我读下去的并不是故事本身，而是小说中接连不断出现的"五角场"这个地名。五角场是我的第二故乡，我在这儿生活了三十多年，关于发生在五角场的故事，我都饶有兴味。

故事发生在旧时一个叫五角场的小镇，被人称为"小上海"。镇上有茶馆、餐馆和"影戏院"。镇区"中间是一片草地"，电车、公共汽车绕着草地行驶，周边到处挤满了人力车和脚踏车。镇上玩意儿很多，有"买解的"，有"瞧西洋镜的"，特别是到了下午三点钟以后，简直是"挤不开的人"，有"走路的"，有"坐小车的"，成群结队的来，还有"镇末大学"里的学生们也出来"蹓弯儿"——此情此景，似有"往日重现"的感觉。

如今的五角场依然是一个熙攘繁盛的地方，五条马路指向一片圆形的中央草地（现在的"彩蛋广场"），正如小说所言的"中间是一片草地"，汽车绕着它行驶，周边也布满了各种各样的商店。上世纪八九十年代时，十多条公交线的车站集中在环岛周边，马路上常常人头攒动，川流不息。尤其每天上下班高峰，更是车水马龙，拥挤不堪，嘈杂之声不绝于耳。正如小说中所描述的"穿龙灯似的，擦过来，挨过去，一不留神，你踹了我的脚尖，我踏了你的后跟，他碰了她的髻儿，她撞了他一个满怀"。不过，小说里的五角场被称作"小上海"，我倒是感觉新鲜。民国政府曾在五角场建设"大上海"，因此这一地区曾被叫做"新市区"。由于远离市中心，生活在五角场的人们，将去市里常常说成"到上海去"，这"到上海去"的说法，与小说里如出一辙。如此说来，把五角场称作"小上海"也是妥帖的。据《五角场镇志》记载，自 1946 年抗战结束后，镇上陆续开设了百货店、粮油店、餐馆、理发店和浴室，最早的电影院是租用军大礼堂的电影放映站，直到 1983 年 10 月才有了翔鹰电影院。至于"买解的"和"瞧西洋镜的"，似乎是很早的事了。"买解"是指耍把戏，它与瞧西洋镜之类的民间娱乐项目，已于解放后陆续退出历史舞台，可见这个故事发生的时间已经很久远了。

文中说到的"镇末大学"，首先让人想到著名的复旦大学。早在五角场形成之前的 1922 年，复旦大学就从市区迁来这里，今年恰好是该校迁址 100 周年。解放后，五角场陆续迁入或新成立诸如同济大学、财经学院、体育学院、轻工业专科学校和第二教育学院等等一大批大专院校，还有第二军医大学和空军政治学院两所军校，可见五角场俨然就是上海最早形成的大学城。放学后，来五角场"遛弯儿"的大学生可多了，难怪作家梁晓声曾说："复旦就是五角场，五角场就是复旦。"上世纪七十年代他曾在复旦读书，在他的印象里，复旦与五角场是不可分割的。想必其他院校的同学也有类似的感受，我在空军政治学院读书与工作时，与五角场仅一墙之隔，院墙内外，难分难解。

《黑旋风》中有一条河流贯穿五角场小镇。自古江南小镇，都是傍水而建，几乎每个古镇都有一条属于自己的小河。五角场也有一条被称作虬江的小河，呈东西向横穿镇区。虬江原本是吴淞江的下游，江面曾经宽达数百米。由于淤泥阻塞，明朝时吴淞江下游（今苏州河）改道，在此地留下一段支流，因其弯弯曲曲形如虬状，故得此名。虬江在复旦校园内与走马塘分流，途经江湾体育场、第二军医大学、沈家行（今莱茵半岛小区），在佳木斯路附近再次与走马塘汇合后，从虬江码头处流入黄浦江。在上世纪三十年代以前，当地居民饮用、洗涤以及农田灌溉，都依赖虬江，物资运输也靠河流中来往的船只。可以这样说，是虬江孕育了五角场这片土地。

小说中还描述了一座大学附近的"大花园"，这让我首先想起复旦大学附近的叶家花园（政民路 507 号）。叶家花园建成于 1923 年春天，由江湾跑马厅老板叶贻铨建造，原是为赛马赌客提供的休息娱乐场所，一度也曾对外开放。"八·一三"淞沪抗战期间，抗日名将张治中曾在院内一凉亭指挥中国军队英勇作战，日军占领时期，侵华日军首领冈村宁次与土肥原贤二曾盘踞于此，后作为特务机关驻地。如今花园归上海肺科医院，园里亭台楼阁，有数十棵龙柏、香樟等百年树龄古树，浓荫覆盖，是五角场目前隐于繁华闹市的唯一一座古园林。当然，离环岛不远处还有一座三十年代昙花一现的市立第一公园。这座公园是当年

"大上海计划"的配套园林，公园北靠虬江，南沿政通路，东至国和路，西临国济路，占地5万平方米，园里有假山茅亭、小桥流水，曾经一度也是游人如织。可惜不到两年，"八·一三"战争爆发，公园被日军炮火摧毁。解放后那里曾被建造成体育游乐中心，拥有多种大型游乐设施，与上海西南角的锦江乐园遥相呼应，成为市区东北片少年儿童们最喜爱的去处。

当读到小说里的女主角是牛奶棚老板的女儿，我立即联想到曾经开在邯郸路上的"牛奶棚"面包店。九十年代中期的一个夏天，一个皮肤黝黑的矮个男子来找我们，他租赁了139路公交车站的一间房屋，打算开一家面包店。但是屋内的用电容量不足，无法满足面包房电烤箱等大功率设施的需要，而围墙内就是我们军队营区，用电容量相对比较宽裕，于是想到了向我们求助。他是五角场本地人，操着一口上海话，说他们家兄妹仨先后从纺织厂下岗，决定合伙创业。后来他们的面包房开张了，门口就是车站，隔壁还有一家当时极为热门的碟片专卖店，来往的人络绎不绝。那时五角场的面包店有不少，但他家的菠萝包做得相当不错。以后听说他们陆续开了几家连锁店，其中一家在国定路四平路口，是属于部队开发的门面房。如今传说他们发达了，买下了财大附近一幢小楼，底铺依然开着面包房，店名还叫"牛奶棚"。不知此"牛奶棚"与彼"牛奶棚"会不会有什么关联。

小说里的内容除了令人熟知的一些地名以外，更有那些生活在小镇上的活生生的人们。比如文中被称为"黑旋风"的主人公"我"与伙伴汪国勋等一群人，是生活在五角场镇上的青年工人。汪国勋是老大哥，一个侠士般的人物，因他钦佩武松，常常学着武松的样子，在外打抱不平。众人给他的评价是："真是个男子汉，不爱钱，不贪色，又有义气！"不仅如此，他还孝敬母亲，真心待朋友。可见汪国勋无论生活在哪个年代，都是一个好青年。其他伙伴也一样，他们朴实、勤劳、本分，爱憎分明。最大不足是缺少文化，思想不够解放，一时无法接受新的观念和生活方式，对新思潮产生妒忌甚至敌对心理。小说中写到大学生生活条件好，观念新，与这群青年工人形成了鲜明对比。"他们"读书，"我们"做工；"他们"脸涂白玉霜，"我们"脸涂煤灰；"他们"头发擦司旦康，"我们"擦轧司林。又譬如抽香烟，"他们"抽昂贵的金鼠牌，甚至更贵的白锡包，"我们"只抽廉价的美丽牌。"他们"穿中山装，穿西装，脚上都是一式的黑皮鞋，走起路来，"又威武"，"又神气"。而"我们"只有羡慕嫉妒，尽管汪大哥与"牛奶西施"约会，也穿上"黑哔叽的大裤子"，穿黄皮鞋和白袜子，但难免显出"我们"的土气。因此"我们"只能幻想着，等汪大哥娶了牛奶西施做"压寨夫人"，大伙儿好"上梁山泊"，"坐起虎皮椅"，"替天行道"，"杀尽贪官污吏"、"赶走洋鬼子"——这是小镇年轻人的一种幻想，无知而不现实，然而谁又没有那样年轻过呢。除了羡慕嫉妒，更生出了恨。"我们"恨学生，恨学生们因为老子有钱而"自恃无恐"；又恨"牛奶西施"变了心，被大学生们所"勾引"，她穿着高跟鞋，开始向往新生活。为此引来了一场冲突，双方在大街上大打出手，差点闹出人命。最后"我们"只能用一种类似于鲁迅笔下阿 Q 的"精神胜利法"——"到山东上梁山"，"回头我带兵来打上海"……

　　我读到小说结尾处，突然感到云里雾里。故事既像发生在我所居住的五角场，又似是而非。看作者文末落款的写作时间是：1929 年 9 月 24 日——天哪，1929 年 9 月民国政府才刚刚确定了"大上海计划"的新市区，作为五角场最晚修筑的四平路尚未施工，那时五角场还未形成呢。除了农田、村舍、小河，哪来这么一个热闹的小镇？据《五角场镇志》记载，五角场直到 1956 年 8 月 10 日才被正式命名。我想起上海曾有两个五角场——"曹家渡"五角场和"江湾"五角场，联想到文中出现过"赵家渡"。而上海话里的"赵"与"曹"谐音，我猜测这个"赵家渡"应该就是曹家渡。于是，我再仔细查阅作者介绍："穆时英（1912 年 3 月 14 日—1940 年 6 月 28 日），浙江慈溪人，中国现代小说家，新感觉派代表人物。"原来如此，穆先生有生之年根本不知道，在他谢世二十多年后还会出现另一个叫"五角场"的地方，而且两个"五角场"的生活场景竟如此相似。这样说来，是我意外地"移花接木"，被小说中这股"黑旋风"迷了魂，穿越到两个不同的时空维度之中了。

　　　　　　　　　　　　　　　　　写于 2022 年 5 月 9 日

叶家花园：江湾跑马厅后花园，建于 1923 年。
抗日名将张治中曾在此指挥中国军队勇敢抵抗侵华日军。

周建新　摄

纵横交错的百年之路

在五角场下沉式广场地面上，曾经镶嵌着一幅以五角场为中心的地图，当你走在上面，地图上的道路名字尽收眼底。会发现这些路名都与其他地方大不一样，你知道它们的由来吗？

五角场地区，原本属于江湾农村，曾经棉花吐絮、稻浪飘香，只有田间的无名小道。最早的马路出现在清末的1911年，宁波籍富商叶澄衷之子叶贻铨，在江湾（今五角场中心西北部）购置土地1200亩，建成了江湾跑马厅，又名万国体育会。同时，修筑了跑马厅通往虹口方向的东体育会路，通往淞沪铁路江湾车站的体育会路（后改纪念路），通往铁路老站（天通庵路）方向的西体育会路。1918年，军阀卢永祥为方便吴淞与市区的军情往来，联合闸北工巡捐局，削平黄浦江边的衣周塘，修筑了一条便捷公路。这条公路因"军""工"联合修筑，起名军工路。后来，闸北水电厂在殷行镇黄浦江边购地设厂，修筑了来往市区的水电路与闸殷路。这两条道路，一是因用作铺设供水管道和架设电力线路，故名水电路；而另一闸殷路，则是指闸北水电厂迁入殷行境内，二者各取一字而组成。

1922年修筑翔殷路，是五角场形成核心区的开始。翔殷路东接虬江边的军工路，西连东体育会路，现在的邯郸路起初也是翔殷路的一部分，后来有了黄兴路、淞沪路与之相交分界，曾被称作翔殷西路。翔殷路路名中的"翔""殷"，乃横跨引翔乡与殷行乡之意。

1927年4月，南京国民政府成立后，将上海定为"特别市"。当时法租界、英租界以及公共租界的势力范围不断扩大，华界为摆脱租界约束，在外围寻求建立"新市区"。因为江湾一带"地势平坦、村落稀少"，且"北邻新港（吴淞）、南接租界、东近黄浦、交通便利"等种种有利条件，经多地比较后，"新市区"选定江湾。故在江湾购地7000亩，规划各类市政设施，将市政府从老城区迁出，这就是当时实施的"大上海计划"的一部分。

据《杨浦区地名志》介绍，当局对"新市区"主干道路的设计颇具匠心。首先在如今的五角场规划了5条发散形马路，横向道路采用"棋盘式"和"蛛网式"并用，以类似蜘蛛结网似的支路连结，这种设计仿效了欧美国家，尤其是美国华盛顿、芝加哥两座城市的城市规划，这样做既有利于中央控制全局，又方便人员与交通工具的集结与疏散。这5条道路分别是当时已经建成的翔殷路、邯郸路、黄兴路、淞沪路和以及最后筑就的四平路，于1930年全部建成。我看到的1931年绘制的"上海市中心区域鸟瞰图"，仿佛是一张经过缜密布局的硕大"蜘蛛网"，让人为之震惊。

五条主路的命名，各有其原因。淞沪路是指连接吴淞镇与上海市区的道路，修筑于1922年，并不是纪念淞沪会战，修筑时间比两次淞沪抗战都早，但由于当时经费不足，往北只修筑到小吉浦河（今国晓路附近）；黄兴路以辛亥革命先驱黄兴先生命名，上世纪八十年代前一度使用宁国北路，南与宁国路连接，通往公共租界，那里聚集了不少现代工业企业；四平路则通往虹口，止于溧阳路，原名其美路，为纪念国民革命军元老陈其美先生，解放后更名四平路，以纪念解放战争中的"四平战役"，与杨浦区其他按东北地名命名的规则不谋而合；同样为纪念解放战争中一战役命名的邯郸路，是为了纪念"邯郸战役"。邯郸路原为翔殷西路，抗战胜利时美军魏德迈将军曾经乘机降落江湾机场，国民党当局为了向美帝国献媚，将从江湾机场至市区途经的翔殷西路，曾一度更名为"魏德迈路"。

"大上海计划"施行时期，在"新市区"大兴土木，先后建成了新市府大厦、市博物馆、市图书馆、市体育场等，围绕这些建筑规划了80余条马路。根据《沈怡自述》一书记载，时任上海市"工务局长"的沈怡先生，在铺于地板的图纸上用红蓝铅笔"涂来划去"，对旁边帮他"按纸捡笔"的新婚妻子说："这些纵横的线条将来都是一条条马路。而大半个市区是被一条公园似的绿带包围着的，有流水，有草地，两岸更是桃柳相间。"他妻子听了，也对那里充满了无限向往。不曾想没过几年，战火很快就烧到了这里，美丽蓝图停留在了纸上。如今，经过将近百年的努力，当年的这种美好愿景，终于在我们这代人手上真正实现了。

彼时，面对这些密密麻麻的道路，当局以世界路、大同路（未实施）、三民路（今三门路）、五权路（今民星路）等几条主干道路，划分为若干不同区域。上述路名，是为了纪念孙中山先生提出的"世界大同""三民主义"和"五权宪法"。在不同区域的其余道路，则以"中华民国上海市政府"的9字作为首字命名。如"中"字头的有：中原路，九十年代已将穿越海军军医大学营区的部分辟通至翔殷路，与营口路连接；"华"字头的有：华阁路、华山路、华原路等，华阁、华山二路已被侵华日军圈入军营，现为海军军医大学校内道路。而华原路是连接长海路与民星路的一条"S"形道路，路窄、弯多，交通事故频发，1975年被废弃，拉直后与民星路相连；"民"字头的有：民府路、民庆路、民壮路等；"国"字头的有国定路、国和路、国权路、国粹路（原空军政治学院围墙外，已取消）等；"上"字头有：上运路，这是资料上找到的唯一一条"上"字头道路，《五角场镇志》记载 "1974年开凿中原路时切断，河东毁为农田，1985年二务所的资料已显示取消路名。"现已与殷行路并道，延伸至新江湾城。'海"字头的有：海通路、海龙路、海嘉路等，这些道路均已成为海军军医大学营区的内部道路；"市"字头的有市光路、市兴路、市和路等；"政"字头的有政立路、政通路、政民路、政益路等，政立路原名政同路，因易与政通路混淆，后改为现名，政民路原名政密路，也因同样的原因改成现名；"府"字头的有：府前左路、府前右路、府后路等，解放后，这几段道路有的划入长海医院或上海体育大学。有的已灭失，有的被更名，如府前右路更名为恒仁路，府南右路更名为黑山路，等等。

抗战期间，日军在五角场地区推行《大上海都市建设计画》，将建设重心从"市府大厦"移至五角场环岛周围，并把已建成和规划的道路更改了路名。把五角场命名"五条辻"，5条主干道分别改作"松井路""加纳路""特务路""仓永通""明治通"，其余道路的首字以"中日协同建立新东亚"，代替了原来的"中华民国上海市政府"。1945年抗战胜利后，路名全部重新恢复。新中国成立后，政府除了对部分道路重新命名，如前面提到的四平路、邯郸路等，大部分路名保留延续了下来。

1995年空军江湾机场停飞搬迁，腾出土地9.45平方公里，规划建成了今天的新江湾城国际社区。其中的湿地公园和生态走廊，吸引了众多高端人群。令人欣慰的是，许多路名延用了当年道路命名的"惯例"。譬如国字头的有国晓路、国帆路、国泓路、国安路、国霞路、国通路、国亮路等；政字头的有政和路、政悦路、政芳路、政恒路、政高路等，这无疑是对以往地名文化的一种保留与继承。

写于 2022 年 2 月

茅盾在江湾体育场

文学巨匠茅盾，一生创作过诸如《子夜》《林家铺子》《蚀》三部曲等许多恢弘巨著，也写下了记录平凡生活、充满烟火气息的文字，近日读到他的一篇散文《全运会印象》，写的是他到当年新落成的江湾体育场观看运动会的盛况。我认为这些文字，是茅盾先生唯一的一次记录与杨浦五角场有关联的个人经历。

江湾体育场，原名"上海市体育场"，是民国时期"大上海计划"新市区建设的项目之一，由著名建筑大师董大酉整体策划设计，整个体育场占地 300 亩，包括运动场、体育馆、游泳池三部分，工程历时一年多，于 1935 年 8 月竣工。同年 10 月 10 日至 20 日，在此举办了旧中国时期"第六届全国运动会"。"六运会"上，有全国各省、市和香港及华侨团体共 38 个单位参加，参赛男女运动员共 2700 多人，比赛历时 11 天，每日前往观看比赛的市民不下 10 万人。运动员中，上海代表队阵容最大，有 223人。开幕式在蒙蒙细雨中启幕，市民"衣雨衣、携雨具而来者，至为踊跃"，把体育场大看台挤得"水泄不通"。当"东北五省"选手代表队身着黑色孝服，手持象征关外黑山白水的黑白双色旗经过看台，以提醒国人"勿忘国耻"，不要忘记被日本占领的东北疆土，在场数万名观众一片肃穆，无不为之动容。此情此景，为这届特殊背景下的"全运会"刻下了凝重的时代烙印。

从茅盾的《我走过的道路》一书中获悉，茅盾于一九三五年秋天回老家乌镇居住了两个月，期间创作了中篇小说《多角关系》，此次活动应该是他回家之前的事。这篇《全运会印象》告诉我们，他是在儿子、女儿的请求下，"义不容辞"地做了一回"慈父"，选择"最不热闹的一天"（12日）和"最热闹的一天"（19日），两次亲临"全运会"现场，观看了几场比赛均"印象甚佳"。茅盾自述与"运动会"向来"缘分不太好"，以前只观看过两回，一次在杭州的"师范学堂"，另一次在北京，两次都没有花钱。而这一次不但花了钱，还前后去了两次，创下了观看运动会的"新纪录"。

这一年，茅盾的儿子沈霜（韦韬）12岁，女儿沈霞14岁。茅盾两次分别携带儿子或女儿前往，乘坐的是华商汽车公司的公共汽车。卖票人"实在太客气"，让他感到"十二分的意外"。他来到体育场后，见会场"四至"全是新开的"记不得大名"的马路。据《五角场镇志》记载，江湾体育场当年号称"远东之最"，是当时国内设备最完善、规模最宏大的综合性体育场。当时的《上海年鉴》上称这一体育场"建筑之伟大、范围之广袤"在远东"殆无与匹"。体育场有四个大门，四个方向分别对应淞沪路、虬江（跨桥为国庠路）、国和路与政同路（现为政立路），这些马路都是当时新筑而成。运动场外围，是"排排坐"的临时商铺，均用芦席搭成，最多的是水果铺和饭店。满眼那么多芦棚搭成的饮食店，使茅盾联想到了故乡乌镇的"香市"，两者的"氛围"太像了。他曾在一篇以《香市》为题的散文中，将"香市"比作农村的"狂欢节",吃和玩,什么都有,"人声和锣鼓声、孩子手里的小喇叭声、哨子声"混成一片,"三里路外也听得见"。而运动场也是各种声音混成一片,也是"看"和"玩"的地方,自然不缺吃的,"点饥的""解渴的""消闲的"什么都有,就连看台上,都有小贩们"赶来跑去",比"三等戏院还要热闹些"。

"六运会"召开时,体育场刚建成不久,运动场以102个圆形拱门组成外墙,观众由34个回廊口进入。由于门太多,茅盾第一次买好门票以后,带着"少爷"左一个"门"、右一个"门"不能进去,沿着"铁丝网"跑了半个圈子。可见,当时的会务管理十分混乱。进入内场,茅盾所看到的田径场像一个"圆城","仰之弥高"的看台就是"斜坡形"的"城墙",站在最高一级,就是站在"城墙顶上"了。俯瞰下面的"城圈子"里,正有"广东队"与"山东队"两支足球队在紧张比赛中。茅公的这种"仰之弥高"的感觉,记得我第一次走进江湾体育场的时候也同样有过,1991年6月中旬的一天,美国大学生橄榄球队来江湾体育场举行表演赛,我当时在空军政治学院就读,与1000多名同学被安排去做观众,记得我也坐在最高一层,居高临下看两支橄榄球队在球场上"抢夺滚爬"。

茅盾在文中这样写他儿子对观看运动会的印象:"少爷"回家后没说别的,但对会场的建筑很"赞成",也就是说很认可、赞赏这些建筑。当年新建成的"上海体育场",由运动场、体育馆和露天游泳池三大建筑组成,周围还辅以网球场、棒球场等设施,可谓是一座综合性体育城。

据 2006 年 9 月出版的《杨浦百年史话》记载：

"运动场是整个体育场的主体部分，由田径场和长达千米的环形大看台组成，田径场设环形 500 米跑道一条，分为 8 道，直道长 220 米，弯道内侧为投掷区，中间的草坪足球场将北侧的网球场与南侧的武术场分隔开来。由钢筋混凝土构成的看台高 11 米，分上下两层，上层是观众席，计 22 级台阶，共设 4 万个座位与 2 万个立位；下层为长 870 米、宽 6 米的回廊，其外墙是由清水红砖砌成的 120 个拱券式构造组成，内设商店、休息室、卫生间及贮藏室。遇有比赛，观众可从回廊的 34 个入口进入看台，就近入座，比赛结束后，6 万名观众仅需 5 分钟即可全部离场，这样的速度不仅在当时，即便是现在都是迅速至极的，体育场'远东之最'的头衔真是当之无愧。

"在运动场建筑设计上，为了凸显民族特色，运动场看台东西两侧的司令台被独具匠心地设计成气势恢宏的三孔券门牌楼式建筑，三座人造白石饰面的大拱门高达 8 米，大量运用了中国传统的云纹、火焰纹、莲花纹等雕饰，美观而不乏庄严，顶部左右两端各设置用于点燃火炬的古铜色金属大鼎一只。拱门上方还分别刻着'国家干城''我武维扬'和'自强不息'三块门额，显示出中国人决不做'东亚病夫'的豪情壮志。

"体育馆主体为钢架结构，圆弧形的屋顶高 20 米，上弦曲线半径达 30 米，如此跨度的穹顶在当时国内是独一无二的。穹顶还安装有 19 孔双层玻璃排窗，以增强室内光线。全馆设有 3500 个座位，1500 个立位，并安装了当时先进的暖气设备。建筑师按照观众最佳视线角度进行设计，确保坐在任何一个座位上都能清晰地观看比赛。体育馆的中央比赛场地长 40 米，宽 23 米，铺设双层榉木地板。馆内的运动员休息室、裁判室、贵宾接待室、浴室等辅助设施一应俱全。露天游泳池的建筑风格与运动场融为一体。"

综上所述，体育场在构图上，采用西方新古典主义与中国传统元素巧妙结合，整个建筑群"堂皇富丽"，有着强烈的视觉冲击力，在今天看来依然是气势恢宏。可想而知，留给当年茅盾先生和他儿子、女儿的印象，是"没有理由不满意"，这也是他们给予这座历史建筑本身的充分肯定。

由于看台的座位是水泥的，坐在上面"不舒服"，且暴露在太阳底下，"太阳的威力越来越大"。于是茅盾就在"城墙"上"运动"，看"看运动会的各色人等"，这让他感到"大有意思"。作为一位革命家和作家，对"各色人等"的观察尤为细致、深入。他在 1935 年 10 月之前，已经创作发表了长篇小说《子夜》、中篇小说《路》《三人行》、短篇小说《林家铺子》《春蚕》《秋收》等，在这些文学作品中，成功塑造了"吴荪甫""老通宝""林老板"等艺术形象。通过这两次对"运动会"现场的细心观察，他用轻松、诙谐而生动的文字，描绘了一幅旧时代背景下这场"运动会"的历史画卷。他写出发时汽车公司的"殷勤"像"招呼竞赛"，"恐怕只有车站轮埠上各旅馆的接客方才够得上"；他写观众席上带着"很漂亮"的"令郎"的中年太太，穿着体面，撑一把缎洋伞，也"没有挡的了头顶那香炉式的烟囱里喷出来下雨一般的煤灰"；他写一群"穿青白芦席纹布长衫"的小学生如何用心地做着各项比赛的记录；他写体育馆的观众入场是

"夺门运动"，形象地将大门比喻成"铁嘴巴"，一会儿"张开"一会儿"闭上"，写观众与守门警察之间如何斗智斗勇；他写返程时观众们争相上车的"抢车运动"，那种"拼命精神"，"比起足球比赛还强些"。

这场"运动会"举世空前，观众每日超过10万。彼时体育场所在的"新市区"周边尚属农村，与市中心距离较远，往返的交通成了大问题。据记载，当局特意在淞沪铁路江湾站至淞沪路之间，大约在今纪念路、政民路沿线，铺设了一条轻便铁轨，借助淞沪铁路运送大批观众；还几乎调集了华商所有公共汽车，连搬场的货车也用上了，每日动用车辆达2000辆左右。尽管如此，每日散场时还是上演"比足球比赛还拼命"的"抢车表演"。近日拜读钟桂松先生所著《茅盾传》，得悉1935年3月，茅盾一家已从大陆新村搬至极司菲尔路（今万航渡路）信义村。他的新家离江湾体育场，比原来四川北路附近的大陆新村要远得多，可见茅盾两次携子女前往观看，往返路途极为艰辛。

在这场"盛极一时"的运动会结束不到两年，"八·一三"淞沪会战爆发，侵华日军的铁蹄踏上了这片土地，体育场被日军用作军火库，遭受到了百般蹂躏。日军投降后，江湾体育场曾召开过旧中国"七运会"。解放后，1983年10月，在这里成功召开了新中国的"五运会"，盛况更超历史。自从上海"八万人体育场"建成后，这座老建筑渐渐落寞，淡出人们的视线。当年临时铺设的轻便铁路，在日军侵华期间，修筑了一条正式铁路，用于体育场与政民路附近大型仓库的货物运输，直到新世纪初才被拆除。在这段凝结国耻痕迹的铁道旁边，诞生了今天活力四射的大学路网红商业街。如今,江湾体育场在交通方面早已今非昔比,周边拥有内环线、中环线、逸仙路高架等城市快速道路,与10号、8号、18号等轨道交通,组合成了纵横贯穿的立体交通,来往外滩、虹口以及浦东均十分便利。江湾体育场历经沧桑巨变,经过多次整修改造,老建筑焕发青春活力,与周边"创智天地"融为一体,成为当今杨浦知识创新的一个载体。

写于 2024 年 3 月 18 日

探访"三十六宅"

　　自从入住新江湾城以后，我每天赶往五角场上班、会友，仿佛是从市郊乡村赶往繁华市区。早先五角场的居民去市中心叫做"到上海去"，现在从新江湾城去五角场，也可称"到上海去"了。在淞沪路闸殷路立交工程施工的两三年间，从新江湾腹地往五角场，常常会遭遇车辆拥堵，而且经常因施工而改变道路走向，给行车带来了不便。我另辟蹊径，选择了一条曲里拐弯的小道，僻静、车少、人稀，还能看到不同的风景。

　　我在这条不起眼的小路上，常经过一片低矮的别墅群。它的周边是杂乱的厂房、仓库或多层老公房。每次看到这些小洋楼，总让我感到纳闷与好奇。市光路原本就是一条次干道，在民府路附近变得尤其狭窄，两旁的非机动车道与机动车道混合并行，甚至容不下一棵行道树。然而道路两旁的围墙却十分漂亮，做得也非常考究。粉色的墙基上，为三角形镂空的铁栏栅，极像公园的院墙。院内生长着一些参差不齐的杂树，有高耸入云的水杉，树冠巨大的香樟，枝干粗壮、高大的野桑树，还有几丛不知名的绿篱爬出了围墙。但见围墙内凌乱不堪，搭建了许多破旧低矮房屋，房屋之间随意停放着汽车、三轮车与助动车。尽管如此，都无法掩饰院内那一栋栋风格别致的小别墅，乳黄色的墙面，褚红色的瓦楞，一看便知这些建筑有些年头了。我曾经在空军政治学院居住过极为相似的老洋房，那是位于五角场黄兴路两侧、当年侵华日军占领上海时期修筑的住宅，也是两层小楼，红瓦片坡屋顶，只是墙面颜色略有不同。直觉告诉我，这些房屋应该也是上世纪初叶的老建筑。

出于好奇，我查阅了资料，了解到这些建筑系民国"大上海计划"时期，由兴业信托社筹建的36栋独立式花园住宅。该项目作为新市府大厦的配套，由设计师顾道生设计，建成于1933年，被人们俗称为"三十六宅"（或三十六埭）。据《五角场镇志》记载：

"国民政府规划大上海计划时，从农民手中以每亩200元的价格，征用到土地5400余亩（数据有误），于镇区北部东沿市兴路（已废），西至市京路，南靠民府路，北临民壮路这块土地，由信谊信托社建造了36幢高级花园洋房。建成后，卖给市府高级官员和大资本家居住，以每幢1.5万元到4万元不等的高价收款。"

可见这些建筑在当年是炙手可热的商品房。十多年前，有位记者采访了已经八十多岁的当地原住居民汤阿婆，汤阿婆年轻时曾亲眼目睹了"三十六宅"破土动工，她说："房子没造好，就全部卖掉了，最便宜的也要大洋一万五，当时那是真正的漂亮，红顶、绿窗、黄墙，镂空竹篱笆，独立车库、花园，连市长都住在这里。"

一个阴雨绵绵的早晨，我专程从新江湾城步行去探访三十六宅。正值梅雨季节，空气湿漉漉的。在市光路上路过一片由厂房或仓库改造的店铺后，两旁三十六宅的花式围墙在晨雾笼罩中显现出来。

我从市光路走进民壮路，这条路是三十六宅的后侧小弄堂，入口处有一家在低矮小屋里经营的早餐店，卖一些包子、馄饨、粥之类的早点心。只见屋檐口还在滴水，里边有两张小桌子，可堂吃，有两位骑自行车过来买早点的人，正在停车。狭窄的小弄堂两边零乱地堆放着杂物，往里走有个略宽敞的空间，停放着三五辆小货车，几个壮汉站在车旁，似乎在招揽生意。我透过窗户往里张望，见沿围墙搭建了一些棚户，院里布满蜘蛛网一般的电线，几幢红瓦黄墙的两层楼房外墙上，安装着外挂的空调。小楼前后都有搭建的小阳台，阳台上晾晒了衣服和被子。一个穿睡袍的长发女子，正站在阳台上，一边梳头发，一边毫无忌惮地往这边张望。

我转身返回市光路，沿西侧围墙边走边观察里面的景况。只见房子高矮不一，不少房屋是随意搭建的，有的小屋外贴着红色广告牌。房屋之间的小路上，停着一些小型汽车，所看到的几乎清一色都是外省车辆，西侧院里除了偶尔有几棵樟树或野生构树，几乎没有绿植。来到其中一个小区门口——市光路 132 弄，看见门口有一个穿着工人模样的男子，正骑着一辆装满塑料水瓶的三轮车出来。另有一辆放置一个大铁桶的三轮车，摆放着几个烤熟的红薯和玉米，正热腾腾冒着热气，这让我联想到附近医院门口总有人在叫卖的烤红薯。有一对身穿花格子睡衣的年轻夫妇，正牵着一条小狗走出来，显得漫不经心，我揣摩这个景象倒是与八十年前的景况十分吻合。

　　相比之下，东侧院内环境稍好，围墙内绿树掩映，几株高大的野桑铺天盖地的绿叶，从围墙上方溢泻出来，若仔细观察，可见绿叶间夹裹着红艳艳的桑葚。院中的道路也相对整洁，其中两栋别墅的墙外用毛竹搭起了脚手架，正在进行内外装修施工。在市光路民府路交叉口，看到围墙被开了一个半米见方的小窗，窗口放着两瓶饮料和一个二维码，我凑近观察，发现这个棚屋竟是一个小店铺，里面摆着各类饮料和饼干之类。沿民府路有一栋小楼，朝马路开了一扇小门，门外搭着塑料雨棚。一位八十开外的老人坐在一把老旧的藤椅上吸烟，一只大黄狗趴在他的脚边。我大声跟他打招呼，问他："老人家，您在这里住了多少年了？"他耳朵有些背，我重复问了两遍。他告诉我，这是他老伴娘家的房子，是从前分配给他老丈人家的，现在老丈人早没了，房子一直空着，他们平时住在中山北路那边，临时过来住住。这一次住了有一个多月了。正说着，他老伴拉着买菜的小拖车回来了，看到我们俩说话，却没有搭讪，自顾推门进屋。我见一进门是一个厨房，屋内黑咕隆咚的，一定很潮湿，尤其是黄梅天。老人看我对屋子感兴趣，告诉我这一栋别墅里住着 3 户人家，另外两家的出入口在院内。

　　越过这栋别墅，紧挨的一座房子做了店铺，像是一家车行，大门紧闭。再往东走，围墙内院子变得开阔，院里树木高大，地面绿草茵茵。我猜想，此处应该还有两栋小楼的地盘，后来才知道，抗战胜利前夕，美国飞机曾来此投弹，炸毁了两栋。这空地附近两三栋小楼似乎住着本地居民，其中一栋楼上窗外装着两只大鸽棚，一群灰色的鸽子在地上觅食。东侧的院墙与界外的多层老公寓之间，有一条被蓝色彩钢板拦着的道路，便是已经废弃的"市兴路"。

我步行丈量了一下，从"三十六宅"出发，沿着民府路、国和路和清源环路，这段清源环路当初叫府西内路，即当时的市府大厦的内部道路，最后到上海体育学院恒仁路大门，一共约1.2公里，耗时17分钟，若开车则不足5分钟。彼时两地之间还是农田，沿途绿树环绕，芳草萋萋，政府官员白天在市府大厦上班，夜晚在三十六宅居住，上下班极为便捷。如果时光可以倒流，七八十年前这里是高档住宅区，也是上海滩最著名的社交地之一，家家户户都有小汽车，红顶、绿窗、黄墙，镂空竹篱笆，独立车库。小洋楼的楼下会客厅高朋满座，楼上有主人的卧室、书房，可以想象那是何等的高贵华丽之地。据资料记载："小姐太太们梳着漂亮的发髻，所及之处，留下好闻的香水味，进进出出的男士们摘下帽子相互致礼。"可见，这里曾经还是现代海派文明较早的践行之地。

曾经担任上海特别市工务局长长达十年，并兼任上海市中心区域建设委员会主席的沈怡先生，在他的书《沈怡自述》中回忆，当年上海市银行附属的兴业信托社在新市区建造的"三十六所"，分甲、乙、丙、丁四种。甲种最大最贵，连土地售价二万元。丁种最小最廉，仅需七千五百元。沈怡定了一所丁种的，面积七分五厘。楼下有客厅和饭厅，楼上有两间卧室，屋里还有浴室、厨房和汽车间，他觉得"倒也大致够用"。屋前有一片小小草地，虽面积不广，但与租界的弄堂房子比较起来，"不仅空气好，环境清静，地方到底宽敞多了"。房子刚完工，当时新婚燕尔的沈怡夫妇第一户搬迁过来。他回忆当年生活在这里的情形："日常寂静得连鸡犬之声都听不到一点"，至晚上"光景迥异"，"纵纵横横的马路灯火通明"，"照耀得好似每一条街上都有着游人如鲫的那种意味"。他时常与妻子懿凝靠在窗畔，远眺这些远远近近的路灯，欣赏上半天，总觉得"很是快意"。他自述有时还情不自禁地指着这些马路对妻子说："你看这不就是我当时用红蓝铅笔划的一条条的线条呀！"五角场的道路布置形如蜘蛛网，密密麻麻，正是当年担任工务局长的沈怡，趴在摊于房间地板的图纸上，用红蓝铅笔在上面勾勾画画，形成了如今这些纵横交错的道路。

据《五角场镇志》记载："'八·一三'日军从虹江码头登陆，一路烧杀踏进我镇时，而三十六埭被完整保留。整个沦陷时期，为日本军官占用。"当年淞沪战争甫一打响，政府办公地于当日连夜撤回市区。作为官邸的三十六宅，随之成了"空巢"，日军看到这样的豪华别墅，一定也是喜不胜收，才得以"完整保留"，上海沦陷的八年，它一直作为侵华日军的军官官邸。

1945年抗战胜利后的冬季，沈怡先生以国民党中央特派员身份，由重庆返回上海，见到了他曾经居住的房子"不堪回首"的一幕："只见屋宇倾侧，荒草没径，房子只剩了三分之二。院子里还有不大不小的炸弹坑。"这样"怵目惊心"的景象，怎能不令人"寒生心背，无限的伤心感慨"呢。

对于抗战胜利以后的情况，镇志上也有记载："抗战胜利前夕，美国飞机曾来此地投弹，炸毁两幢。日本战败后，三十六埭（三十六宅）为国民党军官占用。"从此开始，三十六宅的36栋变为 34 栋。"上海解放时，三十六埭已破败不堪，经宝山县（1989 年前归宝山县管辖）房管部门整修后，恢复了原貌，全部分配给 200 多户劳动人民居住。"

如今，随着时光流逝，"三十六宅"已像流落风尘的富家小姐，蓬头垢脸，不堪入目。又似一只"落地凤凰"，眼下虽"不如鸡"。但毕竟是凤凰，尽管少了"阳春白雪"的高山仰止，却也多了些许"下里巴人"的烟火气。

写于 2021 年 6 月中旬

寻访依仁山遗址

　　黄梅天，忽雨忽晴，今日难得阴天。我要去寻一座山，沿着闸殷路步行，走过清水河桥，桥下水流湍急，自西往东流去。当年繁华的殷行镇小街就在现在的国伟路、政悦路附近。我们今天查看老地图时，这个位置可以以闸北水厂的水塔作为参照物。闸殷路尽头依次是闸北水厂和发电厂，军工路一侧至今还有十多个白色大烟囱和几排圆形大油罐。我穿过一条铁路后，向右拐入军工路，见前方有一座大桥。军工路上来往的车辆，以大型集装箱卡车、油罐车居多，轰隆隆开过身旁时地动山摇。大桥外侧直通黄浦江，站在桥中央，从河面空隙可以看到对岸的大吊车和工厂厂房，以及江上来来往往的货轮。

　　桥栏上标志着桥名：军工路二号桥。据《五角场镇志》记载，这座桥原名"剪淞桥"，是民国七年修筑军工路时，拆除了钱家桥后修筑的新桥，命名源于杜甫的诗句"剪取吴淞半江水"，形象而有诗意，我不知道为什么现在要改名。我站在桥上，看内侧河浜，有牌子显示称作钱家浜。这段钱家浜是新江湾城环城水系"袁长河"的下游，直接连接黄浦江。此处河水浑浊而湍急，左右两条水流在前方汇聚，直通桥下河流，两条河相夹的一块陆地成了半岛。岛上绿树掩映，最显著的是那里有一座宝塔，就是著名的闸北水厂的水塔，民间俗称"大白塔"，建于上世纪二十年代。

桥上声音嘈杂，马路上集卡声、电厂机器声、江轮马达声以及江风呼啸声汇聚一道。有个安徽口音的女子正叫卖什么，原来跟前摆放了半脸盆小鲫鱼。我问怎么卖，她抬起头，在布檐帽中露出半张脸说："一共15元，钓了大半天，就这么多。"我说："这么便宜不如留着自己吃吧。"她说："家里中午刚刚烧了一盆鱼，还没来得及吃呢。"一个骑电动车、后座带着几个水桶的男人停下车，问她是否有黑鱼，她说对面有。我顺着她手指的方向看去，有一个光膀子的男人正站在马路对面的桥头，那男人也在往这边张望，他的跟前放了一只蓝色塑料桶。我问她那人是不是你男人，她回答不是。

内侧河流上还有一座铁桥，铁桥有些年头了，锈迹斑斑。我看两侧均为荒芜之地，不明白这里为什么会修筑一座铁桥。桥头有一棵大杨树，树冠直径足有三四丈，像一把大阳伞，四五个钓鱼的男人躲在树下钓鱼，不时从急流中甩起鱼竿，钓上鱼来。右边靠闸殷路的围墙内是铁路养护工宿舍，方才我走过门口，见几个民工模样的男女正蹲在地上聊天。左边是一座变电站，大大小小的铁塔上缠满了电线。三五只白鹭在河滩边觅食，不时有一两只从水边跃身而起，在上空盘旋飞舞。过了桥，那座电站尽头便是一片原生态绿地，野草杂树丛生，此处当是依仁山的遗址了。

杨浦殷行一带，原本属于宝山县。据史料记载，宝山县历史上有过两座山，一座就叫"宝山"，宝山县也由此得名，另一座便是这座依仁山，两山均为人工筑就的土山。宝山位于浦江东岸，现在的浦东新区高桥镇。为明朝永乐年间修筑，土山占地方圆直径三四百米，高一百余米。其上设置了烽火台，为长江上往来船只导航。万历年间被海潮冲坍，宝山存世一百六十九年，现有一块御碑存于浦东高桥中学内。今天我要寻访的是另一座山——"依仁山"。

据《宝山县志》记载：明朝邱集所著《依仁山记略》中说，依仁山之名来自于所处的依仁乡。早先殷行地区叫"临江乡"，我在军工路外侧看到了临江路与临江路轮渡，大概就是早先遗留下来的符号。南宋淳祐年间易名依仁乡，"依仁"二字则来源于《论语》的"志于道，据于德，依于仁，游于艺"。而依仁山的起源，要追索到明朝时弃官从商的殷清。殷清乃松江府上海县人，官至九品，为上林苑录事，明朝正德年间他弃官下海，返回故里经商。他看好江湾虬江一带，便在此开设店铺，并逐渐形成集市，被当地人称作"殷家行"。殷清乐善好施，每逢灾荒之年，便打开粮仓救助灾民。为了让灾民不欠殷家人情，殷清告诉广大灾民，他欲在其宅后修筑一座土山，大家可以挑土过来换取粮食。如此经过多年以后，此地便形成了一座方圆一百多米，高五六十米的土山。至嘉靖四年（公元1525年），他花钱请人在山上种植树木花草，修建亭台楼阁，其中有一座"云景楼"为殷清的书房。后来殷清去世后，在依仁山上筑墓，葬于山上。清朝刘玉田所著《依仁山记》中称："灾民后辈每过山前，谈起此山由来，总对殷清的义举善行，感激涕零。"《宝山县志》"园林篇""古迹篇"对此事件均有记载。我曾阅读过一位自称是殷清后人、博客名为"依仁山人"的博文，他十分敬重他的先辈，并对这些历史颇有研究，掌握了大量资料。

　　一条铁路，把军工路上的行人与这片茂密的山林隔离开来。我走下桥去，先后遇到两位在此徒步的老人。一位住在新江湾时代花园，老人年纪约七十上下，原来住在虹口提篮桥附近，搬迁此地也有二十余年，他听到我的问询后说："没有山，从来没有听说附近有座山，殷行镇倒是听说过，但也不晓得在哪里。"另一位家住闸殷二村的老人，年龄应该在 75 岁以上了，他听我说有一座山，也十分肯定地说不可能有，要不然就是一个土堆。我说是的，"宝山"也是一个土堆，在黄浦江东岸。他听了很惊讶，张开的嘴巴始终没有合上，不再言语，摇摇头自顾走了。

　　我独自前行，云层中泄漏下来的阳光，照着这片绿色的树林。公路对面依次是闸北电厂、临江路轮渡、加油站以及石油公司储运仓库等等。这边人行道与非机动车道混合在一起，内侧有两米多高的铁丝网围栏，一丛丛的杂树从围栏里攀爬出来。围栏内侧数米是一道与军工路平行的铁轨线。铁道外的土堆明显高于道路，生长着野生的构树、桑树和一些不知名的杂树，又高大又茂盛。局部也有一些是人工种植的植物，有棕榈、紫叶李、悬铃木等，越往东走，内侧树林子的地势也逐渐升高，沿铁路有几处土墩，在杂草的掩盖下，裸露出少见的黄土。树林里不时传来"啾啾啾"鸟鸣声，一群麻雀与白头翁在树梢间翻飞。

　　隔着围栏，我无法攀越铁路走进树林，只能远远观望。这片山林，我们姑且称之为山林，沿铁路而依存，形似一把匕首。东西长一百五十米左右，南北宽仅三四十米，越往东越"瘦"，被铁路削成了"刀尖"。山的内侧，现在已成了轨道交通 8 号线的终点停车场。山木之间横向有几座铁塔，该是从闸北电厂向杨树浦腹地的输电线路，从塔尖高度判断，土坡高处不过十米左右。我觉得，正是这排电力铁塔，"挽救"保护了这座山的遗址。

我走到了山木尽头，再往前是一条小河，水流到山坡处突然没了河床，河水泫入暗沟。暗沟上方有一封闭的小电站，写着告示："禁止外人攀爬入内"。电站旁长着一棵巨大的构树，宽大的树叶遮天盖地，树干比人腰还粗，少说也有50年的树龄了。在钱家浜交汇的左侧水流，便是通过这条暗沟排出的水源，这条河原先应该是绕L而过，或许是因为附近生活小区规划与轨道交通停车库建设，更改了河道的走向。然而最终还是没有改变它的归宿，顺着钱家浜流入滔滔浦江。

虽没有寻到那座山的确切位置，但回程时我猛然记起，闸殷路近军工路处改道，公元1937年10月出版的《大上海新地图》上，闸北水塔似在闸殷路西侧，而现在变成了道路东侧，如果按照原先的走向，现在跨越河流的清水河桥就该是这座铁桥的位置。想必早先也是有路才会有桥，慢慢的路没人走了，这座孤零零铁桥也便成了一种怀旧的风景。

写于 2020 年 6 月 20 日

位于闸殷路上的闸北水厂水塔，俗称"白塔"，
建成于 1928 年 2 月，至今仍在使用。

老铁路穿越大柏树

在五角场以西 3 公里左右的地方，也有一个五条马路交会的中心，曾经被人称为"小五角场"，而现在这地方叫做大柏树。中环线高架与逸仙路高架穿越其中，似两条蛟龙蜿蜒交缠在一起，构成了层层叠叠的立交桥。一条百年老铁路在不远处穿越而过，这条老铁路于上世纪末停运后，在该路段改行了轨道交通 3 号线（明珠线）。

从前，此地属于宝山县江湾镇。江湾镇是一个有千年历史的古镇。一条虬江弯曲穿越而过，有道是"虬江十八弯，弯弯到江湾"，江湾由此得名。从宋朝起，水路交通发达的江湾镇就成为四乡物产的重要集散地，也是当时的战略要地。1876 年中国第一条铁路——淞沪铁路又贯穿江湾镇南北，并在此设江湾站。因此江湾火车站是真正意义上的中国铁路"第一站"。

正所谓万物相连，五角场的兴起与发展，同样始于淞沪铁路江湾站。如果说虬江是五角场地区的母亲河，那么，淞沪铁路江湾站则是五角场地区现代发展的起源。据《杨浦区地名志》记载：本世纪初（二十世纪），这里的村庄叫薛家塘，按方位分南、中、北三个自然村，多为农田与河流。淞沪铁路的修筑，使得这一地区的交通得到了极大的改善。1908 年，浙江宁波商人叶贻铨（商业巨贾叶澄衷之子）在江湾购地一千余亩，创办万国体育会，也叫江湾跑马厅，供华人赛马娱乐。叶贻铨选择江湾投资跑马厅，首要因素一定是交通方便，而后来复旦大学校长李登辉选择把学校迁址江湾，首先也是师生来往的交通，也包括国民政府新市区选址，淞沪铁路江湾站也必定为其决策提供了必要条件。当年，叶贻铨为方便车马与人员交通来往，先后修筑了到淞沪铁路江湾站的体育会路（后改为纪念路），到虹口地区的东体育会路，以及到铁路上海老站的西体育会路。1922 年，翔殷路、翔殷西路（现改名邯郸路）筑成，从此地往东约 6 公里可直达军工路。后来，原闸北水电厂迁移至殷行镇附近的黄浦江畔，为此于 1926 年修筑了一条专门用于铺设管道、架设线路的水电路（近大柏树路段现改为汶水东路）。至此 5 条马路在此交会，形成了"五角场"。三十年代，周围新建了畜植牛奶公司，开辟了种植园、小观园等园区，使这片寂静的土地逐渐热闹起来。但那个时候，道路设施简陋，标志也不够明显，此地尚未形成一个固定的地名。

1937 年 10 月 27 日，该地区沦陷，日本侵略军见此地为交通要道，便在这里派兵把守、设置关卡，并在路口竖起一块写着"大八辻"的地名牌，这个"辻"字，是日语"路口"的意思。我查阅 1943 年（昭和十八年）日本发行的"大上海地图"，这个位置正是标着"大八辻"，而五角场环岛位置则标志为"五条辻"。当年日军横行霸道，凡中国人路过这个"大八辻"路口，须在日军刀枪的威逼下，向这块牌子鞠躬后才能放行。原来，"大八"是一个日军军官的名字，全名林大八，此人出身于武士家庭，从日军陆军士官学校 16 期毕业，与臭名昭著的战犯冈村宁次、土肥原贤二等人都是同期学员，当时林大八是日军第九师团第八联队大佐队长。在 1932 年"一·二八"淞沪会战中，林大八被当时参战的中国军队第十九路军官兵击毙。这是第一名阵亡于中国境内的日本高级军官，据说日本天皇给予他最高的"哀荣"，被追晋为陆军少将，追授三级金鸡勋章。五年后日军占领上海，将林大八阵亡的地方，易名"大八辻"，以示纪念。这无疑是中国人民的一段屈辱史。

抗战胜利后，祥生汽车公司的交通车，曾在这里设站，定名"大白寺"。1952 年出版的上海地图，将此地改为"大八字"。"大白寺"与"大八字"，都是上海话"大八辻"的谐音。1987 年 7 月出版的《上海市地名交通指南》，上面依然赫然印着："大八字：位于中山北一路、逸仙路、邯郸路、水电路交会处。"1989 年，上海市人民政府发文［沪府办（1989）45 号］，考虑到中华民族的尊严，同时兼顾民间约定俗成，经市政府批准，正式命名为"大柏树"。

大柏树是杨浦、虹口和宝山三区交会地区，周边道路犬牙交错，建筑鳞次栉比，居民人口密集。上世纪九十年代，这里也曾经是一个充满烟火气的商业中心。有集 19 个省、市、自治区和中央部委驻设上海办事处的沪办大厦；有富丽堂皇的兰生大酒店，江南特色浓郁的绍兴饭店，富有新疆维吾尔族特色的丝绸之路大酒店；还有腾克路美食街，比肩接踵的沪陵菜场……形成热闹的商圈，吸引了附近写字楼办公人员和居民等来此消费。这里交通便捷，有六七条公交线经过并在此设站。尽管五角场虽已商铺林立，有时为了寻求一些特色，我们平时居住在五角场的人，也常常会光顾大柏树商圈。

2004 年中环线建成，同时修建了这座立体高架桥，使之与通往宝山吴淞的逸仙路高架路、内环线中山北路段相连接。右翼原本是水电路的延伸段，更名汶水东路，与西侧汶水路连接；左翼邯郸路，则为保留复旦大学老校门景观，专门修筑了一条近一公里的隧道。在邯郸路两侧遍植高大的栾树，每到中秋、国庆前后，栾树开花结出红红的果实，宛如悬挂于枝头的灯笼，点亮了整条道路，成为中环线的最美秋色。这座立交桥，改变了大柏树原有的商业环境和格局，但是四通八达的交通枢纽，为南来北往的车辆和人员，提供了十足的便利。

如今，在大柏树西边的江湾站遗址已经修筑了老站纪念园，人们可以看到废弃多年的铁轨得到了修缮，铁轨上放置一台老式蒸汽机车头和数节车厢，还建起了"1876 老站"的纪念钟楼，车辆经过中环，可以清楚地看到这个高高矗立的黑色塔顶。这些元素共同再现了当年这座老车站的情景，方便人们深入了解这段重要的历史。

写于 2021 年 4 月 16 日

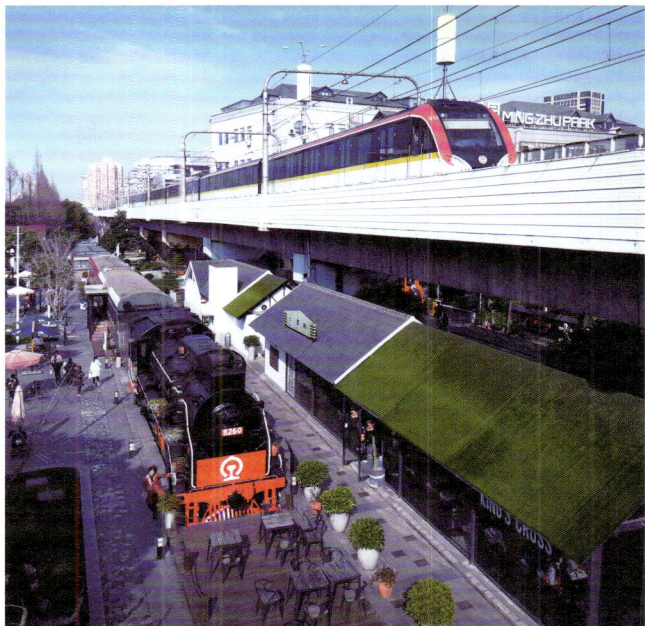

始建于 1876 年的淞沪铁路江湾站，是五角场路网形成之前最重要的交通枢纽。

徐志东 摄

五角场的颜色

有一天，我在朋友圈发了一个看似无聊却颇为有趣的问题。假如用一种颜色来表达对一座城市或一个地方的记忆，譬如北京，你可能会想到了天安门前红旗飘飘，故宫的红色院墙；杭州，你想到了西湖碧水莹莹的湖面，绿树掩映的湖堤和远处黛绿色的山峦；大理，你记忆中洱海上成群的白色海鸥和远处苍山的茫茫白雪……我的问题是：请问在您的印象中，五角场是什么颜色，为什么？我陆陆续续收到许多朋友的不同回答，原因更是多种多样、五花八门。莎士比亚说过，"一千个读者，就有一千个哈姆雷特"。所以每个人都有不同的体验和感受，留给人的印象也会不同。我对朋友们的回复进行了简单归纳，大致有以下几类。

蓝　色

蓝色是天空和海洋的颜色，代表着宁静、深邃。认为五角场是蓝色的原因之一，是五角场周边有空军政治学院、空军上海基地和海军的几家军队单位。而从前空军的着装就是草绿色上衣、蓝色裤子，新式空军军装更是一身蓝，海军的服装也曾是上下一身藏蓝。空军守护着祖国的蓝天，海军守卫着祖国的海洋，蓝色就是空军与海军的一种象征。

另一个原因，在五角场曾经有一批以"蓝天"命名的企业，如蓝天宾馆、蓝天饭店、蓝天建筑公司、蓝天百货公司、蓝天文具店、蓝天灯具店、蓝天油漆店……最多的时候，有 80 余家之多。当年专门设有一家"蓝天企业管理局"，管理着这些"蓝天"字号企业。直到现在，由著名画家、书法家刘海粟先生泼墨题写的"蓝天宾馆"几个大字，依然成为五角场一个标志之一，耸立在黄兴路路口。而蓝天宾馆对面还有一幢大厦冠名"蓝天"，大厦顶部像一朵蓝天下含苞待放的白玉兰。"蓝色，空军蓝。"项毅先生留言，他是我就读复旦大学地产金融总裁班时结识的同学，他在上海一家著名房产企业担任总裁，曾在读书班担任班长，深得同学们的喜爱与敬重。成立同学会的时候，他被推选为同学会常务副会长。我认识他的时候，刚刚从部队转业不久，在他的印象中，我依然是一名空军军官，空军蓝就代表了五角场。认为是蓝色的朋友中，还有中设公司的杨凤培女士。她 90 年代后期在复旦大学读大学，她说那时候每逢休息天，她总与同学们到五角场逛街，常常看到以蓝天命名的商店。她补充说："我个人也喜欢蓝色。"作为复旦人，我认为还有一个很重要的原因，那就是复旦大学的标志建筑——双子座光华楼的顶楼装饰，正是天蓝色，那是 2005 年百年校庆时新建的大厦。

绿　色

绿色，草原和森林的颜色，是一种充满希望的色彩。认为绿色的大多是年轻人，或者是年轻时曾经在五角场读书、创业的朋友。复旦大学国际金融学院的李元红老师，新世纪初从北京来到复旦工作，正是复旦大学迎来百年校庆、五角场商圈大升级的时期，到处生机勃勃，绿色成了当时的主色基调。而复旦大学绿树成荫的校园，又是一个天然氧吧，这也是李老师认为绿色的原因之一；轻舟集团董事长钟映松先生，五角场邯郸路是当年他们企业的发家之地，如今的创智汇项目，也同样在五角场。企业名称来自李白"两岸猿声啼不住，轻舟已过万重山"的诗句，在他看来，五角场就是他那"轻舟"飞逝而过的两岸，满目都是绿水青山；感觉是绿色的还有朋友金强先生，他从小生活在五角场附近的沈家行，从翔殷路虬江桥，乘坐59路公交到五角场仅两站路。他小时候一路上还能看到周边的田园风光、环岛转盘上的大草坪以及军大校园的大操场，还有上世纪80年代中期建成的"翔殷路花带"，路边有龙柏、香樟等常青植物，往日五角场给金先生的印象，到处绿意盎然。

五角场是绿色的，还有一个重要原因，是五角场众多军人留给人们的印象。五角场部队多，马路上常常有三三两两或者成群结队的军人行走。而从前军人外出并没有要求必须着便装，军装也比较单一，上下一身绿或者是上绿下蓝。所以军绿色成了那时五角场人的服饰主色调。我的小妹妹说第一次从老家来上海看我，看到四平路两边来来往往、成群结队的军校生，都是穿绿色军装，一下子这么多军人涌入眼帘，给了她特别深刻的印象；一位区退役军人事务管理局的女领导也对我说，她从小在五角场长大，小学和初中都是跟空政院与空四军的子弟在一块，他们经常穿着父母衣服改小的军衣和军裤，家门口也常有来来往往的军人，绿色成了童年时期永远抹不去的记忆。"当时做梦也没想到，现在竟干起了服务于军人的工作"，她无限感慨地说。

红　色

红色是花朵、血液与火焰的颜色。喜爱红色的都是热爱生活、热情似火的朋友。从空军政治学院转业的孙建华大哥说："红色是军营、五角星、军人、血色的象征。"来到这里生活了四十年，他认为红色可以代表五角场的颜色；在空军江湾机场军营里长大的钟灵芝女士说："我说是红色。因为童年第一眼，看到的是父亲军帽上的红五星。"在部队军校读完研究生留校工作多年的侯玉仓先生也认为红色，"因为我的青春岁月、火红的军营生活都永远地留在了五角场"；还有在长海医院从事护理工作十多年的唐守艳女士，她说："大学毕业刚来二军大工作，看到那时医院里到处是红色的横幅标语，头戴红帽檐的官兵。"红色，给她留下了深深的印记。而她8岁的儿子奕奕也说是红色，小小年纪的他，理由竟是见到五角场下沉式广场里的人们，热情似火，充满活力。也有朋友认为红色的理由有点乌龙，但也不无道理，说晚上老堵车，总是看到尾灯一片红。的确，尽管五角场上有中环高架，下有穿越黄兴路淞沪路的地道，今年10月又修通了淞沪路三门路口的立体交通，交通秩序有了极大改善，但是高峰时段拥堵现象依然是常态。当然，不光五角场这个样子，交通拥挤是现代城市的通病。

橘色和橙色

橘色和橙色，这两种颜色在我看来是一致的，代表着温暖、喜悦、活泼与热情。认为橘色的朋友是艺术家哈哈，他长期居住在老黄浦，生活精致讲究，说话风趣幽默，被我们圈内称作上海滩最后一位"老克勒"。在他的内心深处，无时无刻充满着想象。他在闸殷路上的复旦校友俱乐部担任主席，既出钱又出力，结交了许多教育界和商界的朋友，五角场也成了他二次创业的新起点。对于哈哈来说，五角场充满着无限的温情与喜悦。

认为橙色的有不少朋友，其中军队退休干部张竹根大哥说："为什么呢？橙色代表创造力、吸引力，振奋豪爽，快乐积极。五角场虽然魅力再现，但毕竟是城市的副中心，还没达到'大红大紫'，与外滩、南京路、新天地等城市核心区还有一定差距；它虽然毗邻绿色的新江湾城，但毕竟车水马龙、人车繁杂，非绿色也；虽五区联动，动力十足，发展后劲大，处于超黄向红的前哨阵地；纵然是杨浦区的经济中心，但毕竟不能替代行政中心，故而居于黄红之间。橙色正是这样一种颜色。"

灰色和黑色

被称为五角场标志的那颗巨大彩蛋，白天就呈现钢铁的灰色。中欧国际的年轻女教师谢巧玲对我说，灰色吧？最近几次去那里，好像天气都不太好，总有雾霾，灰蒙蒙，第一个浮现在脑中的也是偏灰色的大彩蛋；另一个在五角场长大的女孩说，从她记事起，五角场就是一个大工地，到处灰头土脸；曾长期在五角场街道市政部门担任科长的李崇义先生说：五角场的几个角都是空军政治学院的地盘，许多老房子还是日伪时期的建筑，外表多为灰色，显得十分庄严；我的外甥女王心宇从英国留学回上海工作，住在五角场，每天早出晚归，她所看到的五角场是黑色的，黑的夜，黑的地下公共交通，她说这是打工人的视角。但从事艺术设计的她又说，黑色中就包含着五彩斑斓。这也是时尚的年轻人喜爱黑夜的原因吧。

紫　色

紫色是一种高贵、神圣、梦幻而又极具现代化的颜色。我女儿认为，五角场是紫色的。因为紫色是 10 号线的颜色，也是她与五角场的"联结"之色。因为 10 号线的"五角场站"，让这里的一切与其他的区域连通了。地铁的快速，让我们能够从这座城市的一个地方便捷地去到另一个地方。她说每次乘地铁回家，看到紫色就倍感温馨，因为明白那就是 10 号线的颜色，尤其是在地铁里听到播报"下一站，五角场"。淡淡的紫色，让回家的人感受到暖意，也让急切的心情变得舒缓；在军队基层成长，现在仍在军队院校担任要职的殷上校说："如此用一种颜色来表示对一个城市的印象，的确很有意思。对于我生活过的几座城市来说，澳门是黄色的，充满纸醉金迷，霓虹闪烁；广州是青色的，高楼林立，但绿树成荫，充满青春活力；五角场则是蓝紫色，一种类似紫罗兰般的色彩。中心区主建筑的立面是蓝灰色的，而天际线越来越接近蓝天，向着苍穹无限延伸。夜晚彩蛋映射出的霓虹越来越紫，也越来越梦幻，让在这片土地上创业的年轻人对未来充满了向往。"

附：五角场建筑将主打蓝灰白

蓝色、灰色、白色这三种颜色，将成为上海城市副中心五角场地区空间的主要基调。据五角场市级副中心开发建设办公室（五开办）介绍，相关部门将对五角场地区的建筑外立面、人行道色带、材质等进行细化，使五角场地区建筑物与总体环境相互和谐。

据五开办介绍，和徐家汇商圈不同，作为城市副中心的五角场地区，汇聚了复旦、同济等综合性名牌大学，五角场的定位也因此区别于徐家汇商圈，定位为以科技教育为特色的现代服务业集聚区。五开办表示，确定蓝色、灰色、白色为五角场城市副中心的主要基调，是为体现今后五角场科技、现代、高雅的特色。

在之前的专家咨询会上，来自城市规划、城市设计、建筑设计、环境设计的专家们普遍认为，五角场地区的建筑物外立面取蓝、灰两种基调色，高雅、沉稳，而且能为今后色彩缤纷的商业广告提供很好的铺垫。专家们建议，在对五角场周边人行道铺装进行统一设计的同时，还应统一设计五角场的标志导向系统及商业广告。

　　根据景观设计对五角场地区色彩基调的定位,五开办已经和五角场地区万达商业广场、又一城、蓝天大厦、金岛大厦项目的设计师,会同杨浦区市容、绿化、规划等部门,一起对五角场地区的建筑外立面、人行道的色彩、材质等进行进一步细化,力求使整个五角场地区的建筑、街景、道路、绿地,形成相对统一的城市特色空间。目前,对五角场地区城市形象具有重要作用的万达商业广场三幢写字楼,已确定将楼层间的可视玻璃确定为浅灰色双层玻璃,而层间梁处则采用蓝色玻璃。(消息来源:2006年10月25日《东方早报》)

　　　　　　　　　　　　　　　　　　　写于 2021 年 5 月

作家笔下的五角场

　　去年四五月，我无意中读到现代小说家穆时英的短篇小说《黑旋风》，被小说中接二连三出现的"五角场"所吸引，令我一口气读完小说，直到最后才发现，那"五角场"非此"五角场"，小说中描绘的场景，属于旧上海时期二十年代，文中的"五角场"，是指上海静安、普陀、长宁三区交界处的"曹家渡五角场"，彼时的江湾五角场还处于上海远郊的原始乡村。日本作家村松梢风二十年代初来到上海，他在游记散文《魔都》里，记录他去江湾跑马厅看到的景象："宽阔的道路两边是麦田的田园风景，这是跑马公司建造的道路，汽车在快速地行驶着，田野中不时可见几处坟冢……眼前是一片无边无际的平原，天空犹如蓝色的镜子一般透明，在跑马场的那一头，可望见村落、麦田和森林。"由此可见，是我读了小说中的背景，误将张冠作李戴。我把这个"乌龙"写了出来，分享在我的个人公众号"新江湾白鹭"上，引得不少热心朋友的关注。然而，尽管那"五角场"与这"五角场"不在同一个时空，但那场景和生活在其中的人们，竟有无数的相似和雷同，真正应验了一句话："历史总是惊人的相似。"

　　五角场的成因，最早要追溯到近百年前实施的"大上海计划"。我从《沈怡自述》一书中了解到，作者沈怡先生作为前后在民国时期担任了10年的"工务局局长"，负责主持了上海特别市政府"新市区"的征地、规划及建设的全过程。沈怡（1901—1980），字君怡，浙江嘉兴人，是著名的水利专家。1920年从同济大学土木工程科毕业，后入德国兰斯顿大学留学，获得工学博士学位。他在回忆"上海市工务局"章节中说："在那段时期，我每日总是挟着一大卷图出出进进，回家以后，就把它铺在客厅地板上，不是对着出神，就是用红蓝铅笔在上面涂划，懿凝（妻子）在旁也忙着为我按纸捡笔。我用笔划来划去的时候，便对她说，这些纵横的线条将来都是一条条的马路，而大半个市区是被一条公园似的绿带包围着，有流水，有草地，两岸更是桃柳相间……"

原来，五角场"蜘蛛网"一般的马路，是沈怡先生等人当年一笔笔划出来的。不久以后，一批建筑在这片土地上建设起来，沈怡先生不又是建设者，还是第一批搬入新住宅的居民。他的家在如今的民府路市光路，他在传记中写道："这片广大的新建筑物，虽是高楼朱瓦，栉比连亘，可是日常寂静得连鸡犬之声都听不到一点。但是到了晚上，光景迥异，这些纵纵横横的马路，灯火通明，照耀得好似每一条街上都有着游人如鲫的那种意味。"可以说，这是我所见到的文章里最早描绘五角场情景的文字，尽管沈怡先生不是从事文学的作家，但写得真实而形象。

不想没过多久，抗日战争爆发，尚在"襁褓"之中的新市区被日军占领，五角场地区成为日本侵略者的大本营，直到1945年日本投降。几十年岁月如流，由于市政府迁回市区，五角场除了民国时期遗留下来孤零零的几幢建筑，依旧是远离市中心的农村。

中国作家协会会员、公安作家刘翔自小生活在杨浦长白新村，离五角场仅数里路之遥。二十多年来，他创作了多部《上海大案》系列，深受大家的喜爱。他在纪实散文集《时光——一个人的杨树浦叙事》一书中，回忆六十年代小时候去五角场的长海医院："每次跟着祖父穿过那片农田时，望着绿油油的蔬菜，聆听着不停鸣叫的蛙鸣声我都会特别兴奋。尤其是那迎风而舞的无数彩蝶，我就会忘情地迈开双腿追逐它们……走着走着，原本跟在祖父后面的我，竟然与祖父走散了。"可见，当时的五角场周边，尽是大片农田，阡陌小径，似迷宫一般。他说，好在农田附近有那棵高耸入云的"信号树"为他引路。那棵"信号树"就是现在安波路上的古银杏。刘翔在书中这样描述这棵神奇的大树："古苍的树干、遒劲的树枝、斑驳的树皮，历经世代沧桑的古银杏树，始终默默地耸立在杨浦区的大地上。"

在新中国成立初期的五六十年代，五角场核心区俨然是一个农村小镇，与众不同的是，在它的周边拥有一批大学、部队、军校。著名作家梁晓声近几年因创作小说《人世间》而再一次被人们所熟知，他曾作为工农兵大学生在复旦大学上学，近年先后发表了回忆五角场的散文《五角场忆旧》《阳春面》等，其中在《五角场忆旧》中写道："上海使我产生联想，自然首先是复旦，而由复旦，于是联想到五角场。"在他眼里，复旦与五角场是一个整体。梁晓声在复旦大学读书的时间是 1974 年至 1977 年，那个时候处在"文革"后期，社会各业百废待兴。五角场是上海的城乡结合部，文章写道："马路和人行道之间的道沿破损不堪，某一段人行道根本不见了道沿。路面处处坑坑洼洼，柏油层下，沙子裸露。雨天积水，若刮风则扬尘。"尽管如此，他却说："我对五角场却保留着对复旦一样的绵长情愫。"作家在这篇散文中这样描述大学附近的五角场人家："出了校门，若往另一边走，一片稻日，夏季多蚊……当年，那河水绝不清澈，却终究是一条河，会使人散步增添些许野趣……和之某段，有小石桥，石桥那边，离河十余米远，有几幢低矮又老旧的房子，然皆周正，虽矮虽旧，客观地说，是不破的。"这是那时复旦大学周边的情景，稻田蛙鸣，小桥流水。

围绕复旦大学校园，有两条河流，一条为虬江，另一条为走马塘。这两条河流也横穿或绕过整个五角场。梁晓声写到的这一段小河，应该就是走马塘。这段河流，被作家读史老张称作"复旦的护城河"。他在一篇文章中说："走马塘在校园西侧，与北侧的虬江支流界泓浜交汇，又与南侧的无名水沟及复旦燕园相通……流水潺潺，形成一个'C'字，将校园围合起来，恰似复旦的'护城河'。"读史老张本名张国伟，早年毕业于复旦大学历史系，专业从事文史研究与写作。他在文史散文集《相辉——一个人的复旦叙事》中，有多篇写到了五角场，就像梁晓声说的复旦与五角场是一个密不可分的"整体"。他这样形容曾经的五角场："贫瘠荒凉""热闹的地方屋矮人杂，冷清的地方芳草萋萋"。他说："60路公交车一过宁国北路桥，就到了宝山县境内，视野豁然开朗，万顷良田，一望无际。"

曾经也在复旦读大学的女作家龚静，在散文《寄声浮云往不还》中，这样回忆八十年代的五角场："那时的五角场，夜晚是安静的，路边没有那么多商铺，即便有，粮油店米店是早就排上门板的（和嘉定西大街相仿佛的铺子，朱红色的木门油漆掉得七零八落的），从邯郸路国定路沿着人行道走，大多是黑黢黢的，路边的轻工业技术学校洒出来一些光线，前面的居民区门口一盏不那么亮堂的路灯，若是靠右走，一长段的水泥围墙，直到前面9路终点站，才有些小铺子和光亮，人似乎也都从七角八落里忽然聚在了一起，走来走去地搅动了刚才还是冷冷的空气，最亮的一处当然是食品店了，邯郸路往四平路拐弯必要经过太平洋食品店。"女生相对比较细腻，关注的重点总是离不开吃的穿的等生活细节，如"五角场那简陋的放映站，简陋的饮食店，朴素的百货商店，实在偶尔一去的。就算去乘55路，五角场通往市中心的长龙公交车，大抵只是为了55路的"。再如："暗夜中，五角场是一个大的存在，尽管这个存在也不甚了了，简朴的朝阳百货商店早就打烊了，大众饮食店，春光理发店，还有照相铺子，自然也都关门了，有些名头的淞沪饭店呢，也许还亮着几盏灯，但对于一个学生来说，饭店是一个难得进入的空间吧，还有什么呢，略略知道些的，有个电影放映站，简陋的棚子，待等到1983年翔鹰电影院建起，也是在五角场看了电影的，不过好像有相辉堂也基本能满足了。黄兴路上的建筑看着高大些，空军政治学院里面或许灯火通明，可是外面人只看见大门和大门内的路……"

寥寥数笔，将五角场大致的轮廓，跃然纸上。但是，女作家毕竟是感性的，她写道："只是，五角场也不会让你忽略它的存在，就算不过是一个背景，背景里模模糊糊的身影也是绰绰约约的，像一个渐走渐远，又渐行渐近的影子，在往后的日子里，好像能抓住，又似乎已然松手而去。"

再看看小说里的五角场。"我拿了瓶矿泉水，带着那个牛皮纸信封，直接出了门。为了节省时间，我没有走去，而是拦了辆出租车，几分钟后，我就到了江湾体育场……斜对面五角场那几幢高楼大厦上的玻璃幕墙就像一面面镜子一样，反射出耀眼的光芒。正对面的下沉式广场里，有老人带着小孩在玩，还有人坐在咖啡馆外面的露天座椅上聊天。远处的马路上传来汽车行驶的声音和喇叭声。从旁边的小亭里飘出了一股淡淡的铁板烧的香味。"这是作家张生发表在 2015 年第 5 期《小说界》上的小说《抄绞记》中的一个场景。张生是同济大学人文学院的教授、作家，他为了区分同名同姓带来的困扰，给自己起了一个网名就叫"五角场张生"。

面对今天新崛起的五角场，回到复旦任教的龚静老师深感陌生，甚至迷茫。有一次她陪着王安忆，"出了东方商厦内的餐厅，下楼到路口，眼前灯光璀璨，车流人往，恍惚间分不清究竟身在哪条路上……真是要向五角场说声抱歉的，因为说起五角场，其实好像事实上不是在说五角场，而在说那些在五角场的日子罢了，即便那些日子，也似乎都是零零星星的了。旧日的五角场和今日的五角场，重重叠叠之间，其实哪一个都是似真似幻，且熟且陌的"。是啊，曾经的那个破旧的五角场，已经成为历史。三十年发展，令五角场城市面貌发生了翻天覆地的巨变。正如杨浦"钢铁诗人"刘希涛在一首诗歌中写道："依然是这块土地，依然是这轮太阳，五角场啊五角场，从此每条路上，都有愈发深情的目光，从此每个方向，都有分外动人的眺望……"

如今来到五角场，看到的是美不胜收的景象。女作家鱼丽在她的散文《情系五角场》一文中写道："停下来时，常会以一种仰望的视角，看看扩建之后的五角场。被拓宽后的街道呈放射状散开去，如果想要找一处场所，得手持地图，慢慢检索过去……这里的地平线确实长高了，而且是团聚一处，与上海商业精华的部分重叠。从这里，向四面延伸开去，是越趋繁华的城境，游走在宽广的街区，那些时尚的活力也激起相应的富于色彩的视角。"她还在文中写道："说实在话，去五角场，是一件愉快的事情，现在的五角场，原生态地保留了城市生长的某个阶段。既有直线型的大厦，也有环绕一圈的地下环道——我捕捉其中有轮廓的一面，徜徉于城建文本的延绵中，不觉就是几小时。它让我从淡薄的书页里，抬起头，打量这厚重沉实的世俗人生；在曲里拐弯里，体验城市色彩缤纷、繁花似锦的成长情绪……新五角场是一幅色彩斑斓的大图，绵延的街景起伏有度，撑开的边缘，有足够的松紧度，在表现力方面，是以遒劲稳固的心态来展现的。它将上海近年来那种波澜壮阔、日新月异的局面，以独特的品性固定下来，超拔、厚重。"她在回味中发觉，只不过几年的时间，"好像只是打了个小盹儿，就立刻被时光的快车抛下，那份寻家的感觉泯然消失殆尽。"文章最后写道："五角场就是一个度。在它的拢括下，那些学校、电影院、新华书店、商场……那些单向度的灰淡色彩里的记忆，经营出循序渐进的理解空间，让人留恋。"鱼丽用细腻的、充满感性的文字，娓娓道来，耐人寻味。

2019年4月，由杨浦区五角场街道与相关部门联合组织了

"上海作家看五角场"采风活动，中国作协副主席叶辛、上海市文联原党组书记李伦新、中国作协会员吴欢章等近 30 位上海知名作家和诗人，走进陈望道旧居，采访江湾体育场、创智天地、北茶园居民区等地方，并深入一线与先进代表、创业带头人和居民亲切交谈，满怀激情写下了《五角场的霓虹灯》《海浪花香五角场》《陈望道书房》《太阳照在江湾体育场》等 20 余篇散文、诗歌。著名作家叶辛在散文《五角场的霓虹灯》中，用他饱蘸深情的笔，这样描绘新时代的五角场："耸天的高楼上灯光在闪烁，辉映着雨夜的天际都亮了。川流不息的车流飞溅起路面的水花，忽闪忽闪的车灯让我恍然感觉，像天上的流星落到了马路上。五角场天桥的'彩蛋'，变幻着赤橙黄绿青蓝紫的色彩，仿佛童话的世界与现实生活连接在了一起……"

是啊，一切都在不断变化，唯有变化才是亘古不变的。五角场这方土地，正是这个飞速发展的时代的一个缩影。期待越来越多的作家关注五角场这片土地，记录、挖掘、书写更多的关于她的故事。

写于 2023 年 3 月

虬江是吴淞江下游一条支流，与走马塘合围成「圆沙」，组成五角场核心区域。它是曾经养育五角场的「母亲河」。

周建新　摄

第二辑　烟火可亲的『繁花』年代

生命是一个不可逆的过程，人生就是由无数个这样的瞬间所构成。

——摘自《老别墅的岁月尘烟》

那时的"繁花"

一个时代有一个时代的故事。"霓虹养眼，万花似海"，电视剧《繁花》的故事，是属于上个世纪末的生活，剧情始于1992年底。巧的是，1992年12月31日晚上，我正乘坐50次特快列车从广州抵达上海，正式开启新上海人的工作与生活。对于三十多年以来的上海，尤其是五角场，有诸多切身感受。

我那时在空军部队工作，结识了不少《繁花》原著中像"沪生"那样的年轻人，他们在军队大院成长，比地方上弄堂长大的孩子更具优越感，但大多数人闯劲不够，遇事瞻前顾后。后来也认识了诸多像阿宝、陶陶、玲子、葛老师那样普普通通的上海人，也有跟汪小姐一样从体制内勇敢下海的，但多数阿宝还是阿宝，陶陶还是陶陶，由阿宝变成宝总的极少，雄总算一个。雄总是我认识二十多年的好朋友，我称他就是"五角场宝总"。雄总年轻时高大帅气，从国外赚到了第一桶金，92年从东京带着一千七百多万回国，资本远超剧中宝总的自有资金，但因为不谙国内市场，资金被严重缩水，毕竟五角场"宝总"，与宝总之间，差了一个老法师般的"爷叔"。幸好后来遇上从丹麦来上海经营皮草的"华裔"大哥，这位大哥像"爷叔"一样手把手指导他，使他的生意后来有了大反转，在商界又一次做得风声水起。

"1993 年的黄河路，玩的就是心跳"。彼时的五角场，以五角场命名的街道成立刚满一年，基础薄弱，百废待兴，启动市场经济的"引擎"是"地摊经济"。当年摆地摊的，大多是无正当职业的年轻人，起步成本低，不像宝总那样做外贸、炒股票，大进大出。但他们也从中挣到了"外快"，刺激了市场繁荣。个别人还成了大老板，如今颇有成就的企业家里，就有其曾在地摊前的身影。

说到美食，当年乍浦路、黄河路的风，也吹到了五角场。在五角场餐馆里，也一度流行"龙虾三吃""椒盐大王蛇"，若请客不上这样的"硬"菜，似乎不成宴席。五角场拥有"蓝天""星晨""唐人街"那样的"至真园""金美林"，也有"山根""黑匣子"之类的"夜东京"，家喻户晓的"马大嫂"火锅，仿佛就是那时的"每底捞"。"星晨"从翔殷路上一家毫不起眼的小餐馆，实现到钢丝厂、再到黄兴路的"三级跳"，规模扩大数十倍，一直"挺"到了 2023 年。"宏通"是餐馆中的"巨无霸"，老板娘依托雄厚家底，把象山海鲜搬到了沪上，其做派足可与"李李""卢美琳"相媲美。有人说，"餐饮业的水太深"，在这片海洋"游泳"的溺水者比比皆是。记得曾有两家比肩开在国和路口的海鲜城，那叫一个豪气。其中一家"花仙子"，门口装饰着一只夺人眼球的超级"大龙虾"。这样的饭店就是开在当年黄河路，也毫不逊色。朋友的朋友王老板告诉我："那些年为他们供应配料、酒水，每月账单就有几十万。"可惜呀，只是昙花一现，没两年这些酒家就销声匿迹了。

　　我那时身为军人，对股市不太"敏感"，但时常感受到身边亲友在股海中的起起伏伏。我刚认识妻子时，她的"沪生"哥哥就是入驻交易所的首批"红马甲"，每晚总有人找上门，或电话咨询，了解股市行情，打探"内部消息"，仿佛他就是一个"财神爷"似的。不久五角场也有了营业部，翔殷路的"中经开"、蓝天东楼的"申银"，四平路有一家新建成的剧院，把大门厅租给了"广西证券"。炒股的人也日益活跃，每至傍晚，总见东一堆、西一群地围着聊行情，还有人相约到翔鹰电影院旁的桃园咖啡厅"密谈"。股市沉浮起伏，有人笑，有人哭。那时我只知炒股是"跑单帮"的活儿，哪知道还有电视剧中"小乐惠"那样多少人凑在一块的"抱团炒"。

　　剧中有人说："做小商品有义乌，做皮草有海宁，做羊毛衫有桐乡"。我的老家就在浙江桐乡，早年有多名同学当上了乡镇羊毛衫厂厂长，他们经常像"范厂长"一样押着货车给大上海的百货商场送货，有送南京路、淮海路的，也有送五角场"朝阳百货"的。他们往往为图方便半夜进城，猫在车里等候天亮。一次有个厂长同学送完货，结到了账款，欢天喜地到"蓝天"西楼吃广东早茶，还喊上我与他一道庆祝。

　　一晃多少年过去，总有一些人在时代的洪流搏击中沉浮起落。"爷叔"说过："做生意不是比谁赚得多，要看谁活得长"。是啊，回望曾经开放在五角场的簇簇"繁花"，有多少花朵依然矗立枝头，又有多少早已随风凋零。

　　　　　　　　　　　　　　　　写于 2023 年 11 月

国济路：曾经是五角场居民必逛的一条街，充满烟火气。

《五角场镇志》

翔殷路邮局往事

昔日的翔殷路邮局，虽算不上文化地标，却也是五角场居民经常光顾、寄托情思的地方。尤其像我一样远离故乡的军人，对邮局有着一份特殊的感情，总是感觉邮局是距离故乡、亲人最近的地方。

翔殷路邮局位于从前翔鹰电影院东侧，如今的合生汇商业广场中心区。当时从环岛东行不到百米，就见一个美丽雅致的小花园，园内树影婆娑、鸟语花香，这是1986年建成的翔鹰花园。从花园边一条小路进入，便是邮局所在。门口有一个报刊门市部，销售报纸和杂志，彼时还没有后来马路边星罗棋布的东方书报亭，这里是当时五角场唯一一个报刊销售点。每当走近门口，总有一股清新的油墨香扑面而来。宽敞的营业大厅有一长溜窗口和长途电话间，里面还有一幢五层综合大楼。这样的排场，在当时的邮政系统可是相当的规模了。五角场大学多、驻军多，大学生、教授、官兵都是主要顾客，这里也是五角场通往外界的重要窗口。大厅里常常人头攒动，买邮票、寄挂号信、拍电报、寄包裹，几乎每个窗口都排着长队，嘈杂的空间里不时传来"啪啪啪"盖邮戳的声响。九十年代初我在空军政治学院读书的两年，成了这里的常客。那时我经常给报刊投寄稿件，将退稿的信封翻过来糊成大信封，用剪刀剪去一个角，再在信封右上角写"稿件"二字，直接塞进邮局的大邮筒。

1991 年 7 月初的一天，我收到《青年报》报社寄来一份样报，上面发表了我的散文《故乡的航船》。那份报纸被队领导要去，张贴在俱乐部的墙报栏。当天我趁午间休息，冒着小雨赶去邮局，想买几份留存起来。结果到了报刊门市部一问，那份《青年报》已售罄了。卖报刊的是一位 30 多岁的瘦高男青年，他幽默地指着旁边正在翻看杂志的姑娘说："喏，都给她买走了。"听了这话，我便围那姑娘问："你买了多少份呀？"我以为她是做报刊生意的，一定是买了许多。谁知她回答："你听他瞎说，我也就买了 1 份。"卖报刊的青年接口说："那不就是吗，本来就剩这么 1 份，你一买走不就全部买光了吗？"我听完惋惜的叹了口气。他们在一旁说："你买其他报纸不也一样吗？"我告诉他们："不一样啊，上面有我发表的一篇文章。"那姑娘一听，赶紧从小包里取出折叠好的报纸，问："哪一篇，哪一篇？"我伸手指给她看。她看完题目露出欣喜的目光，望了我一眼，然后退到一边浏览起来。这时我才仔细端详那姑娘，她身材娇小，长头发，戴一副淡色挂架眼镜，身穿黄色连衣裙。她看完一遍后对我说："你的文章写的真不错，也太巧了，我把报纸让给你吧！"我当然很开心，后来我买了 1 本最新的《大众电影》送给她，临走时问她是哪儿的，她告诉我她是上海财经学院的学生。如今一晃过去三十年，回忆起来还是心甘如饴。

当时信件邮戳上，还盖着"宝山"字样。据说五角场几经变迁，最终划归杨浦，但这家邮局仍然属于宝山邮政管辖。进入新世纪后，电信越来越发达，家庭大多安装了程控电话，手机也逐步普及，写信寄信成了人们的奢侈行为，邮电业务严重下滑。2001年前后，每个单位都在抓创收，邮局推出一项为企事业定制明信片的新业务。有一位我所在部队的军嫂，刚被安置到这家邮局上班，很想到部队找点业务。我当时在负责教学保障，对优美的教学场馆，需要向来自五湖四海的军校学员，并通过他们向更多的层面做一些宣传和推广，同时也是支持这位军嫂的工作，经请示上级，同意定制一批明信片。于是我们请来专业摄影师，在校园拍摄了一组高清照片，挑选其中10张，制成一套精美明信片，放在教学区文具室出售。不料深受学员们的欢迎，尤其是新入学的本科生，这套明信片成了军校学员传递信息的桥梁。当然，这些明信片也都是通过这家邮局投寄给四面八方。

新世纪后，随着五角场商圈建设的推进，翔殷路邮局所在地块被统一开发，邮局异地置换到僻静狭小的政本路上。曾经热热闹闹的翔殷路邮局于2011年6月22日悄悄落下帷幕，在新址开业时改称"政本路邮局"，次年3月该邮局从宝山邮政系统剥离，纳入杨浦邮政。此时，距五角场划归杨浦，已过去了28年。"植此往矣，今念一夕"，时代在前行，总有一些事物属于远去的那个年代，过去的再也不会回来。翔殷路邮局，终将成为几代五角场人心中永远挥之不去的难忘记忆。

写于 2022 年 4 月

难忘的"朝阳百货"

在我家客厅里，挂着一只普通石英钟，圆形、红色边框，太旧了，妻子舍不得扔掉，常常取下来擦拭干净，为它更换电池，她说："这只挂钟，还是我俩一块儿从朝阳百货买的呢，二十多年了，它可是记录着我们一寸寸流逝的光阴哪！"是的，那个时候许多东西都是从"朝阳百货"购买，这么多年过去，依然有无数的"老五角场人"对它念念不忘。2004 年 7 月 7 日清晨的一声巨响，朝阳百货大厦被成功爆破，一个承载着市民记忆的商业地标消失了，取而代之的是现代时尚的万达商业广场。

五角场地区驻军多，当时营区无法作为商业经营，沿街都是砌筑严严实实的围墙。邯郸路淞沪路口，是唯一不受"军事重地"影响的一角，为此这里最早开设了许多商店，有饮食店、书店、小百货店等等，逐渐形成了街区。1989 年，朝阳百货大厦建成了，楼高九层，高度超越了对面当年侵华日军建造的黄褐色"老大楼"，一下子成了五角场的最高建筑。大楼上面七层是居民住宅，一二层及地下室为百货商场营业空间。当年 10 月 1 日，百货商场开业迎客，五角场居民欢欣鼓舞，终于迎来了家门口的"市百一店"。在商品相对匮乏的年代，"朝阳"货品齐全，"一站式"就能买到大多数生活必需品。每逢节假日，商场里人头攒动，柜台前常常排起长队。那几年五角场盛行的地摊夜市，也都是围绕"朝阳"门前的马路展开的。一到夜晚，室内室外摩肩接踵，吆喝声此起彼伏。

自1993年初开始，我就在军队那幢"老大楼"的三楼办公，透过窗户，能清晰地望到对面"朝阳"的身影。那个时候，与部队建立"军民共建"，是评选"精神文明单位"的"必要条件"，为此"朝阳"主动向上级要求与我所在的部队建立联系。有一天，我陪着学院一个学员队的贾政委，去"朝阳"二楼的办公室接洽军民共建的事。当时的商场老总是在杨浦商界赫赫有名的杨龙山先生，他身材魁梧，梳着大背头，穿一身黑色西装。他的办公室有些局促，中间一张茶色玻璃茶几，两侧放着两排布艺沙发。杨总热情地递给我们名片，名片黑底烫金，纸质考究，那张名片我保存至今。后来军地双方共同组织了不少活动，朝阳百货也连续多年被评为精神文明先进单位。这位杨总因大胆创新、勇于改革，使商场在上海百货业单店销售位居前十，他本人也成为市里的劳动模范。

开业五六年后，商场进行了升级改造，大楼前面的广场上，拆除了原先的水泥花坛，竖起了高高的旗杆，外墙装饰了银色的金属板，现代、时尚。室内灯光明亮，调整了商品布局，还新增了背景音乐，购物环境明显改善，使消费者感觉耳目一新。重新开业那阵子，门口摆满了花篮，墙上拉着一条条红色、黄色的条幅，充满了喜庆气氛。不仅如此，店员的服装也提升了档次，女店员都穿上了统一的西装套裙，还化上妆，涂了口红，一个个漂漂亮亮的。我妻子的银行同事钟女士曾对我说过，她小时候家住

食不算多。四平路国年路口有一家清真饭馆，我吃过两三回，每次都点一道头尾汤，用的是一条小青鱼，身子段想必做了爆鱼，饭店将头与尾在油锅里炸一下，然后烧成汤，鲜香无比，让我记忆深刻。两年后我独自出差北京公主坟，也同样点过这道菜，远没有这种味道不说，这装头尾汤的盆，大得几乎可以在里面游泳了。若是数量与需求不配，无论怎样，也吃不出快乐和幸福感来。

还有一种是蛋炒饭。从前，在邯郸路9路电车终点站旁边，有两三家小饭馆，其中一家，我只吃过蛋炒饭，军校把包水饺当作改善伙食，而我不喜欢，便从宿舍旁边的一个灯具店后门溜出去，去吃蛋炒饭。他家的蛋炒饭极像我小时候奶奶的炒法，将调匀的鸡蛋打在饭粒里同炒，并且放了一些猪油和酱油，这样炒出来的饭特别香，让我吃出了童年故乡的味道。无论走到哪里，乡愁永远是无敌的美食。

著名作家梁晓声写过在复旦读书时吃的阳春面。七十年代物质生活贫乏，一碗阳春面竟能让一个来自北方的大学生念念不忘，现在的大学生吃个烧烤、撸个串也是家常便饭了。据说他吃阳春面的那家大众饮食店，就在邯郸路淞沪路口的朝阳商店（那时候还未建起朝阳百货大楼）旁边，上世纪七十年代早些时候叫梅林饮食店，我听几位老"五角场人"说过，他家的雪里蕻肉丝面味道不错，还有就是鸡脚爪很好吃，我想大概是卤出来的。有一位老人，曾经是我的同事，她当年在同济上大学，有一晚她舍友们都想吃鸡脚爪了，派一个同学去买。谁去呢？有人提议抽签定夺，结果她抽到了，为了一饱口福，她来回走了8站路。还是同一家店，八十年代初又恢复了"梅林"，我一位老领导杨大哥当时已在空军政治学校工作，周末战友之间小聚，他常去那里买来两只鸡壳，他记得每只鸡壳只要一角五分，饭馆将鸡肉做了手撕鸡，鸡壳只当作"废料"贱卖了，殊不知对于军饷不算高的年轻军官来说，是价格低廉的下酒好佐食。

女作家龚静也曾经在复旦读书，她在回忆文章中念念不忘的是，五角场的太平洋食品厂门店，那里香脆的蝴蝶酥让无数女生终生难忘。这家食品厂当年就开在朝阳百货后面淞沪路上，前面门店后面厂，糕点的香味让走过门口的人垂涎三尺。上海有许多本地小吃，我不知道五角场是否也有过诸如老虎爪子、梅花糕之类美味特色点心。妻子至今还常常怀念一种叫煎饼果子的小吃，上海人俗称"包脚布"。她是空政院子弟，后来在翔殷路上的农业银行上班，农行旁边的国济路口，每天早上总有一个"包脚布"摊位，在一只铁桶上放一块烧烫的铁板，用面粉和鸡蛋摊出来，然后在饼上涂抹上酱料、葱花，裹上半截油条，热乎乎的美食早点就送到食客手中。摊煎饼果子的是一对来自山东的双胞胎老姐妹，她们长得极像，脸颊红扑扑的，嘴甜、热情，总是乐呵呵的。常常是一个操作，另一个收钱打下手，配合得十分默契。我妻子跟我多次说起这对双胞胎姐妹，我眼前总能浮现出这样一对模样相像的山东大姐，正在一只冒着热气的大铁桶前忙碌的情景。

在对五角场的采写过程中，有好几位战友或朋友向我提到过八十年代"蓝天"的大肉包，常常有许多市民在四平路上排着长长的队伍，做这种包子的面粉是供应军队的"精面"，用这种面粉做的包子又白又香，而调制肉馅的是两位曾给空军飞行员做点心的师傅。看来当时的大肉包让很多人怀念是有道理的，每当这个时候，我总为我来五角场晚了几年而感到遗憾。"蓝天"除了大包子，还有卤味做得好，在四平路上有门店，后来还开到了空政院的服务中心，这是我有幸享受到的美味。

回忆起曾经在五角场的美食，实在不可胜数：翔殷路上西安饺子馆的凉皮，忘不了食府的"小绍兴"三黄鸡，每年冬季平昌街的糖炒栗子，翔鹰电影院门口的"可颂"……听朋友说在国济路曾经有一个小店专卖猪大肠，味道极好，引得大学生蜂拥去吃。如今手艺传给了子女，据说店铺迁移到了政云路上。我印象深刻的还有，大润发超市开业后，靠近黄兴路转角开了一家"顺角轩"，主打东北菜。他家有一道"酱棒骨"，大肉骨上插着一根吸管，酱过的猪肉肥而不腻、香气扑鼻，尤其是吸其骨髓，真叫一绝，香味浓郁到无法形容，令我至今难忘。

其实享用美食，还要看当时的心情、环境，更重要的是与谁在一起。回想起来，我有过几次难忘的经历，感触颇深。还是九十年代初，在四平路55路终点站附近，深夜的灯光下常常摆着一个馄饨摊，仅有几张简单的桌子凳子。他家卖的小馄饨皮子薄，味道鲜。记得有一次我与妻乘车从市区返回，下车时饥肠辘辘，天气又寒冷，热气弥漫的馄饨摊吸引了我们。我们坐在小凳子上，要了两碗这样的小馄饨，碗里热腾腾的汤里，还浮着几条小虾皮。虽然很简单，我们却吃得很欢；还有一回，也是一个深夜，我们刚参加完朋友在东湖招待所里的活动，从里面出来时天空飘着毛毛细雨，看见国权路四平路口的昏黄路灯下，有一个老婆婆围着围裙，面前一只煤球炉上置一只钢精锅，正哧哧冒着白雾。她的锅里是茶叶蛋和豆腐干，茶叶蛋每只 8 分钱，我们买了两只，烫得我俩一边吹气一边剥壳，吃完又加了两只。老婆婆烧的茶叶蛋滋味十足，满口留香，这种香味是会深入到骨子里的，让人记得住一辈子。

写于 2024 年 4 月 16 日夜

老别墅的岁月尘烟

老别墅挟裹岁月尘烟，向人们絮絮叨叨讲述昔日的故事。五角场地区是民国时期的"新市区"，曾经建有不少老别墅，位于民府路上的"三十六宅"，政旦东路上的董大酉私宅，政通路赵无极家的老宅（现为五角场街道办公房）以及复旦大学宿舍区、原空军政治学院家属区的老别墅群等等，有的已经在城市改造中被拆除，有的至今完好保存下来。今天要说的是我曾经居住过多年的"空军政治学院"老别墅，这批老建筑今天大多依然还在使用。

烽火年代

这些老建筑群位于黄兴路翔殷路口，它们大小不同、错落有致，外表已十分老旧，看起来像一群穿着粗布素衣的垂暮老人，与周边新建的高楼大厦，形成了鲜明的对比。这个院子被称之为"一号院"，生活在其中常常有一种类似于乡村生活的体验感，因此我喜欢把它比喻成"都市里的村庄"。

多年以前，"一号院"的正门设在翔殷路上，如今在此地建起了合生汇大厦。黄兴路上有另一道门，一条长长的水泥甬道贯穿整个院落。当年这两座大门都有持枪的士兵站岗，无关人员难以入内，院子里除了早晚，大部分时段处于静谧状态。从翔殷路大门进入其中，两旁有粗壮高大的龙柏和修剪整齐的树墙，极像两列迎接检阅的威武士兵。这些老别墅就隐藏在一片高大的香樟与梧桐树的浓荫下，每幢小楼分为两个单元，均为上下两层的砖木结构，外墙是层次分明的水泥拉丝墙面，屋面为红瓦坡顶，配上厚实的木门、木窗，显得敦实。房屋内部空间不算宽敞，门窗的檐口也十分低矮，却玲珑精致。这些房屋东侧曾经有一条南北向的小河浜，据说居民可以在河里钓鱼、钓小龙虾，但等我看到的时候小河早已被填平了。

据资料记载，这些建筑曾被称为"振兴住宅"，建于上世纪日伪时期的1939至1940年，共有150余幢，分4种房型，分布在原空军政治学院（现为国防大学政治学院杨浦校区）和复旦大学宿舍区。由日本设计师山本拙郎设计、恒产公司（株式会社）施工建设，同期建造的还有黄兴路翔殷路口的"恒产大厦"（原空军政治学院办公楼，见本人拙作《一幢已湮灭的"老大楼"》）。显然，这批建筑带有殖民主义色彩，在建筑设计方面，虽然受到日本传统建筑的影响，但已明显具有现代主义风格，根据日本人居生活方式特点，在上海传统里弄房屋的基础上做了一些改造。

草木无情，岁月有痕。这些别墅与"恒产大厦"建成后，先后驻扎过侵华日军工兵、国民党"京沪杭警备总部炮兵指挥所"，解放后曾驻扎解放军炮兵部队和空军文化补习学校。自六十年代初空军政治学院入驻以来，又经历了停办、撤销、恢复、转隶等曲折过程，正所谓"铁打的营盘，流水的兵"。在漫长的岁月中，这些房屋长期处于失修状态。1978年，空军政治学院复校后，从江苏常熟请来一个施工队，对这些破旧的房屋进行了全面整修，给外立面粉刷、拉丝，将一楼木地板替换成水泥地坪，还在道路两边及房屋周边补栽了许多树木。从此，房前屋后绿树成荫，扦插香樟、水杉、桃树、枇杷、石榴、柑橘等树木。光阴似箭，几十年过去，植物繁茂生长，树冠高高地盖过房顶，若从高空俯视整个"一号院"，极像一片镶嵌在都市里的小森林。绿化好，空气香，良好的自然环境吸引了各种各样的鸟儿，树上常有黄鹂、白头翁、斑鸠、翠鸟等鸟儿栖息，人与自然高度融合在一起。

"客栈"光阴

九十年代初，其中4幢小楼被用作军校内部招待所，招待南来北往的军人，也安排新调入的干部在这里临时过渡。1993年初我留校工作后，被安排在其中一幢小楼内，那时军队住房紧张，许多已婚军官还都是几户合住一套。

靠近十字路口的那幢"52号楼"，楼下是招待所的办公室，我就住在二楼一个朝北的小房间，一架狭小逼仄木楼梯，迂回曲折地通往二楼。二层有4间房，我住的房间仅六个平方，房顶中间一台吊扇，一支日光灯，下面一张宽大的棕床，床前摆放一张写字桌，桌上一门黑色拨号电话。记得这张桌子侧面印着一个繁体"营"字，据说还是国民党军队遗留下来的营具。门边立一个木制衣帽架，内侧有一个大壁柜，这些是室内的所有家当。窗外有几棵巨形香樟，四季遮天蔽日，门窗一关，小屋倒也十分温馨。窗外是一个道路交会口，常响起"叮叮当当"的自行车铃声。每当士兵列队走过，还会边走边喊队列口号，或唱队列歌曲。但是，这种"吵闹"只是暂时的，大多数时候，"一号院"是宁静的，身居其中，隐约听到远处传来的汽车喇叭声和一浪一浪的嘈杂声。在这里生活，常常根据军号声作息，只是每日清晨，往往先被室外的小鸟啼鸣声唤醒，随后才响起悠扬而冗长的起床号，"哒、哒、滴哒——滴、滴、哒哒"，此起彼伏地回荡在整个院子上空，新的一天开启了。

这幢小楼常有新鲜的事情发生。一楼是招待所的登记处，入住、退房，每天都有客人进进出出，带来各种新鲜的信息。接送客人的司机大多是年轻士兵，他们喜欢与女服务生打趣、说笑，楼里欢声笑语不断，这样的日子也不觉得烦闷。我这一"临时"，居然住了两年半，直到结婚才搬离那个院子。

家庭"田园诗"

光阴如梭。三四年后，我分配到了更大的住房，又搬回到这片神秘的"村庄"。军队随军官职务晋升，调整相应的住房，这次组织给我安排的房子，就在原住过的小楼斜对面。那时住房条件有了明显改善，一幢别墅安排两户。这套房屋早先是几户合住，有一位战友当年是新闻干事，他告诉我刚结婚时就住在其中的一间。后来整套分配给了院办主任一家，分配给我之前住的是一位哲学博士家庭，这位教授后来做过系主任。我家的房子靠近小区主干道，楼前有一小片空地。房内楼下是一间客厅，附带一套"袖珍"的厨房和卫生间，楼上南北各有一个房间。房屋虽小，可谓"五脏俱全"。当然，在大都市能够住上这样的小楼，是十分惬意的，宛如居住在都市中的一个乡村里。记得参观江阴华西村时，老书记吴仁宝介绍村民的新房是"楼上楼下、电灯电话"。我把他这句话用在这里，还补充一句："前庭后院，养花种菜；车铃一按，出门方便。"

上世纪九十年代末期，大家对住房的室内条件逐步有了要求，分到房子后一般都会根据自己想法装修一下。我也一样，搬家之前，我请工人将这幢老房子进行简单修缮。施工中我发现房屋的建材参差不齐，红砖青砖夹杂其中，联想到当年日军建造这些别墅与修建江湾机场的施工时间，都是在 1939 年至 1940 年间，我猜想这些砖瓦木料，是当年修机场时强拆的民房材料。当年为修建江湾机场，拆除了殷行镇及三十多个自然村落，导致数千人无家可归，这也是侵华日军所犯下的罪行之一。这个一点也不奇怪，听说抗战胜利后，在拆除日军修建的碉堡时，曾发现浇筑在水泥里的钢材竟是从老百姓家里抢来的铁门铁窗。由于房屋一楼比较潮湿，原有木地板开始腐朽，下部墙体也已严重腐蚀。于是，我请工人对这些进行一一加固，并作了防潮处理，以确保房屋的性能。

在小楼前我找来一堆碎大理石片，铺成一个七八平方大小的露天小广场。还在空地上种上一些花草。小广场旁边有一棵长势旺盛的枇杷树，宽大、厚实的树叶，常年墨绿。初夏时节，枇杷成熟，绿叶间透出黄灿灿的果实，看着都会让人垂涎欲滴。那段时间也是院内白头翁和麻雀们最开心的时候，它们在树枝间跳跃、欢唱，尽情的享受着大自然的馈赠。冬天，我们喜欢将落叶堆起来焚烧，烟雾绕着房舍，仿佛是乡间农家的炊烟，长久不散，烟雾中还夹杂着草木特有的清香。

枇杷树下的这块小广场，是我们和女儿开展亲子活动的乐园。那时女儿正是"欢乐蹦蹦跳"的年龄，她很喜欢在这里看童书、踢毽子、做游戏。我在墙上挂了一块小黑板，教女儿认字、写字。还在树干上挂一块塑料飞镖盘，我们一起练习投掷。有一年春天，单位组织去郊区桃园踏青，我看到有人在卖小仓鼠，便连同笼子一起买了回来。小仓鼠的模样极像灰色的小兔子，竖着两只长长的耳朵，煞是可爱。我们就把它放在枇杷树下，指导女儿给它喂青草、菜叶。看着小动物吃东西极为专注，认真耐心，常常等吃完一片，才会换吃另一片，女儿也在不知不觉中领悟到许多学习做事的道理。

生命如歌，岁月如诗。我从陈旧的相册里，找到一张旧照片，照片右下角显示拍摄的时间为 2000 年 3 月 26 日。这是一个星期天，拍摄地点正是我家曾经居住的那幢小楼前，照片中有我母亲、女儿和我。母亲身穿深蓝色提花针织毛衣，一头乌黑发亮的头发，精神饱满，此刻母亲左手端着装有染发膏的盆子，右手执一把小梳子，正全神贯注地为我染头发。照片背景是茂密的冬青篱笆墙，旁边灰色的墙壁就是小别墅的一角。当时女儿不足四周岁，已在幼儿园入学。正午的阳光灿烂地泻落下来，晒得我们身上暖暖的。照片上女儿手里拿着一束黄灿灿的油菜花，准是刚从旁边菜园子里摘得的，新鲜的花朵还在散发着早春的芬芳。

那年我母亲才五十多岁，谁也无法预料三年后会患上不治之症。如今母亲走了近二十年，小女孩已长大成人，而我也在不知不觉中慢慢老去。生命是一个不可逆的过程，人生就是由无数个这样的瞬间所构成。一段反映祖孙三代往日的温馨时光，被定格在这张照片上。照片以外，还有一位拍摄的人，那是我年轻的妻子。从我女儿娇嗔的神态与表情上可以看出，她妈妈正举着相机，笑意盈盈地喊着"一、二、三"。这个瞬间，实际上是由我们4个人，组成了一个温馨的小世界。回首往事，不禁感慨万千，原来我们需要的幸福只是那么简单。

左邻右舍

俗话说：远亲不如近邻。"一号院"居民，大多是现役军官或转业地方的干部家属。院子不大，左邻右舍"鸡犬之声相闻"，相互之间都不陌生。休息天常会聚在一起，聊聊家长里短，互相观赏菜园和花卉。靠近南侧一块住着几位离休的老将军，他们生活简朴、习惯深居简出，但每天会看到一位老人推着轮椅中的老伴，默默地沿着小道散步。我家隔壁起初住着一户本院教授，女的在地方单位当领导，夫妻俩整天早出晚归，后来他们分到了新房搬走了，调整来一户转业干部。那位转业干部相对比较悠闲，我们时常会站在门外聊上几句。他转业安置在园林部门，有一阵子弄来一些罕见的花草，花儿开得特别艳丽，颇让邻居们羡慕。

　　有一位战友的妈妈也从老家来带孩子，与我母亲相谈颇为投机，经常带了各自的孩子在一处玩耍，还相约到对方老家去做客；有一户邻居丈夫已转业地方，女主人退休在家，她心地善良，为人真诚、热情，对我母亲十分关心，母亲生病后常来问候，还送来纪念礼物；隔一条过道住着一位中年教授，个子不高，一口浓重的苏北口音，他学问做得好，经常受上级表彰。夫人是一名中学教师，常年高跟鞋、长裙子，插耳机、走猫步，经常去咖啡馆看书、备课；附近还有一户浙江老乡，他家从老家带来蔬菜品种，种在门外的空地上，满洼碧绿。记得有一回，老乡大哥冒雨抱一大捆"鲜菜"送到我家，额头上、菜叶上还淌着雨水，这一幕深深印在了我的脑海。

　　人生是由一道道生活痕迹组成，时光难以磨灭曾经的记忆。我在那幢小楼住了六七年，告别那里已近二十年，附近的邻居一拨一拨换了，但也有的邻居至今从未离开，成为"一号院"的老居民。如今，往事如烟，但森林一般绿色院子，田园般的诗意生活，总是让我难以忘怀。尤其是那些清脆的鸟鸣声、一阵阵嘹亮的军号声，时常回荡在我的耳畔。

写于 2023 年 8 月 17 日

烟火可亲的"繁花"年代

今年的贺岁电影《非诚勿扰3》，有一句经典旁白："会落幕的是电影，能永远的是我们。"曾经过往仿佛是一场已经落幕的电影，而留在我们脑海里的记忆，与我们唇齿相依，永不磨灭。电视连续剧《繁花》开启了人们的记忆闸门，如烟往事滔滔而来。该剧时间跨度从 1992 年最后一天至 1994 年十一国庆，对于开发浦东刚起步的上海，这是一段激情澎湃、万马奔腾的岁月。

当年的江湾五角场，中心环岛依旧是一块杂树点缀的草坪，中央竖着那个十年前全运会时安装的雕塑，被人说远看似一副"晾衣架"的"空心地球"。周边还没有繁华的商业广场、高楼大厦。唯一的商业标志，是总面积只有三千多的朝阳百货公司；文化娱乐标志，仅有翔鹰电影院和五角场文化中心。五条马路汇聚于此，每天车水马龙，人声鼎沸，江湾机场的战斗机时常在头顶"轰隆隆"低空掠过。站在五角场环岛放眼望去，满眼都是拥挤的人流、车流与无序的城市图景。然而，后来发生的巨变可以证实，一股积聚已久的力量，正在等待时机喷薄而出。

彼时，正是《繁花》里的"宝总"在黄河路风光无限的开始。如今的五角场拥有万达、合生汇等大型"销品茂"，还有国定东路"金储休闲广场"与大学路两条"市级商业特色街"，在这之前，尚未形成餐饮娱乐集中的街区。然而，所有的餐饮娱乐场所，又都紧紧围绕着五角场这个"宇宙中心"。当年最上档次的，当属蓝天宾馆的两家餐厅和"星光""月光"夜总会——可谓"饕餮大餐""霓虹闪烁"。与"繁花"名字相似的酒店，五角场就有一家繁华大酒店，一幢六层建筑，楼前是一个雅致小花园，花园里有蘑菇凉亭、仙女雕塑，春天迎春、山茶相继开放，夏天有火红的石榴点缀其中，冬日里则腊梅吐蕊，暗香扑鼻。"繁华"，就隐匿于繁花丛中。许多人或许已经遗忘，但若提起几年后开设的保龄球馆，便会让人记忆犹新。当年"繁华"的所在地，该是如今合生汇的"心脏"。

当时新开业的酒家，还有四平路上的古今酒楼，金字招牌，古色古香。我与妻子95年结婚时，就在那里摆了十桌酒席。宴请的宾客都是同事和朋友，我们一桌接着一桌敬酒、点烟，好不热闹。有一年圣诞，酒楼老板邀请来了沪上著名的滑稽戏演员，宾客们手持抽奖券，边品尝美食边欣赏节目，精彩的表演不时引起满堂喝彩，整个店堂里洋溢着欢乐气氛。值得一提的是，他家的"黄油焗龙虾"是招牌，电视剧里的宝总说："你以为吃的是龙虾，其实是机会，一只龙虾就是一个机会。"能到古今楼吃龙虾的，也都是非富即贵的"宝总"们。剧中黄河路的酒家，多为女老板。五角场当年也有类似的餐馆，其中有一家店名叫多方饭店，开在国济路上。女老板个子高挑，长波浪，优雅大方，还有一个拥有同样高颜值的闺蜜做搭档，像极了至真园的"李李"与"潘经理"，迎来送往，笑意盈盈。餐馆门头小，"肚子"大，内有阁楼，设四五只雅致包厢，生意竟好得出奇。

有人说，王家卫导演把股市商战拍成了"谍战片"，让人惊心动魄。没错，对于某一群人，"股战"就像"谍战"。上世纪九十年代初，股市悄悄进入人们的视野。对于股票认购证，大多数人嗅不到其中的商机。我妻子那时候刚到银行上班，营业部为了将认购证销售出去，在翔殷路门口摆了几张桌子。当时有许多围观者，但大多数人只愿当观众，不愿掏口袋，毕竟30元在当时不是小数目。我妻子自己咬咬牙买了两张，不曾想后来暴涨到几百、几千。她有一个同事，是个入职不久的小男生，当时就买了100张，赚了不少钱，后来干脆辞职炒股去了。

在我的记忆里，五角场开设的首家证券营业部是"中经开"。营业房屋掩映在一片茂密的树林之中，门口卧着一对石老虎。老总从北京某某部下来，租住部队营院一幢小楼，开一辆挂军牌的黑色奥迪，金丝边眼镜，西装革履，手持厚重的大哥大，派头十足，比剧中的"强总"神气得多。后来，"广西证券"租用了四平路一家剧场的门厅，门面气派。记得每回经过，总见大门口一对高大的石狮，与"中经开"门口的那对石虎一样咄咄逼人，虎视眈眈。那时候股民看行情、委托交易必须到营业厅，宽阔的大屏幕前总是挤得满满当当，比熙熙攘攘的农贸市场还要热闹。我有位熟人，在附近经营一栋写字楼，特意从那里远远地拉出一条专线，他坐在办公室，一边上班，一边当"大户"，感觉好像与"宝总"坐在外滩20号的和平饭店里一个样。

八十年代全民经商，热辣滚烫，个别军人也跳入了"股海"。时常听闻某某买了多少认购证发达了，某某炒股成了"某百万"。记得九三年春季迎接新学员入学，我与一位"老机关"

编入一组，被派往上海站接待从各地赶来报到的新生。一连多日，只要股市开盘，他就让我留在站点，自己溜去哪里看行情。后来"申银""广西"开张了，总有几个穿制服的"股民"混杂于其中，惹得领导大为光火，责令管理部门派人巡查。《繁花》里的金科长告诫徒弟汪小姐："心可以热，但头一定要冷。"这句话，用来提醒"股民"也很恰当，股市三十年，波涛汹涌，有多少人因为心热头也热被割了韭菜。

如今，人手一部智能手机，可在掌上炒股，以往数百人仰着头、紧盯一块大屏幕的时代，一去不复返了。回望过去，曾经开放在五角场的"繁花"，竟依然是那么真切、可亲。

写于 2024 年 2 月 18 日

沐浴在往日光阴里

　　五角场作为一个乡镇存在的时候，淞沪浴室是唯一一家家喻户晓的大众浴室。这家浴室开在淞沪路上，紧挨着曾经被张国伟老师誉为在五角场环岛"鹤立鸡群、傲视群雄"的"老字号"淞沪饭店，一根瘦长的铁管烟囱高高地矗立在房顶上。我去过淞沪浴室两趟，浴室门头狭窄，内部空间逼仄。里间有一个一二十平方大小的四方泡澡池，更衣和休息挤在一起，衣服用叉子挂在半空中，顾客休息时，会有人拎着篮子送来热毛巾，距离远一点的，会将热毛巾像飞盘一般飞到顾客身边。复旦大学吴中杰老教授说，他五十年代刚留校任教的时候，几乎每周都会去那里泡一次澡，"只要在中午刚开门时就进去，浴水还是很清的"。这样的澡堂子，每个江南小城镇几乎曾经都有一两家。

　　九十年代初，附近的大学、工厂和部队都有了自己的澡堂，淞沪浴室逐渐败落，房子被隔出来，租给外地来打工的人。我认识一个从广东五华来上海做防水的小老板，姓廖，爱穿花格子衬衫，专往大单位的房管部门跑业务，对渗水漏水小修小补，生意不大，但细水长流。他就租住在那里，还带着两三个为他干活的小工。

　　空军政治学院二号院曾经也有一间这样的浴室，房子是侵华日军遗留下来的，外观破旧，但内部比"淞沪"宽敞，更衣室

91

条件稍好一些。每周六、日开放，内部人士凭澡票入场。有时候也对外，有一位院外的朋友自豪地告诉过我，他早年就到里面洗过热水澡，还是从黄兴路上一道边门进入的。

九十年代中后期，上海流行温泉大浴场，最著名的，要数西区沪青平公路上的"云都温泉"。里面除了泡澡、桑拿（干蒸和湿蒸）、按摩等，还有棋牌、港式美食和大型歌舞表演。据说这种商业业态源于古罗马帝国时期，长老们喜欢召集数百甚至上千人一起沐浴，穿着浴袍在宽松的环境里议事。经过上千年不同国度和文化碰撞、荡涤，衍生出这样一种商业模式。甫一亮相，就受到大家追捧，被朋友邀请或请亲友去浴场消费，感觉很有腔调、面子十足。当时车辆虽然远没有现在多，但道路交通还是落后，从五角场赶过去，少说也得一两个钟头。不少朋友为了赶一趟"云都"，还得专门调休半天。

五角场虽地处偏僻，但要说大众消费这方面一点不落后，不久之后就开了第一家——金岛温泉浴场。"金岛"开在政通路上，独栋建筑，分上下三层。老板姓邱，上海人，个子不高，戴金丝边眼镜，精明能干。他曾在日本打工，见过世面，回国后在十六铺卖布料，当时已经小有经济实力。这家浴场规模虽说不如"云都"，但功能样样齐全。室内装饰呈日式风格，一楼有敞亮的大堂，里间是洗、泡、蒸和搓背，还有更衣、梳妆间；二楼有美食、按摩、棋牌；三楼是休息兼演艺厅，晚上有一场歌舞表演。记得每人买一张48元的浴资券，就可以洗浴和观看歌舞表演。来到这里，无论你什么职业，也无论职务高低，大家穿着统一的衣衫，感觉都是平等的，因此宾客们感到物有所值，附近居民趋之若鹜。那段时间，老板肯定赚得钵满盆满。记得有一回，我的几位战友同时从外地来看我，我就带他们去"金岛"感受一番，大家光着身子，泡在温暖的水池里，互相嬉闹打趣，那一刻仿佛又回到新兵连的那段岁月。

有人说，中国人的模仿能力是天生的，世界第一。没过两年，这样的浴场在五角场地区四处开花，接连开了好几家。黄兴路上的"伊丹温泉"，老板叫张彼得，原来在翔殷路和四平路开饭馆，但许多人不认识店老板，都熟悉店里憨厚的经理沈红旗；国和路上开了一家"天泉"，全名蓝天温泉，一听名字，便与五角场遍地"蓝天"联系起来，老板的确是从空军部队转业的；后来，营口路上有了"凯华嘉禾"，邯郸路上有了"州际"……如此一来，一块蛋糕被众人瓜分，到最后谁也无法生存。后来这些浴场如烟消云散，不复存在，类似的生活方式也渐渐淡出、落寞。

世界上有许多事情是有轮回的，消失若干年以后，曾经流行的生活方式又回来了。如今"大浴场"换装以后"卷土重来"，重新回到了五角场，回到了我们的生活中。前年，受朋友邀约去了国霞路上的一家大浴场，这是一家连锁店，也是日式风格，淡雅清新，粉红色的樱花云朵般点缀其间，水果饮料畅吃畅饮，餐厅是日本料理，穿上和服一般的浴衣，穿梭在楼上楼下，仿佛东渡到了日本。最近在万达广场，又见识了一家大型浴场，高端大气，除了泡汤、餐饮，还有大型游艺厅，这种形式受到年轻人的追捧。我看到一位年轻人在朋友圈上说："在这家浴场，实现了车厘子自由。"纵然如今有多种多样的娱乐形式，去这种经过创新的浴场也是一种选择。生活需要多样化，人生才会有滋味。

写于 2023 年 12 月 23 日

热辣滚烫

如今，生活条件好了，吃饭不再仅仅是为了果腹充饥，人们以各种各样的方式，来满足自己求新求异的味蕾，曾几何时，火锅成为一个时期的新时尚。我还记得三十年前第一次在五角场吃火锅的经历。

1993年的新年跨年，我是在从广州到上海的火车上。第二天一早，我赶到位于五角场的空军政治学院，那天气温寒冷，天空还飘着小雨。因为元旦放假，没人上班，校园里空空荡荡。中午，我约上还在校读书的老乡曹伟兴去五角场吃火锅。这家饭馆开在四平路与黄兴路夹角处，面朝转盘，这地方如今该是悠迈广场门外的空地。店门口张贴着一张广告，红纸黑字写着：羊肉火锅18元/份。我们在二楼找了一个位置，我不记得是否还点了一瓶啤酒或黄酒。羊肉火锅上来，装在一个砂锅里，放着几块羊肉，加了一些白菜、粉丝和蛋饺，锅底下点着一个固体酒精炉。之前广州流行吃狗肉火锅，打边炉的那种，我也算是见过世面，相比之下，这个其实算不上火锅，只是用一个炉子加热的砂锅。但是，外面冷风飕飕，我们吃得浑身热乎乎的。砂锅加热，也就成了火锅。

1995年初，曾在五角场火爆多年的"马大嫂"火锅店开张了。这家火锅店老板是台湾人，姓胡，身体微胖、敦实。胡老板

94

对小吃饮食很有研究，不断翻出新花样，他在五角场就先后开过"马大嫂""菲力牛排""伊加伊""好家面馆"等等。他的第一家"马大嫂"开在四平路国定路口，店面约有三四百平米大小，进门处设自助区，分门别类地堆放着各种食材和调料，大大小小的桌子上，放着一只铸铁锅，下面用煤气加热。这种铁锅市场上没有，是老板从台湾买来的。每人38元，锅底有五六种，根据客人需求自选，店里提供的品牌啤酒，客人可以畅饮。这种餐饮模式还是第一次在五角场出现，一时间生意十分火爆。

看火锅生意好，就有别的餐馆跟风，没过多久，在"马大嫂"马路对面的蓝菱酒家，经改造后也经营起了火锅。他们家的食材比"马大嫂"更多，质量也更加好，吸引了众多高端消费者。尤其是到了天寒地冻的冬季，店堂里聚满了人，人声鼎沸，热气腾腾，水雾常常把窗玻璃蒙了起来。我印象最深的是，他们家的牛百叶不像马大嫂那样白净，黑乎乎的，但吃起来实在，颇有嚼劲。还有猪脑，这是别的地方所没有的。小碗底部放一张生菜叶，带血丝的新鲜猪脑就放在上面，色泽艳丽光亮，但模样有点吓人。将它放到漏勺里，在火锅里煮上几分钟，蘸上酱汁，口感软糯，味道香浓，好吃极了。

紧挨8路电车终点站的蓝天酒家，也曾开过火锅，他家的特色是蛇肉，那个时候流行吃蛇，许多饭馆都有椒盐大皇蛇这道菜，而蓝天酒家推出蛇肉火锅，汤汁十分鲜美，吸引了不少顾客，后来因为新建金岛大厦被拆除了；在翔殷路上的繁华大酒店，自从三楼开了一家保龄球馆，去那里消费的人多了起来。原来一二楼都是餐厅，酒店将一楼大厅部分承包给人开起了火锅。

餐厅设在酒店里，庄重高雅。到这里吃火锅的人，非富即贵。据说吃完那里的火锅，会上瘾，有些食客每天都要去那里。后来被爆经营者在火锅锅底里，加入了一种神秘的"调料"，据说这种神秘的调料会增强汤料的鲜味，但属于严禁食用的范围。后来，这家火锅店也不见了踪影。

上世纪末期，内蒙古羊肉席卷餐饮业，到处都见"某某羊"之类的连锁品牌火锅店。五角场也有几家，黄兴路国权路口就有一家"小肥羊"。商标是一个绿色的圆圈，里面画了一个白色的羊头。商店标志高高地悬挂在那座房屋的顶上，特别显眼，老远就可以看到。这家火锅的特色就是羊肉卷，这些羊肉都是从内蒙古空运过来，确保质量。二十多年过去了，小肥羊火锅的商标还高高地矗立在那里。

十年前出现了一个家喻户晓的火锅品牌——海底捞。这家火锅店以周到细致的服务，赢得了顾客的认可。顾客想到的需求，他们都能提供，有求必应，连免费擦鞋这样的事，他们也做了。五角场的海底捞，开在苏宁易购大楼的六楼，规模不小，营业时间也长。那些年，凡是想吃夜宵，总是会想到海底捞。今年四五月，不知是因为租约到期还是别的原因，这家曾经颇具影响的火锅店也关门歇业了。

如今的餐饮业，可谓百花盛开。火锅也是层出不穷，林林总总，各具特色。羊蝎子、潮汕牛肉、六头鲍、左庭右院……云集五角场，选择性很多，消费者大多是年轻人。而上了年岁的人，吃什么比怎么吃更重要，不再讲究形式。而对于过往的生活，总是依依不舍，譬如对曾经吃过的那些老火锅，倒是十分怀念与留恋。

写于 2022 年 10 月

霓虹之夜

霓虹是夜晚的浓妆，璀璨的霓虹灯使得每一个黑夜不再孤独。

九十年代初的一天，我妻兄陈亮陪我去五角场新开的一个酒吧，酒吧名字叫做"部落人"，一个很"原始"的名字，老板是大院里的军人子弟。那还是改革开放初期，我听了这个名字，心里充满了好奇。"部落人"开在一个地洞里，据说那是侵华日军修筑的地下工事，酒吧只用了洞口一部分，仅两间房子那么大小，通往里面的通道被封掉。门口设在平昌街附近的一个僻静处，上方有一块闪烁着灯光的匾额。从一间低矮的小屋子步下台阶，室内灯光黯淡。靠墙有一个吧台，台前围着一些桌椅，若是没有这个吧台，倒极像中学里的教室。我们买了啤酒和几碟小菜，坐在那里煞有介事的喝着。这是我平生第一次走进酒吧。

酒吧起源于美国。十八世纪美国西部的酒馆为招揽牛仔们，在门口安装一根大木头，方便客人拴马。后来客人改开汽车了，店主将拴马的木头搬进酒馆，放在吧台下垫脚，从此客人坐在吧台前的高凳子上喝酒，酒馆改成了"酒吧"。

后来，五角场陆续开出了一些酒吧，蓝天宾馆的"星光"

"月光"，黄兴路上的"金银花晚会"，邯郸路上的"The Boy to The Man"（从男孩到男人），还有四平路上的两家小酒吧，颇有名气，据说上了美国的中文杂志，不少回国探亲的华侨，还会专程赶来体验。其中一家叫"山根"，大门是一个三角形图案，很显眼，白天大门紧锁；另一家叫"黑匣子"，开在两幢居民楼中间的裙房里，门头低矮，外墙涂得"墨墨黑"，极像一只黑匣子。酒吧生意做的是夜场，十点以后才渐成气候，客人凌晨两三点才渐次离开。若是你半夜经过四平路，就会看到酒吧门外，出租车排着长队。

一位长期从事公安一线的朋友告诉我，酒吧是社会治安最头痛的场所。在灯光昏暗的密闭空间，酒精的作用加上音乐的刺激，年轻人荷尔蒙旺盛，激情四射，难免做出一些出格的事情来。警方每晚都得为诸如此类的事，出警好几回。有一次，我半夜在长海医院吊水，遇上了被送来急诊的两个满脸是血的人，其中一个竟是熟人，小伙子长得很精神，在一家百货商店做经理。待医生为他处理完伤口，我问他缘由。他告诉我，当天他的一位发小从外地来上海看他，晚上他们去了一家酒吧，酒喝得多了些，究竟是什么原因与另一拨人打起来，自己也不清楚了，总之，他与他的发小被人拿酒瓶子砸了，他的头顶缝了十多针。而他的发小更惨，脸上被划破了好几道，估计得破相了。他很懊悔，不该带朋友去。

新世纪初，四平路拓宽，"山根"和"黑匣子"两家酒吧的房子都被拆除，从此"黑匣子"不知去向，"山根"几易场地，最后在国定东路的一个拐角处开张了。但由于受了"重创"，一蹶不振，再也没有了昔日雄风，最后消失在五角场的尘烟里。

"山根"不在了，但关于"山根"的传说依然在民间流传，我在网络上看到过许多留言，表达了对这家酒吧的怀念：

"以前四平路上的老山根也是我挥洒年轻的地方，很多很多回忆都在里面！

"记得这里是我最常去的酒吧，那个时候年纪轻，也因为离家近，每个星期都会去，是个气氛相当好的酒吧！

"里面就像个山洞，分成两层楼，有时候还有领舞，9点以前都放一些抒情歌曲，之后才是DJ时间，也很喜欢那些音乐，带很多朋友来过，他们都很喜欢这里！

"还有一年情人节在这里过……

"如今这个山根酒吧搬到了国定路上，去捧场过一次，已经没有什么感觉了，一切都变味了……"

有一阵子，五角场最热门的夜店，是国定路虬江畔的"芭芭拉"，两所著名大学都在附近，聚集了许多大学生。激情始终属于年轻人，总是需要有一种场所安放他们的青春。

2005年，五角场掀起了一阵狂热的"风暴"——一家娱乐"航母"登陆在五角场国定东路。高大的门头，两边是若干块鼓起的风帆，远远望去，极像一艘扬帆远航的大帆船。每到夜晚灯光亮起，霓虹闪烁，流光溢彩，仿佛是一个充满梦幻的城堡。这家娱乐城营业面积近万平方，一、二层是立体型大酒吧，三四楼为豪华夜总会。引进安装了当时最先进的灯光、音响设备，组成超大型激情与DISCO广场，成为上海东北角娱乐行业一颗璀璨的明珠。可惜的是，好景不长，只经营了两三年。酒吧这种外来的商业种类，似乎有些"水土不服"，目前除了大学路、政通路有几家异国风情的小型酒吧，规模稍大的，已在五角场商圈逐渐消失。

电影《花样年华》中有一句话：一个时代结束了，属于那个时代的一切都不复存在。然而，前几天我路过安波路，竟看到一排门面中有一块店招："黑匣子1996"，门头依旧黑漆漆一片，我十分惊奇，不禁停下脚步：难道是三十年前的"黑匣子"又回来了吗？

写于 2024 年 3 月 26 日

翔鹰电影院忆旧

当写下这个题目时，我的耳边回荡着罗大佑的《恋曲1990》："轻飘飘的旧时光，就这么溜走，转头回去看看时，已匆匆数年……"

翔鹰电影院，位于杨浦区翔殷路上的1111号，距离五角场环岛不足百米，在如今的合生汇商业广场中段。从上世纪八九十年代到新世纪初，是五角场地区唯一一座向公众开放的电影院。它曾是五角场地区的文化地标，是上海东北角的"大光明"，是"五角场人"业余文化生活的"伊甸园"。进入新世纪，市区两级政府对江湾五角场城市副中心的商业规划，进行了重大调整，实施了史无前例的大规模建设改造。2008年3月，因中环线建设停业两年多的翔鹰电影院被肢解拆除。一个曾经在五角场屹立了二十多年的文化地标悄然消失，令久居于此的无数"五角场人"，无不为之怀念和追忆。

（一）

江湾五角场，尽管做过民国"大上海计划"时期的新市区，一度轰轰烈烈地建成了市府新厦、市立医院、博物馆、图书馆以及大型体育场；后来日伪时期日军也将五角场作为日伪上海军政"大本营"，建有恒产大厦、振兴公寓、旭街等大批营房和民用住宅以及江湾飞机场；早在上世纪二十年代就迁入了复旦大学，后来又有多所院校和大型企业陆续从异地迁来。但是，在漫长的岁月里，五角场地区的文化设施一直无比匮乏，堪称上海这座城市的文化洼地。上海解放后，五角场是宝山县的一个镇，位置偏僻，交通不便。六七十年代，镇上仅有一个电影放映站，那是租用了二军大的小礼堂，位于现在的翔殷路国和路东侧。礼堂空间狭小、设施简陋，且房屋低矮，只要前几排有人站起来，便挡住了后面观众视线，全场即刻一片哗然，观影效果甚差。周边复旦、同济、空政院、二军大以及拖内公司、上柴厂等院校或大型企业，多少还会有内部小放映厅或露天电影场，偶尔有影可观，而大多数生活在这里的普通居民，常常无处消遣，"到某某某看电影"成为民间百姓的一个"奢侈"话题，直到翔鹰电影院的出现。

1983 年 10 月，翔鹰电影院落成。当时五角场镇依然属于宝山县管辖，没多久划归了杨浦区。1992 年 4 月出版的《宝山县志》上记载："翔鹰电影院，1983 年落成于五角场镇，有座位1024 只，门面典雅古朴，东侧有小花园和绿化带，1984 年划归杨浦区。"而《五角场镇志》则这样记述："十一届三中全会以后，市电影局投资 180 万元，选定翔殷路西端南面 6760 平方米空地，建造翔鹰电影院。内设 36 排 1200 个软座，有空调设备，全自动放映机。影院放映的音质、光度、吸声极为良好。"关于该电影院的起名，《杨浦区地名志》上这样记载："影院以翔殷路谐音命名，取'翱翔祖国蓝天的雄鹰'之意。"众所周知，

"蓝天上的雄鹰"是人民空军的象征。江湾五角场曾经是中国人民解放军空军部队驻军集中的地区，四平路一带有空军上海基地（原空四军军部），淞沪路尽头有空军江湾机场，政立路上有空军航材仓库，与电影院一墙之隔的单位就是军内曾经赫赫有名的空军政治学院，且空政院在地形上，占据了五角场五只角的"三只半角"，可见空军元素在这一地区所占的比重。翔鹰翔鹰，蓝天上展翅飞翔的雄鹰。

翔鹰电影院坐南朝北，西倚空军政治学院，东侧是翔殷路邮局、繁华大酒店，中间隔着的一个小花园，它与电影院同期建成，是修建"翔殷路花带"的起点。花坛里有几座蘑菇型的水泥亭，还有供路人歇息的石凳子。中央有一座一人多高的基座，其上是一尊"雄鹰展翅"铜质雕像，那只黑黝黝的雄鹰健壮有力，正展开双翅，翱翔蓝天。据说这是花带建设时，由上海有色合金铸造一厂专门铸造的。该企业发动全厂职工奋战四月，铸成了这尊铜雕，预示着五角场地区的市场经济即将振翅高飞。这一座雕塑在很长一段岁月里，是五角场地区唯一的城市公共雕塑，它展翅高飞的形象成为这一地区的精神象征。

自从有了翔鹰电影院，五角场便有了一个令人向往的文化地标，居民有了业余生活的精神寄托。这里虽然远离市区，甚至称去市中心为"到上海去"，但自此开始，在翔鹰电影院可以观看到与市区同步上映的最新电影了。《五角场镇志》上称："影院每周开放一至二次通宵电影，为五角场居民、大专院校师生、企事业单位职工、解放军指战员提供了一个文化娱乐场所。观众年达百万人次。"可见这家影院受当地观众的喜爱程度。翔鹰电影院起点低、条件差，据知情人介绍，当年经营的工作人员甚至总经理，常常亲自在夏天的烈日下，背负十几斤重的电影拷贝，蹬着自行车，来回穿梭在市区与五角场之间。他们克服种种困难，不负众望地创下一个又一个记录，一度突破三千多万元的票房年收入，位居全市同行业第8位。不到10年时间就跻身于上海市三星级影院的行列，1996年顺利进入了首轮放映单位——"永乐天王院线"，真正成为上海电影放映行业一只"翱翔蓝天的雄鹰"。

（二）

近些年，走出家庭、去影院看电影又一次悄然回归我们的生活，成为大多数人日常生活不可或缺的组成部分。我时常与长期生活在五角场的朋友们聊到翔鹰电影院，每当这个时候，大家总是兴奋不已，有说不完的话题。有位二军大的好朋友说，他在读本科期间，除了寒暑假，几乎每个周末必去那里看场电影。他是学霸，功课没压力，军校管得严，没别处可去，自己又是个电影迷，有了这家电影院，他自嘲那几年好比"老鼠掉在米缸里"了。

我的一位同乡战友威利，现在是一个街道的中层领导。他说自己1988年从皖北一个空军机务训练团分配到空军江湾机场，年底部队与上海国棉十五厂举行军民共建大联欢，晚上在机场草坪上举办篝火晚会，下午先去翔鹰电影院看包场电影。那是他第一次走进翔鹰电影院，这天观看的片名叫《寡妇村》。剧情讲述的是闽南农村妇女冲破传统封建思想的束缚，追求平等和自由，对旧社会种种压抑人性规矩的反抗。电影中多次出现了朦胧的裸露镜头，他和战友们感受到社会进入到新的发展时期，文艺界吹来了开放自由的春风。

肖丽现在是分管这一带文化娱乐行业治安的一位女警官，九十年代初她从浙江考入第二军医大学护理系，毕业后分配在长海医院工作。她将领到的第一个月工资，大约三四百元买了一辆崭新的永久牌 24 寸自行车，到了周末便轻快地骑着它，去五角场的翔鹰电影院看电影。由于读书期间女生管得严，周末外出受到 20% 比例的限制，且每次外出时间不得超过两个小时，所以上学三年，偶尔经过电影院，却从未获得入内观影的机会。谁知那次看完电影出来，新车不翼而飞，找遍了周围的角角落落也不见踪影，为此她心疼了好长一段时间。未曾想到十余年前从军队转业时，被分配到了管辖这一地段的派出所。相对而言，如今上海的公共安全管理，无论在软件还是硬件上，都已有了质的飞跃。

我的企业家朋友大雄先生，他家 1983 年从市区老西门搬到翔殷路工商银行楼上，马路对面就是翔鹰电影院。影院刚刚开业的时候，他没少光顾。后来他远渡日本留学去了，92 年回来时带了一支玩具气枪和一辆遥控小汽车。那段时间，他经常带着他的小外甥，在翔鹰电影院围墙内的空地上玩，遥控小汽车在宽阔的水泥地上，"呜啊呜啊"地转来转去，圆圆的彩色塑料子弹，打得满地都是。一年后遥控汽车坏了，气枪也因为国内买不到专用充气罐而束之高阁。随后他发现，在这块空地上搭起了两层钢结构的门面房，开张了五角场第一家肯德基快餐店。

有一位在五角场土生土长、如今依然居住在国定路上的时髦大妈，用上海方言对我讲："阿拉老早点帮朋友到强音（翔鹰）扩（看）电影，是一桩杜（大）事体，西（先）弄弄头发、化化妆勒啥，穿勒漂亮额新裙子，背勒好扩（看）额小包包，爱要马点谷子（瓜子）勒啥好切么事（零食）。扩（看）一场电影，有得开心好几天。"

我的妻子阿黎从小在部队大院长大，起初在湖北的空降兵部队，上小学的时候随父母来到上海五角场，看电影一直是自带小马扎，与官兵们一起观看露天电影。部队分配给家属孩子的区域往往距离银幕比较远，声音影像不清晰，有时候电影看到一半下雨了，无奈只好提前退场跑回家。翔鹰电影院开业以后，她第一次感受到，坐在带空调的影院里那种观影乐趣。她说有一次全家去翔鹰电影院，观看荣获奥斯卡金像奖的黑白影片《罗马假日》，她被女主角奥黛丽赫本的美貌和演技所折服，也被电影中的爱情故事所打动。

妻子从前的银行同事灵芝女士，是江湾机场的空军干部子弟。她在淞沪路小学上学的时候，学校经常组织去翔鹰电影院看电影。她说："我们排着队、手拉手穿过五角场环岛，上空常有江湾机场的战斗机'轰隆隆、轰隆隆'低空飞过。记得看的第一场电影，是法国喜剧片《虎口脱险》，同学们被影片中诙谐、幽默的表演逗得前仰后翻，影院里掀起一浪又一浪笑声。"

（三）

1990年8月底，我们一群来自全国各地空军部队的年轻军官，考入空军政治学院晋级培训。一经报到注册，当晚便借口购买生活用品，向学员队领导请假，与同班刚结识的几位新同学一起走出军校大门，去五角场繁华热闹的夜市转悠。我们踩着沿街高低不平的行道水泥板，逛了几条马路，看到周围虽然房屋破旧，布局凌乱，但商店繁多，商品琳琅满目。从五角场文化中心返回途中，一个转弯就看到了一座电影院，黑色的夜幕上，"翔鹰电影院"五个红色的霓虹灯大字特别醒目耀眼。我们即刻预感到，两年军校生活不会乏味无趣了。年轻人都喜欢看电影，部队内部供应的电影，往往比较老旧或内容单一，战争片、教育片甚至纪录片，而环境也大都在露天，冬天冷、夏天热，有时还会遭遇突如其来的雨雪。而驻地附近若有一家影院，是一份部队官兵求之不得的福利。

事实也确实如此，后来我们利用节假日、休息天，去那里观看不少新上映的影片。记得那段时间，看过的影片有：张艺谋导演的《大红灯笼高高挂》《红高粱》，成龙自导自演的《飞鹰计划》，施瓦辛格的《终结者》，林青霞、秦汉、张曼玉的《滚滚红尘》，李连杰、关之琳的《黄飞鸿》，等等。对于长期在基层部队服役的军人来说，已是大饱眼福。

下面摘录我在军校读书期间，几则与之相关的日记：

1991年元旦。雨。今天放假，上午睡了个懒觉，昨天下午买好了今天9点半的电影，匆匆忙忙赶过去，却因为跑片未到而耽误了几十分钟。等看完电影出来，已过了中午学员队食堂开饭的时间。早上也没吃早餐，肚子早就饿了，这会儿天又下着毛毛细雨，身上穿得单薄，真可谓饥寒交迫。大街上行人步履匆匆，花花绿绿的伞花开放在这节日的雨天。我和大鹏、光成三人协商去附近酒楼吃火锅。喝了花雕黄酒，还喝了施格兰冰露，全身渐渐暖和了（那天的电影是刘德华、梅艳芳、郭富城主演的《神雕侠侣》，还是这部影片上映的第一场）。

元月12日。下午，学员队开会讲评工作，批评了几位学员思想松懈、作风散漫，并当场宣布调整这几位同学的宿舍。结果到了晚上，我班张同学在宿舍里哭鼻子。几个月下来，全班同学同吃同住同学习，结下了深厚的战友情谊，突然间被调离本班，心里一定难以接受。后来队长政委都来做工作开导。我因为买好了晚上的《落山风》电影票，便约了隔壁班的志华同学，悄悄溜出来，赶往五角场翔鹰电影院。

1992年5月17日。星期天。下午去国定路复旦女生宿舍约小青，小青借口赶写毕业论文，不肯出来与我会面。我心情失落，独自去翔鹰电影院看了一场电影，片名叫《风雨相思雁》，由沪剧名家茅善玉主演，影片中凄风楚雨、悲悲戚戚的剧情，恰好表达了我当时湿漉漉的内心。

……

（四）

"遥远的路程，昨日的梦，以及远去的笑声……"

这是《光阴的故事》中的歌词，依然是音乐人罗大佑所唱，流水似的光阴，带走了昨日的梦想。1992年底我留校工作，学院给我分配了一间单身宿舍，这间宿舍就在影院隔壁的一个营院内。不久，我与妻子的第一次约会，无可替代地选择在翔鹰。记得那天是 1993 年 3 月 1 日，一个初春的星期天。为了当天晚上的这次约会，我在小曹战友的陪同下，专程从五角场骑车到南京东路市百一店，买了一套深卡其色的"杉杉"牌西装，并早早地去电影院窗口买好了两张联座的电影票。因为约好的时间距电影开映还有四五十分钟，我们就步下几级楼梯，到影院大堂底下的桃园咖啡厅等候。咖啡厅内灯光柔和，音乐美妙，吧台上方有一组英文字母的霓虹灯在闪烁。我们在一张铺着塑料布的小方桌前坐下，桌上摆放一个插着一支红色康乃馨的小花瓶，一阵悠扬的旋律在我们身边围绕。我向服务员点了两杯绿茶，还要了一小份水果拼盘。我俩才第一次见面，又是第一次走进这家咖啡厅，两人都有些不自在，感觉四周似乎长满了眼睛。大概只坐了一刻钟，我俩便匆匆上楼看电影。至于那场电影的名字和剧情，彼时无暇顾及，如今早已忘却。但那次约会的情形，至今历历在目。

　　大约 1993 年上半年起，空军政治学院位于四平路蓝天宾馆旁新建的蓝天剧场，开始每周不定期放映电影，除了放映军队内部供应的影片外，也有少量租来院线的影片，对外销售门票，票价较低廉，记得当初翔鹰电影院每场票价 5、6 元甚至 8 元，蓝天只卖 2 元或 3 元。但还是老片子多，新上映的少，故而我时不时溜达到翔鹰电影院，看看那里墙上张贴的电影海报，遇上诸如《狮子王》《阿甘正传》这样的大片，绝对不会轻易错过。后来，影院为满足不同人群的需求，在其背面改造装修了两个放映小厅（193 座的雄鹰厅和 88 座的金鹰厅），观影的舒适性与视听感官效果上了一个台阶。1994 年各大企事业单位响应政府号召，挖掘潜力，大力发展市场经济，隔壁空政院在翔殷路、黄兴路沿街破墙开店，招商引进了之江、淮都、久天等多家商场。翔鹰电影院也拆去了铁门边的一段围墙，建造了 1000 多平方米的沿街商铺，引进了美国肯德基快餐、法国可颂坊西饼屋、阳浦超市，取得了社会效益与经济效益的双丰收。

记得 1998 年 4 月初美国大片《泰坦尼克号》上映，我们迫不及待地提前一天去排队购票，只买到了深夜场。第二天下班后，我们将不满两岁的女儿交给岳父母，先去影院隔壁的忘不了食府吃晚饭，点了那家店里最有特色的"三黄鸡"和鸡粥。影片以 1912 年泰坦尼克号邮轮在其首航时触礁冰山而沉没的事件为背景，讲述处于两个不同阶层的一对青年男女——穷画家杰克和贵族女孩露丝之间，抛弃世俗的偏见，双双坠入爱河，最终杰克把生存的机会让给了露丝的故事。剧情生动感人，尤其是在黑夜的海面上漂浮时，杰克把仅有的救生板让给了他心爱的露丝，并在生命的最后一刻，断断续续鼓励露丝："你一定会脱险的，你要活下去，生很多孩子，看着他们长大，你会安享晚年，安息在温暖的床上，而不是今晚的这里，不是像这样死去……"此时此刻，影院里传来一片抽泣声。电影散场时，外面下起了大雨，我们冒雨匆匆赶回家。一路上两人默不作声，只顾踩着脚下的雨水，依然沉浸在电影的悲痛之中。

（五）

到翔鹰看电影以年轻人居多，尤其是附近大学生。我曾无意间看到一位网友在电影《梦断南洋》后留言："很多年过去了，偶尔会翻看这部老电影，每次观看都触及自己安静的心灵。记得该片初映的时候，我是在上海的翔鹰电影院观看的，电影票花了20元，在十几年前算是不小的破费了。影院竖起了两层楼高的大海报，可谓壮观极了。影院工作人员说，为了不让观众等待太久，全上海订了15个拷贝，由15家大影院同步播映。一周内场场爆满，好多观众走出影院时哭得像一个泪人儿，因为剧情太闹心了。"这位网友显然曾经在五角场生活过，如今虽然不在上海了，但他所讲述的观影感受，也是他当年与翔鹰电影院有关的故事。

去年秋季，我结识一位来复旦授课的香港经济学家孙明春先生，他是复旦大学89级世界经济系的大学生，离开学校三十多年了，他这一次回来，充分感受到大学周边的巨变。当我问他对五角场最深的印象是什么，他想都没想脱口而出："翔鹰电影院"。的确，曾经的翔鹰电影院，是多少五角场学子们的乐园。孙教授告诉我：'去五角场看一场电影，成为我们当年打发业余时间的最爱。"大概是1991年的三八妇女节，身为班长的他提前去电影院门口给女生们排队买票。他给女生们买票用的是班费，自己则掏腰包买票全程陪同。那次看的是张艺谋导演的《古今大战秦俑情》。电影散场后，女生们很是兴奋，一路上叽叽喳喳讨论个不休。在当年的一场联欢晚会上，同学们用旧报纸裁剪、装扮成一群秦俑，自编自导表演了一台小话剧，如今想起来都感到回味无穷。是啊，正是当年这样一桩桩日常生活中的趣事，给了我们对逝去岁月的深刻记忆。相比于现在课余生活的丰富多彩，那时候大学生活单调、枯燥。翔鹰电影院是无数大学生心之向往的场所，是他们打发业余时间、交友乃至追星的平台。

（六）

去翔鹰电影院，除了看电影，吸引力大的还有电影院门口的肯德基。这是当年五角场首家洋快餐，两层钢结构楼房，楼下一半给了法国可颂坊西饼屋，肯德基占了一层半，面积比现在常见的肯德基大一倍以上。从上午开门到晚上打烊，店堂里人头挤挤，尤其是周末或节假日。吃肯德基成了当时年轻人改善伙食、交友约会的首选，还时常可以看到一群群孩子在店堂里庆祝生日。正如我二十多岁的女儿说，"对这家肯德基的印象，远比翔鹰电影院来得深刻，现在偶尔吃一回肯德基，也是在回味小时候的味道"。而我难以忘怀的，还有影院大厅底下的那家桃园咖啡厅，听着名字都感觉异常的美妙。这里是我与妻子第一次约会的地方，后来我们又多次去里边的卡拉OK雅座唱歌，并认识了承包这家咖啡厅的老板刘先生。刘先生是华东政法学院的老师，下海后诚信经营，注重服务品质，生意规模逐渐扩大，后来还在五角场投资了歌舞厅和大酒店。无独有偶，有次聚餐时遇到宝山区一位姓李的女企业家，无意间聊到这家电影院和咖啡厅，她说巧了，她与她先生多年前的第一次见面，也是相约在那里。可见，当年的桃园咖啡厅，按时下流行的说法，绝对是一处"网红打卡地"。

进入新世纪后，五角场迎来了城市更新改造的大机遇。朝阳

112

百货大楼、旭阳商厦、蓝天宾馆、翔殷路邮局等老旧建筑被陆续拆除，一幢幢新楼竖起来了，一条条马路拓宽了，架在空中的中环线穿境而过，市容市貌发生了翻天覆地的变化。2006年10月起，万达广场和百联又一城同时开出分别拥有16块银幕与9块银幕的现代化影院，替代了从前的翔鹰电影院。后来合生汇、苏宁易购也开设了时尚现代的多银幕影院。截至目前，整个五角场地区已至少拥有7家电影院，银幕数量超过50块之多。曾经的梦想一一变成现实，如今看电影，早已不再是居民百姓的一项奢侈消费。著名作家赵丽宏老师在一篇文章中说："一个能把梦想变成现实的时代，是令人神往的时代。"今天，我们回首往事，怀念和追忆的不仅仅是翔鹰电影院——代表一个时代的文化标志本身，更是伴随着它一起消逝的一串串珍珠般宝贵的日子。

写于 2021 年 3 月

环岛上跨越世纪的雕塑——世纪的旋律

诸德清 摄

第三辑　曾经有只「金三角」

每每回望过去，我们恍如隔世，随着时代变迁，曾经的五只角早已沧海桑田，「昔日的风景」也曾默默陪伴我们这些生活在五角场的人们，度过了生命中的悠悠岁月。

——《曾经有只「金三角」》

曾经有只"金三角"

（一）

江湾五角场，早先是由偏僻农村演变成的城乡结合部，被人称为"下只角"，而近三十年的飞速发展，使这一地区有了质的"巨变"，成为名副其实的城市副中心。尤其是由五条马路所形成的五只夹角，高楼林立，商场星罗棋布，用上海话讲："只只侪是上只角。"万达、百联又一城、合生汇、悠迈及苏宁易购，各占一角，而"苏宁易购"这只角，曾经更是被人称作"金三角"。四年前，"苏宁"停业重新改造，全面调整业态，增加了影城和书店，特别是与言几又书店合作，在中庭设置了18米高的"通天书塔"，使整个商场充满了生活气息和书香味，成为五角场众多商业空间中的一个创新模式。

五角场形成于上世纪二三十年代，五条发散状的道路像切蛋糕一般，将五角场"切"成了五只角。前面所说的"金三角"，是指四平路与邯郸路之间的夹角。四平路原名其美路，从五角场直通外滩，上世纪1983年第五届全运会召开前，就进行过拓宽改造；邯郸路原为翔殷路西段，是从五角场通往虹口的主要通

116

道。因此，这里是五角场的人流汇聚地。而这只"金三角"是我曾经最熟悉的地方。1990 年 8 月，我从广州军区空军部队考入空军政治学院，风尘仆仆地从广州来到上海。当年我们的军校宿舍，就是四平路与邯郸路这个角上一座日伪时期遗留的老建筑。这座房子原是侵华日军的"司令部大楼"，面向五角场中心，两层楼按地形呈八字形排列，中间有一个四层高的瞭望塔楼，房屋地下设有防空洞和水牢。日军投降后，这一片成了中国军队的营区。我有一位部队的老领导冷先生，从小就生活在这座军营。他告诉我，早先周边都是农田，没有高楼遮挡，他童年时曾与小伙伴爬上塔楼顶，观看外滩的国庆焰火，远处空中闪耀的火花，清晰可见。

（二）

我在这里上学时，二楼是学员大队部，一楼是我们队部和学员宿舍。我们听着学校喇叭里播放的不同军号声作息，天没亮就扎上武装带跑向操场训练，出入教室、图书馆都是提着统一发放的手提书包，排着整齐的队伍，边走还边高唱队列歌曲或呼叫"一、二、三、四"。课余时间我们把宿舍打扫得窗明几净，被子叠成豆腐块一样整齐。我们在房间里练书法，在门外小树林弹吉他，在俱乐部高唱院歌："理想的旗帜闪耀光彩，祖国的蓝天装在心怀，我们是新一代政治工作者，在黄浦江畔培育成才……"大楼正中间，有一个宽大的门厅，成了我们集会点名的场所，队首长嘶哑的嗓音，时常在空旷的大厅里回响。这座房子经历了半个世纪的风风雨雨，是当时保存较为完好的建筑。在五角场的另一角上，还有一座日军遗留的"恒产大厦"，当时是学院机关的行政办公楼。

五角场周边大学多、工厂多、部队多，有多条公交线在此地设有起点或终点站。我们的军校围墙外面是往日车水马龙的交通枢纽。四平路口有往来外滩和十六铺码头的 55 路起点站，邯郸路上有驶向虹口鲁迅公园的 9 路无轨电车（后改为 139 路）起点站。人流来去匆匆，复旦、财大与同济几所大学的师生也都会沿这两条马路汇集到五角场"赶集"。每天从早到晚，我们听着墙外哨子声、吆喝声、车铃声组成的"交响曲"，更有不绝于耳的喇叭播报声："55 路，方向新开河，途经国定路、国权路、同济大学……""9 路电车，方向鲁迅公园，途经复旦大学、运光新村、大柏树……""上车请买票，出示月票！"等等。很长一段时间，我们才慢慢适应这种扰人的噪音。前几年同学们回母校聚会，有好几位同学都忆及那段刻骨铭心的时光。是啊，三十年过去了，犹在耳畔回响，大家怀念那种伴随我们的嘈杂声，想起它仿佛就能时光倒流，把我们带回那个火热的青春时代。

（三）

刚刚过去的三十多年，五角场与上海各地一样，商业环境有了巨大的变化。在五角场商圈曾经流行这样一句话："宁要四平、邯郸，不要黄兴、翔殷。"可见这只"金三角"是真正的商业黄金角，这里也是我当时所在的学院"蓝天企业"梦开始的地方。

上世纪八十年代以后，军队解放思想，积极参与市场经济建设，提倡办企业，服务社会。学院率先在这个黄金角上"破墙开店"，开设了一家冠名"蓝天饭店"的餐厅，饭店请来了部队空勤灶专门为飞行员做饭的厨师，鼓励他们拿出各自的看家本领。他们炒的菜、做的卤味色香味俱全，蒸出来的包子点心更是一绝。朋友魏先生一直生活在五角场，他告诉我："自从有了蓝天饭店，原本红极一时的淞沪饭店没落了。这家饭店最出名的是卤鸡爪和肉包子，有个姓安的师傅做的肉包子，又大又香，一只卖两毛钱，每天一早门口就排起长龙，沿街飘荡着香喷喷的热气。"知情人士透露，当年做包子使用的是内部特供面粉，又白又细，一天"消耗"五十布袋这样的面粉。我的邻居王军医一入伍就在这里，他告诉我，蓝天饭店开在"六号门"旁边，门口有个小广场，当年饭店率先引进了一台冰霜机，一大杯冰霜卖到一块六，经常看到门口排长队。大热天夜里，小广场上聚满了手捧冰霜的顾客，他们一边喝着凉爽的饮料，一边看马路上的汽车绕着环岛转圈圈。

生产经营活动在为社会作贡献的同时，也带来了巨大的经济收益。据说蓝天饭店开张当年，上缴了30万元利润。这在八十年代初可是一笔"巨款"，上级给"战功赫赫"的饭店经理报请三等功，还奖励电冰箱1台，给予精神和物质双重奖赏。本地人沈女士是这家饭店招聘的首批服务员，她熟悉饭店周边的消费群体，周到热心服务顾客，赢得了大众的信任。许多顾客冲她而来，她在哪里，哪里就宾客盈门。她从这里起步，先后在五角场四五家大中型餐厅，担任过经理或店长，成为五角场第一代餐饮行业的职业经理。随着蓝天饭店的成功，在"金三角"雨后春笋般开出了一系列以"蓝天"命名的商店，文具店、五金店、玻璃店、油漆店、照相馆……这些商店虽然店面狭小，陈设简陋，但贴近百姓生活。当时五角场除朝阳百货商场，可以选购商品的商店极少，这些"蓝天"商店的开设，改善了五角场购物难的困境，深受大众消费者的欢迎。

（四）

斗转星移，沧桑巨变。上世纪末，随着空军江湾机场的搬迁，这一地区的净空获得"解封"，五角场迎来了新的发展机遇。最先开发的就是四平路邯郸路的这只"金三角"。学院在这里拆旧建新，开发建造了一栋六层高的建筑，招商开设了亚繁商厦。"亚繁"于 2000 年 8 月 18 日开业，商场有 6 个楼面，总面积超过 7000 平方米，如此大的商业规模，超过五角场原有的朝阳、旭阳、淮都、久天、三峡等任何一家百货商场。在经营模式和业态分布上，它按照现代新型百货商场的布置格局，底层为化妆品专柜，二楼为少女服饰，三楼、四楼是女子和男子的服装、鞋帽，然后依次是箱包、家居、礼品等等。朋友陈先生告诉我，他当年承包了一楼所有的化妆品专柜，引入他所代理的多个欧洲、日本和香港的知名品牌，无数年轻女子趋之若鹜，一度火爆到产品脱销。没过多久，由于单层面积过小，楼梯狭窄，动线不畅，上面几层很难吸引顾客，销售业绩下滑。经营老板及时调整了商场布局，招商引进"必胜客""鸭王""好乐迪"等知名餐饮、娱乐品牌。这几家连锁品牌当时都是五角场商圈的首店，深受消费者追捧，商厦顿时门庭若市，为投资商带来了巨大的经济收益。记得我曾带朋友去品尝过那里的烤鸭，酥脆且入口即化，不亚于当时名震天下的北京某大牌烤鸭。好乐迪是一家量贩式KTV，这种自娱自乐的卡拉OK模式刚刚兴起，深受年轻人喜爱，给当时五角场带来了一股新的时尚潮流。

（五）

新世纪初的中环线建设，给予五角场商圈又一次发展时机。由于城市规划重大调整，"亚繁"建筑层高过低，又未设地下停车库，浪费地上与地下空间，立面造型也与整个新商圈的规划风格不相协调，不再符合新的建设规划。因此，它于2006年中环线建成通车前被拆除，那座侵华日军遗留的老建筑也被同时拆除。

历经数年后，重新规划的新大楼在"黄金角"上拔地而起，大厦下枕地铁，上插云霄。主楼系军校内部教学用房，外形极似"亚繁"的一至六层裙楼，引进了"苏宁"，建成今日的苏宁易购生活广场。如今，五角场的五只角，在蓝天下日新月异，各领风骚。每每回望过去，我们恍如隔世，随着时代变迁，曾经的五只角早已沧海桑田，经历了一次次脱胎换骨的"阵痛"。同时，"昔日的风景"也曾默默陪伴我们这些生活在五角场的人们，度过了生命中的悠悠岁月。

写于2022年5月25日

一张手绘地图

我在整理书稿的时候，翻出一张手绘地图，绘制人是我原先在部队工作时的老同事常斌，前几年我们一起聊起五角场的往事与变迁，他也跟我一样，饶有兴致，没过几天，他给我送来了一张根据他小时候记忆绘制的五角场地图。

常斌是部队职工，没当过一天兵，但在部队干了三十多年。部队职工相对比较稳定，与他们一起共事的领导或同事，则一茬又一茬地更换。他在五角场土生土长，是地地道道的五角场人。在抗日战争时期，他父亲从安徽和县老家到上海落脚，借住在洪东宅，这个村子在翔殷路虬江桥附近。起初他父亲以在五角场摆馄饨摊为生，每天大清早去吴淞镇采购面皮、猪肉等食材，馄饨摊摆在虬江码头或翔殷路其美仓库，其美仓库在现在的国定东路金储广场位置，日伪时期是物资仓库。他有一个哥哥和一个姐姐，那时候在上海的生活还不安定，他们都是出生在安徽老家，唯有他是出生在上海，他出生时已经解放了好几年，全家人都在上海安家了。

这张手绘地图凝聚了常斌 10 来岁时的记忆。地图绘制在一张 A3 纸上，按上北下南、左西右东布置，5 条马路呈"大"字形，淞沪路是一条长长的主轴线，他将两边大大小小的各类商店、学校、工厂等标得密密麻麻，星罗棋布。最北侧到虬江为止，如今政遗路上仁和苑与中环大厦，原先是先锋螺丝厂，这是我所不了解的，当年蓝天建筑公司去那里开发住宅，给小区起名"仁和"，我听了鼓掌叫好，与"政通人和"谐音。有个老板是宁波象山人，施工期间在政通路上开了一家象山海鲜饭馆，店里专售象山杨梅酒，酒味甘甜但后劲大，容易醉人，至今印象深刻。

淞沪路东侧都是杂乱的小店铺，有几家比较有名，直到九十年代初还在经营的有春风理发店、新艺照相馆、清真饭店，这家清真餐厅便是复旦大学贾植芳教授在日记里的"回回馆"，老先生记录在那里"吃了啤酒、牛肉和油墩子"。后来经过改造扩建，由王氏兄弟开设了唐人街美食城，这是一家充满传奇色彩的餐馆。门口的75路公交车，是由五角场开往闸北电厂的闸殷路站，中间经过长海医院与共青森林公园，那时共青森林公园还不叫公园，叫共青苗圃。

淞沪路西侧有著名的淞沪饭店、淞沪路小学，饭店是国营的，当年独一无二，"鹤立鸡群"一般；这所小学后来并入五角场中心小学，九十年代这里成为"海马市场"，在小学的校址旁边后来建起了太平洋食品厂。这家食品厂是一家镇办企业，只有几间板房，仅在邯郸路、黄兴路开设了三四个小门店，都没有超出五角场范围。"浪头大"，名不副实，但他家的糕点还是深受顾客欢迎的。

邯郸路口有一排小店铺，中间有一家小书店，后来书店搬迁至淞沪路，开了一家春光理发店。还有两家小饭馆，其中梅林饭店是国营企业，"文革"时期改为大众饮食店，这家饮食店就是梁晓声老师在文章里回忆吃阳春面的那家，他记得"那个饮食店在一个杂货店旁边"，想必这家杂货店就是当年的朝阳百货店了。图中的百货店算是最大的店铺，我查阅资料获悉也才区区二三百个平方，当年叫万紫百货，七十年代初与鞋帽商店合并，改为朝阳百货商店，但店门口的招牌采用的是拼音，不知道的人自然觉得只是一间杂货店。到了八十年代末，才建造起红极一时的朝阳百货大楼。

邯郸路上另一家小饭馆叫新兴饭店，是一家集体企业，常斌的父亲就在那里做点心师傅。解放以后，他们家因为没有人种地，全家人落了居民户口。他父亲依靠一手做点心手艺，被吸收到集体企业上班，每天做大饼、油条，直到1980年退休。常斌说，他小时候经常去他父亲的店里玩。

常斌身材瘦弱，常见他飞快地骑一辆自行车，真担心哪天会被风刮跑了。听说他1956年9月24日出生那天，上海真的刮起一场罕见的龙卷风。关于那场龙卷风，民间有许多传说。这天早上，气候特别异常，忽然间就刮起了飓风。据说五角场地区的机械制造学校有一栋房子，被风吹得翻了个个，砸伤师生100多人。更蹊跷的是，龙卷风袭来时，浦东某地有人正在杀牛，刚刚把牛头宰下，大风就把牛头刮跑了，四处寻找都不见踪影，后来才知道牛头居然落在了普陀，从城市东南刮到了西北，那颗从天而降的牛头，曾引起当地老百姓的巨大恐慌。正因为他出生时的这场龙卷风，他父亲给他起名"金龙"，十多岁后才改成现在的名字。直到今天，小学同学和邻居依然叫他常金龙。

常斌在这张地图的下方三只角上，标着"空军干部学校"，刮号里还补充说明"007部队"，那时候空军政治学院才从南京迁来三年，地方老百姓都这样称呼这个单位，直到八十年代中期，这所军校改为"空军政治学院"，校门口悬挂出由开国元帅徐向前亲笔题字的校名。那时候军校沿街还没有任何商店，都是竹篱笆做的围墙，为了防腐还用沥青涂成漆黑一片。今天发展到如此繁华的境况，是那时候的人怎么也不会想到，也是不敢想象的。

常斌告诉我，他们家的住处也是几经周折。1963年时从洪东搬到了政同路（现政立路），后来又搬到翔殷路上一座尼姑庵边上的两层楼房里。1983年该地块改造，拆除了原来的旧房子和边上的尼姑庵，建起了5栋住宅，划在翔殷路1059弄小区里，当时归繁华居委会。靠翔殷路外侧，同时依次修建了五角场镇卫生院、翔殷邮局、繁华大酒店和翔鹰电影院，以及供市民活动的翔鹰广场。翔鹰广场是一个开放式的花园，中间设有花坛、苗圃，还有一只铸铁制成的"飞翔的雄鹰"雕塑。

如今他家所在的地块已经建起了"合生汇"，他说："一晃几十年过去，许多事情似乎还在眼前。"我看他所绘制的地图上，几乎标注的所有单位名字，均已"无影无踪"，唯有这五条道路的路名，依然是五角场亘古不变的标志。

写于2024年5月19日

掀起合生汇的"一角"

俯瞰五角场,仿佛是一只遒劲的龙爪——一个中心圆形的广场,五条发散形的马路,像五条爪子,把整个地平面"切"分成了五只角。翔殷路与黄兴路交会处的一只角,曾经是五角场建成初期的第一角,为什么这么说呢?因为在这只角上最早建起了一幢曾经的标志性建筑——"恒产大厦"。上世纪末期,这只角上拥有电影院、邮局、地段医院和多家商场,成为五角场地区最热闹的地方。如今,经过"大改造"后的五角场,每一只角都有一两座地标性商场,东方商厦(悠迈广场)、万达广场、百联又一城以及苏宁易购广场等各领风骚,雄霸一方。2016 年 10 月,随着合生国际广场的崛起,这只曾经的"黄金角",以建筑最高、业态时尚的新形象,再次成为五角场翘楚。今天,让我轻轻地掀起这一角,揭开它遗漏在那里的一些陈年往事。

如今的"合生汇"占地约 69 亩,是由翔殷路、黄兴路、国定东路以及安波路等四条马路合围而成。分别由 34 亩民用土地和 35 亩原军用土地组成。在属于民用的这部分土地上,原有较大的企事业单位共 4 家,从东至西依次为五角场街道的社区医院、翔殷路邮局、繁华大酒店和翔鹰电影院。位于翔殷路 1061号的街道医院,有一幢三四层楼的主楼,原先上午门庭若市,年纪大一点的病人都喜欢图个便利,去那里看病、配药。我妻子怀孕时,我也时常陪她去那里的妇产科做产前检查。有一位顾医生是我空政院战友的妻子,从河南信阳随调到了上海,人热情,业务也精湛。后来街道医院随该地块整体动迁,搬迁到了相对偏远的大柏树地区。如今顾医生已从街道医院退休,作为妇科专家,仍被一家三甲医院的体检中心聘用,继续为百姓服务。

五角场的翔殷路邮局,是84年五角场镇从宝山县划入杨浦区以后,唯一没有移交杨浦区的单位,因此它的全称依然是宝山县邮政局翔殷路支局。这家邮局业务范围广泛,覆盖地域广阔,从电报电话到报刊销售、邮政快递一应俱全。"报刊订阅量超过一个郊县。"有人这样告诉我。五角场地区大学师生多、军队官兵多,与外地联系,全凭这家邮局。我曾经在《新民晚报》夜光杯上发表过一篇专门写这家邮局的文章,回忆当年与之相关的几段往事。邮局门口有一个小花园,那里常年聚集着集邮爱好者与贩卖邮币的"黄牛",有的将宝贝托在手里,有的将东西摊在铺了塑料布的地上。

邮局内侧有一家酒店,属于杨浦区供销合作社下属企业。起初只有餐饮,叫繁华酒家,后来改造扩大成了宾馆,从此更名为繁华大酒店。宾馆客房属于二星级,当时五角场除了三星级的蓝天宾馆,便是这家算比较高档的了。楼上不记得是哪一层,开设保龄球场馆,有一段时间很流行。我有一阵子也常去练练手,虽然球艺不高,也算找到一种打发空闲的乐趣。一二楼是酒店餐厅,有一位叫陈叶青女经理,人漂亮态度也好,当时被评选为区一级的先进工作者,我们还在报纸上为她填过推荐投票表格。前几年偶然遇到，她已调任某大学一家体育运动场馆经理，近二十年未见，竟也有老朋友重逢的欢喜。

翔鹰电影院是五角场除文化中心以外的唯一一个文化场所，曾被人称为五角场的"大光明"。起名的领导有文化，翔殷路上的单位，本该用"翔殷"，将"殷"改为雄鹰的"鹰"，一下子便活了起来。我们作为邻居的空军官兵，常常被称为"蓝天雄鹰"，看到名称也觉着贴心。领导做得越发到位了，竟在旁边花圃里竖立了一只"鹰击长空"的雕塑。电影院把门厅的地下室租给别人开了一个咖啡馆，还买来制冰机，利用舞台底下空余场地，开了一个小型制冰厂。咖啡馆叫"桃园咖啡厅"，经营者姓刘，是从华东政法大学下海的老师，店里除了咖啡、茶水，还有卡拉 OK 点歌台，绝对是曾经的网红打卡地。记得我与妻子的第一次约会，就买了电影票在里面喝茶，我站起来为她加水的情景至今还历历在目，而当时看的什么电影，两人早忘到九霄云外了。1994 年底，电影院拆除围墙，在翔殷路沿街建起了一排钢结构二层房屋，招商引进了五角场首家肯德基和可颂坊面包房。当时的肯德基，就相当于如今的网红店。不少孩子在肯德基店里办过生日宴，许多青年男女在那里相亲、约会、开派对，曾听说还有一对青年在这家肯德基举行了婚礼。我曾经专门写过一篇《翔鹰电影院往事》发表在《上海纪实》上，详细内容在此略过。

2003 年前后，上述地块上的单位和建筑陆续动迁，土地开发权几易其主，最后落入合生创展集团。

与这块土地相邻的就是翔殷路 1157 号院落，那是空军政治学院的一个营区，被称为"一号院"。翔殷路大门日夜有士兵荷枪站岗守卫，森严壁垒，令外人充满敬畏。这所军校刚搬迁来这里时，对外的代号是"007部队"。现在几度整编，已无独立的单位存在，但在10线地铁站，标志着一个"空军政治学院"的地名，让曾经的"空政院人"有一种安慰和归属感，这也是充分体现上海这座城市的包容。

八九十年代，大门东侧原先成立了一家军队企业——蓝天百货公司，经营服装、鞋帽等，后来租赁给他人经营，开设了服装店、蛋糕店、红茶坊、水果摊。旁边还开过一家叫"忘不了食府"的小饭馆，专门经营三黄鸡和鸡粥，鸡肉嫩，鸡粥香，味道鲜，价廉物美，常常宾客盈门，红极一时。老板娘相貌姣好，嘴甜，原本是部队一位军医的妻子，离婚后跟了一个企业职工，夫妻俩开了这家店，听说这对夫妻后来移民去了澳洲还是加拿大。在蓝天商场内侧有一幢四层楼房，为这所军校的教研楼，是专家教授们办公的地方。附近绿树掩映中，还有一座游泳池，每到暑期，孩子们脖子上套着花花绿绿的游泳圈，欢呼雀跃地奔向这里。

大门右侧建起了两层小楼，称"之江商场"，二楼自营，开了一家眼镜商店，一层出租，其中有一家"真维斯"专卖店，这样的国外品牌服装专卖店，在五角场还是第一家。另有两家婚纱摄影店，本来由两个已退役的战友合作，后来因矛盾另立门户，成为同一行业的竞争对手。

在翔殷路黄兴路转角处，有一幢蜜蜡色外墙的三层大楼，这座建筑依照道路地形设计，庄严肃穆。这座楼建于日军占领时期，由日本著名设计师前川国男设计，是当时侵华日军的军工企业恒产株式会社的办公楼。外墙是参照设计师设计时所在的上海大厦设计的。该建筑墙体厚实，门窗宽阔结实，外墙贴泰山砖，室内马赛克地面。内侧门口栽种了几棵从日本引进的樱花树，其中一棵一直长势旺盛，每到初春时节，满树枝头樱花盛开，白莹莹一片。这幢建筑是前川国男的早期代表作品。该大楼 05 年被上海市列为优秀历史建筑，可惜等此消息发布时，已被夷为平地。在这座大楼里，曾发生过许许多多故事，仿佛流水一般，都已随时光而消逝。

大楼旁曾经是一堵长长的围墙，没有商店也无任何景观，这条围墙外的人行道被人称为"最寂寞的街道"。1994 年军队为配合地方经济建设，破墙开店，建起了两栋二至五层的商业房屋，招商引入了具有淮海路商业特色的淮都商城和四川北路商业特色的久天商城。"淮都"引进了一家由康师傅方便面母公司顶新集团开发的德克士炸鸡店，这是该品牌的全球首店，当时想与肯德基争夺洋快餐市场，可惜当时的产品不适应市场，顾客不卖账，开业不久就关闭了，换成了一家汇集各类小吃的"新世界美食城"。久天商城也不甘示弱，将五角场首家麦当劳纳入囊中。麦当劳拓展部经理李蓉是一位个子高挑的美女，敬业能干，不怕吃苦，当时只见她身上带着一个大皮卷尺，在工地上爬上爬下。"淮都"和"久天"，与五角场环岛另一侧的"朝阳"和"旭阳"两家百货公司，成为当时五角场最具竞争力的主力商场。

2004 年，为配合上海市中环线建设，这些建筑陆续被拆除。2009 年，军队将这块土地列为"军转民"试点，首次以公开拍卖的方式出让。最终，合生创展志在必得，以将近 14 亿拍得。每亩土地单价接近 4000 万，成为当年上海市商业土地交易的"地王"。

如今，当你站在五角场广场，远眺"合生汇"这座高端地标，或者步入商业广场内部，面对琳琅满目的商品，还会记起它前世的故事和曾经的模样吗？

写于 2020 年 11 月 17 日凌晨

上世纪九十年代中期，一批商场相继在五角场开业。
淮都商城开在翔殷路与黄兴路转角处，内侧即是"老大楼"。

诸德清　摄

迈玛瑞已是一个传说

在离五角场不远的控江路江浦路口，两条马路与杨树浦港合围成了一个三角地，如果没有后来的变化，如今一定是广场舞的热门地。上世纪九十年代中期，这里建造了一幢三层高的欧式洋房，新开了一家颇有怀旧海派文化特色、充满异国情调的餐厅——迈玛瑞大酒店。

记得我第一次受朋友之邀，从五角场赶去那里时天已将黑，看到这座尖顶小楼在泛光灯照射下，熠熠生辉。大门口有一对石狮子，一侧停放着一台高大的黑色蒸汽机火车头，另一侧有一支硕大的萨克斯管雕塑，在按键上立着4个形态各异的外国小人，光束映照着他们鼓起的小嘴，形象逼真，栩栩如生。这一切，只能用一句上海话说——"太拉风了"！

朋友告诉我，经营这家店的老板叫韩适，东北人，原是某军区话剧团的一名演员，曾在电影《大渡河》中扮演毛主席，是新中国第一代饰演毛泽东的特型演员，据说当时还得经过了中央高层会议讨论通过呢。他转业后随妻子来到上海，最初被分配在文化部门工作，但不久后他放弃了铁饭碗，夫妻俩在定海路开起了一家牛肉面馆。他们的牛肉面馆店小有特色，一度成为热点，生意火爆。而眼前这家酒店，是在一个地下人防工事的基础上建起来的，几乎倾尽了韩老板夫妇的心血。从每把椅子的腿脚，到转角扶梯的把手，从老电梯的拉闸门，到服务生制服的纽扣，每一个细节，都力求透出"怀旧""洋气"的特色。酒店门前放置的火车头，据说还是我国第一代"周恩来号"，是从大兴安岭花了 10 万元买下，在承诺不拆不废的前提下，对方才同意卖给他，光运费又花了十万元。迈玛瑞这个名字，取自百老汇著名音乐剧《猫》的主题曲《Memory》，即怀旧的意思。酒店刚开张的时候，在东方电视台音乐频道的黄金时段，有一则播放他家的广告，画外音"Memory、Memory、Memory……"这个由强到弱、低垂而富有磁性的声音，就是韩老板自己的配音。

每当走进酒店，见到内部琳琅满目的陈设，总误以为走入了一家古董博物馆。一楼大厅中央摆放着一架雕刻着西洋花纹、古典又华丽的三角钢琴。据说这种同年代同款式的钢琴，全国仅存 3 架。大厅侧面有一排陈列柜，柜子里摆放着老式照相机、放映机、打字机等老物件。进门大理石地面上，镶嵌了一块有"迈玛瑞"标志的铜质地牌，迎面还有一部手动拉闸门电梯，无处不透出复古的韵味。步行上楼的木梯，呈弧形旋转，宽敞而典雅。二楼是宴会厅，摆放着二三十张桌子，足可容纳 300 人同时用餐。餐厅墙壁上悬挂着动物形象的陶瓷浮雕，灵动活泼。再沿楼梯拾级而上，会蓦然看见楼梯口的花架桌上，并列着 3 只大象雕塑，象征吉祥如意。三楼是阳光走廊餐厅，布置得温馨而浪漫，一旁陈列着形状奇特、价格不菲的参王根雕艺术品。整个楼面，设置了一二十个包房，每个包房内都配置了钢琴、壁炉以及妙趣横生的摆件。那缀满铆钉的桌面、木格子梁柱与壁画等相映成趣，显得富有格调。楼梯口，还摆放着一台落地大喇叭留声机。再朝上的楼梯，古朴厚重，如老上海人家洋房里的梯子，令人有一种亲近感。四楼是尖顶的婚宴大厅，灯光柔和，显得典雅别致。在顶部的小窗上，装饰着彩色玻璃，仿佛吊着一盏盏有趣的小灯，梦幻迷离。在这二十多年间，有多少新人在这间屋子里喜结良缘，步入婚姻殿堂。

最有异国情调的，当属地下室的爵士酒吧，那是上海老克勒和情侣们最欢喜光顾的地方。内有雕花的拱形木门，用红砖砌成的壁炉，土黄色的墙面砖，古典的吊灯、壁灯，光线幽暗柔和。中间有两只亮闪闪的紫铜罐，那是制作纯正德国黑啤的设备，旁边还有存放啤酒的冷藏柜，专门满足喜欢喝冰啤的客人。还有一台原装进口的比萨炉，是美国30年代的产品，一旁悬挂的铲子，成了一个立面的装饰。如果你倚靠在酒吧一隅，环顾四周，瞧着这些年代久远的异国设备与陈设，定会别有一番滋味在心头。每当夜晚来临，老年爵士乐队开始演奏，悠扬而怀旧的音符在这座地下酒吧里飘扬、流淌，吸引无数的摩登男女相会于此。在楼梯墙壁上，悬挂着七八位老年爵士乐手的照片，他们中年龄最大的已经82岁了。

记得那次聚餐时，老板韩适在朋友的引领下，走进包房向大家敬酒。那个年月流行餐厅老板或经理，轮番向客人敬酒，既给主人面子，又让客人有宾至如归的感觉。韩老板方脸盘、大眼睛，身材高大，腰板挺直。但与心目中的毛主席形象，尤其是与后来古月、唐国强所扮演的形象，相差甚大。韩老板一一敬酒，还给每人赠送一张贵宾卡。金光闪闪的卡片四边镂空花纹，正面中间，有一串环形的英文字母，中英文"迈玛瑞"Logo上面印着两个咖色的"老克勒"剪影。这张卡片精美别致，至今还收藏在我的一个名片盒里。

有一回，一位朋友想找个地方，组织一百多人参加的公司员工聚会，我向其推荐了那里的地下酒吧。我们提前去找韩老板，要求包下整个酒吧，且按每位38元付费。起初韩老板担心包场会影响其他客人消费，但最后还是咬咬牙答应了。当夜的自助晚餐菜品琳琅满目，还有各种烧烤，啤酒畅饮，其中最有特色的是巴西烤肉。乐队演奏一小时后，大家点歌卡拉OK，一直玩到深夜，方尽兴而归。在我的印象中，酒店的价格还比较亲民，周围居民都喜欢把家庭聚餐、生日宴、升学宴、谢师宴等等，安排在迈玛瑞。尤其周边原先有不少大厂，厂里退休老同事相聚，每次人均消费也就100元左右，都说相聚在这样优雅的环境里，吃什么已经不重要了。

有一年教师节，我所在的军校组织所有教员在迈玛瑞庆祝节日，席间还安排了抽奖活动，大伙举杯同庆，欢声笑语，其乐融融。迈玛瑞完美融合了老上海的海派风情，像在叙述着老上海曾经的故事，置身其中，仿佛时光倒流，充满着神秘、奇幻与浪漫。店内专业而周到的服务，使餐饮体验与众不同。他们在菜品方面也是下足功夫，这里的本帮菜融入创意，经典西湖醋鱼、肥嫩的鹅肝、杯盖大小的小甲鱼以及色泽碧绿的蔬菜，都能令宾客们赞叹不已，回味无穷。

进入新世纪，迈玛瑞大酒店的名声更响了，美国、英国等多家外国时尚杂志先后作过报道。它富有特色的内部环境，还吸引了许多影视剧摄制组，先后有几十部影视剧来到那里拍摄。其中有陈道明、刘嘉玲主演的《一江春水向东流》，黄晓明、孙俪主演的《新上海滩》，王珞丹主演的《杜拉拉斗职记》，范冰冰、周渝民主演的《金大班的最后一夜》……这些影视作品，以迈玛瑞大酒店作背景，展现与见证了大上海的过去和当下。

这幢建筑陪伴我们走过了二十多年，相信大家与我一样，每次路过那里，都会回头观望它那美丽的身影。由于轨道交通 18 号线站点建设需要，该楼已于 2017 年 3 月被拆除，从此"迈玛瑞"真正成了令人"怀旧"的名词，成为这个地区一代人的集体记忆。在拆毁前的半年里，许多老顾客听说"即将告别"的消息后，专程赶来"吃最后一顿饭"，或到酒店门口拍照留影，以各种不同的方式，向这座老洋房风情的酒店告别。而包括我本人在内的更多人，因种种原因错过了时机，与它失之交臂，成为心头的一份遗憾。

写于 2021 年 9 月 26 日

军工路上的百年大学

　　今年七一，是中国共产党的百年大庆。7月初的一个周末，调任杨浦区文旅局不久的曾惠峰书记打电话约我，下午一起去参观上海理工大学。我一直想去那里看看，便二话不说就答应了。曾书记是个热心肠的人，我在部队服役时期就互相认识。那时候他还在区交通指挥管理中心任书记，对于区内基层部队遇到的难事、棘手事，他总是尽全力设法解决。哪个部队营区周边交通有梗阻，哪个军干所的下水管道不畅，他都会带领下属亲临现场，及时解决难题。时间一久，我们都尊称他为"拥军模范书记"。

　　上个月，我对曾书记提起："上海理工大学是五角场周边的一所百年大学，校园里有早年沪江大学修筑的一大批优秀历史建筑，听说至今依然在正常使用，我很想去参观，最好请个人介绍一下。"没想到他记在心头，这么快就有了一个让我了却心愿的机会。

　　我们随区文旅局管理中心的党员，在大学基建处魏林书记的引导下，沿着校园浓荫遮蔽的湛恩大道，首站来到了刘湛恩纪念馆——一栋红砖白窗的老建筑。这是沪江大学首任华人校长、中国近代著名教育家、爱国志士刘湛恩先生的故居，他和家人曾在此居住了十年之久。这栋小楼建于 1922 年，已有近百年历史了。

上理工在建党 100 周年之际，将这幢别墅修饰一新，以"热血铸丰碑"为主题，分别陈列布置了刘湛恩生平事迹展。这次活动组织者，邀请了上海理工大学档案馆、校史馆研究员吴禹星老师为大家按展陈场馆逐个讲解、介绍。

刘湛恩先生是一位出色的教育家，他坚持教育救国的思想，倡导"积极的、前进的、建设的、牺牲的"沪江精神，强调师生团结、民主进步和学术自由。他积极从事抗日救亡运动，不遗余力地支援前线。上海沦陷后，他置个人生死于度外，照常为爱国活动而奔波。他说："虽然我们不得不在军事上撤退，但我们必须在文化上坚持下去。"当时，以刘湛恩、李公朴为代表的一大批爱国民主人士，拥护党的抗日民族统一战线主张，以笔为戈，以纸作伐。他们或以音乐、戏剧为武器，宣传救亡，参军抗日；或唤醒民众，救助难民，坚持办学……他们义无反顾投身"保家卫国、抵御外辱"的反侵略战争，奏响了浩气长存的爱国主义壮歌。刘湛恩先生因拒绝担任伪政府"教育部长"，被日伪视为眼中钉，最后不幸被日伪收买的暴徒枪击，壮烈殉国。如今，适逢我党诞生百年之际，这栋小楼俨然成为一个红色爱国主义教育的打卡地。

上海理工大学，最初为美国基督教南北浸礼会于 1906 年创办的上海浸会大学，1914 年正式定名沪江大学。大学校园规划结构合理，具有明确的功能区分和与之对应的空间特征，以后期罗马风格和哥特式建筑风格为主，注重建筑与室外环境的和谐融合。建筑形式虽然各异，但风格统一，特征明显，多为砖混结构，清水红砖和双坡瓦屋顶。形成了功能齐全、建造精细、环境优美的校园建筑群。在这批现存的 35 幢历史建筑中，有 29 幢单体建筑列入上海市第二、第四批优秀历史建筑，有 10 幢同时列入杨浦区文物保护单位。

据理工大学基建处顾科长介绍，现在这些建筑或是行政机关，或是图书馆，或是会议礼堂和学生宿舍，而一批小别墅，近年来陆续被修缮一新，2011 年华丽变身为"沪江国际文化园"。分别成立了中美、中德、中法、中澳等文化交流中心。别墅群掩映在穿天古树之中，我们身临其中，感受庄严、别致、优雅的环境。令人感到新奇的是，这些优秀历史建筑门口都贴上了二维码，用手机扫一扫就能读懂每幢建筑的"前生今世"——历史照片、建筑特色和相关人文故事。在茂密的树林中，红砖尖顶的房屋前，一片空地上，李大钊等一群中国留学生们正手拿报纸，渴望了解国内的最新动态——这是热播电视连续剧《觉醒年代》第一集中的场景。

我们一路前行，眼前有一幢体量较大的老建筑，门口石牌上刻着"思晏堂"三个字。我扫了一下这幢楼的二维码，它的"前世"便一目了然。"思晏堂"是沪江大学当年的第一座大建筑，1907 年垫高地基，1908 年举行奠基礼，并于年底竣工。1956 年遭龙卷风破坏严重，1957 年修缮，2005 年 10 月 31 日被上海市人民政府评为优秀历史建筑。

关于 1956 年这一场龙卷风，我有所耳闻，传说那场龙卷风竟把"一个牛头从浦东刮到了浦西"。为此我专门查阅了《五角场镇志》，上面记载："1956 年 4 月，龙卷风突袭浦江边军工路，掀倒机械学院（原沪江大学）一所教学楼，将正在上课的教师砸死，学生也有几名受伤。附近一根直径一米多、高 10 多米、重 20 多吨的槽管被吹起，在百米外跌落。"飓风之威力，可见一斑。

校园内，与复旦大学、同济大学一样，上海理工大学也有一尊高大的毛主席汉白玉雕像（三尊像的手势各有不同）。雕像背后的建筑，是沪江大学于 1928 年落成的图书馆，戴着口罩的师生们不时从我们身边进进出出。我从挂在墙上的其中一张老照片上，看到一幕令人感动的场景：学生们排着长长的队伍，用"蚂蚁搬家"的方式，一点点将馆藏图书，从老馆往新馆传递。而在队伍一旁，有学校一支乐队正在奏乐，为大家鼓劲。据档案记载，学生们干劲十足，还和着琴声，边唱边干活，可以想象当年的现场是何等的壮观而又其乐融融。

曾惠峰书记的父母亲都是南下干部，解放后被安排在这所大学担任领导工作，他从小在这个校园里出生、长大。原先居住过的一幢小楼，很可惜已被拆除，如今在原址上建起了一幢 18 层的高层宿舍楼，为上理工校区目前最高的建筑。直到现在，他的母亲依然居住在这幢高层住宅里。我们一路沿浓荫大道往前走，听他讲述小时候在校园里生活的那些事，点点滴滴充满着他对往昔的无比怀念。是的，童年生活是最难忘怀的，生活在这样一个美丽的校园中，一定会有更多令人难忘的回忆。

写于 2021 年 7 月 9 日

记忆深处的黄兴路

在靠近五角场环岛的黄兴路上，有一对面对面的大门，东侧的是 2030 号，西侧的为 2053 号，它们是蓝天小区的两个院落，属于原空军政治学院的部队营区。两年前，看到晚报夜光杯刊发一篇关于黄兴路的文章，作者是笔名为"读史老张"的张国伟老师。我读了后跟作者一样感慨，当天我转发朋友圈并附言说："谈恋爱时，我住路东，女友住路西，我俩手牵手过马路；新婚后，家在路西，上班在路东，我们每天推着自行车来回走过马路；女儿出生了，家在路东，幼儿园在路西，我牵着背小书包的她穿过马路。黄兴路上——我的故事比国伟老师写的要多得多。"的确，一段黄兴路，给我留下了太多的回忆。

1993 年第一天，我从广州空军部队赶到上海，来到黄兴路 2030 号的空军政治学院机关大楼报到。我被临时安排在这个院子一幢日式小楼内，从此我在上海有了一个 6 平方米的"小窝"（之前在该校上学，住集体宿舍）。没多久，我便认识了我的妻子，她家就住对面 2053 弄院子，两个院子的大门面对面，仅隔一条十多米宽的马路。这两个院门，一个由士兵站岗把守，警卫森严；另一个白天由返聘退休人员看门，晚上安排军人学员轮流值班，出入宽松。我新结识的女朋友，工作单位就在附近一家银行，来回都要穿越黄兴路，也会在我工作和居住的院子里穿行。那时没有手机，更没有微信之类的联系方式，但我们时常会在院门口、马路上遇见，当着战友同事，还不好意思多讲话，可我们内心充满了甜蜜。

妻子那时候在上夜大，学校在控江路上。从五角场骑车出发，沿黄兴路朝南，越过国顺路、国权路和黄兴路桥。这段路的沥青路面常被大货车压坏，总是坑坑洼洼，高低不平，道旁的路灯也昏暗不明。有一位比我早来军校的战友告诉我，八十年代初拓宽黄兴路，修成了柏油马路，组织军人在路旁植树，他发现路基上长出了绿油油的水稻苗。原来，筑路时将两边的水稻夯进了路基里，说明早些年路旁尚有不少农田。我那时还看得到，靠近走马塘的小河边，依然有空旷的菜地。夜间行人稀少，我经常骑车去接女朋友放学。记得有多次大雨滂沱，马路上汪洋一片，尤其是过了黄兴路桥的毛纺厂和橡胶厂附近，已分不清哪里是马路。我骑车驮着女友，她撑着雨伞，自行车的半个轮子淹在水里，一路上险象环生，幸好我的骑车技术过硬，才不至于陷入水潭。

黄兴路是一条主干道，从早到晚汽车喇叭声、"叮铃铃"的自行车铃声不绝于耳。那个时候私家车很罕见，黄兴路上驶过最多的是8路电车，长长的车身，顶上拖着一对"长辫子"，急刹车时似气泵泄气，"咔吭"一声，惊天动地。后来我结婚了，组织上给我在另一个院子的"鸳鸯楼"分配了一套1室1厅，这样我就每天同妻子一样，穿越黄兴路去上班，几乎每天至少会穿越两个来回。学院机关大楼在黄兴路翔殷路口，那是日伪时期遗留下来的老建筑，三四层楼高，面朝五角场环岛中心，但那时已封闭前门，只从院内的后门出入。所以我与妻子从黄兴路进入大门后，常常会一起走一段龙柏大道。

黄兴路两边的院门，都是黑砖砌成的柱子，不带门楣，内侧各有一个小门房间。如今，一对铸铁的大门，锈迹斑驳，像一张没有洗净的脸。前几天我路过那儿，用手触摸那一对大铁门，竟发现依然是二十多年前更换上去的。记得还是1999年暑假期间，我当时被指定为营房管理负责人，曾安排单位同事更换破旧的老铁门，他找到一家由江苏启东人开的铁器加工厂代为加工生产。当时新安装的大门为锻铁打造，局部喷铜，黑色绞花的铁柱上，泛着黄铜的金色和光泽，美观、结实、庄重。没想到直到现在还在使用，对面2053号的大门，已经关闭改道，但铁门还是那对铁门。当年出入黄兴路这两个院门的人，大都是穿着军装的军人，有军官，也有士兵。走路的、骑车的，也有挂着军牌的车辆进出。那时候没有红绿灯，穿越马路前，转头左看看右看看，看到车辆较远，便飞也似的冲向对面。

马路西侧的院子，居住的家属多，出入的人也多。门外设有两个摊位，一个修理自行车，一个修理鞋、箱包。修车的年轻一些，三十多岁，苏北口音，都管他叫小高。小高一直穿着别人送给他的旧军装，65式的，草绿色上衣，四个口袋，下身蓝裤子。几乎一年四季都是这样的穿着，只是有时候干净一点，有时候脏一点。修鞋的师傅姓唐，都称他老唐，也是苏北人。其实老唐年纪并不大，长得老相，吊角眉、鹰钩鼻、尖瘦下巴。他们晴天就在太阳下，雨天会撑起一把大伞。送到老唐处那些鞋呀包呀，一般都是说好一个价钱，等他收摊前来取。需要修车的大都是推着车子来，骑着离开，一般会立在旁边等候，看黄兴路上或院门口来来往往的车辆和行人。小高的修车位靠近人行道，那个时候马路上没有划分机动车与非机动车，上街沿就是狭窄的人行道，小高在人行道旁边竖着一只打气筒，常有骑车路过的人，下车打气，小高在一张纸牌上写着"每次1角"，过两年改为"每次2角"。但对院里的军人或家属，小高一般不收，但也有人客气，总会摸出两个硬币，丢在一个小纸盒里。

就在这个大门北侧50米处，是一家军队办的幼儿园，因为是空军部队的子弟幼儿园，也以"蓝天"命名。我们每天早上穿过马路，送女儿入园，下班时接她回家，女儿就在这所"蓝天"下的幼儿园成长。直到现在，这家幼儿园还在原址，培育了一批又一批"蓝天子弟"。那时候我的工作比较繁杂，晚上常有加班或应酬，少陪女儿和家人，偶尔在黄兴路上来回散散步，是那时仅有的运动方式。记得女儿四五岁时，对什么都充满好奇，有几次我领着她去黄兴路上的蓝天宾馆停车场，教她认各种汽车的车标。"三颗子弹的叫别克，一顶帽子的叫皇冠，上有个V下有个W的叫桑塔纳，方框里有个H的叫本田，椭圆里有两个圈圈的叫丰田……"女儿觉得好玩，一一记下。当时现场考她，她至今都记得清楚。

部队干部住房按职级分配，随着职务晋升，房子也会逐渐改善。2004年底，我又一次搬回到2053弄院子，而那时机关办公也"鸟枪换炮"了，在黄兴路东侧修建了一幢既庄重又美观的现代办公楼，我依然来来回回穿行在黄兴路上。黄兴路就像是竖在舞台上一根跳钢管舞的钢管，任由我围绕着它上下、左右做各种姿势，但总是不离不弃。

2011 年我从部队转业，脱下军装后的我，没有选择政府安置，而是自主择业，即自主创业，工作地点就在国定东路上。国定东路是本世纪初新辟的道路，与黄兴路、翔殷路首尾相接，而中环线黄兴路下匝道，就设在国定东路上，可见国定东路与黄兴路"水乳交融"，不分彼此，而我至今依然也没有离开黄兴路，尽管如今的它，早已今非昔比，沧海桑田。

写于 2022 年 5 月

位于黄兴公园里的黄兴雕像，两旁的巨石上刻着黄兴的人生信条："笃实""无我"。每年的辛亥革命纪念日，常有游客献上鲜花。

薛增 摄

逐渐消失的"平昌街"

五角场的城市肌理，宛如一张巨大的蜘蛛网，"平昌街"则是一只守候在蛛网一角的一只蜘蛛。为什么这么说呢？抗战胜利至解放初期，"平昌街"一度是五角场最繁华的商业街区，除了几十家各式各样小店铺，还有一家镇上唯一公营的百货店。附近居民都会在这里购买生产资料和生活用品。所以说，"平昌街"在较长的一段时间内，曾是五角场商业的"中心"。我听一位老人说，"平昌街"当年不仅商店多，靠近四平路一带，还生长着好几株桃树，每当春天来临，桃花朵朵开放，景色煞是迷人。后来，淞沪路邯郸路一带搭建了一些商铺，商业网点逐渐向环岛周边转移，"平昌街"渐次走向衰落。但直到上世纪八九十年代，这里还有一个规模较大的露天农贸市场，依然是熙来攘往，热闹嘈杂。

八十年代后期，杨浦区政府根据国务院 1986 年 1 月颁布的《地名管理条例》，调查处理了一批由日本侵略军命名的地名，采取禁用或者更名。其中禁用的有"本国街""明和街""旭街"和"平昌街"；更名的有"明朗桥""大八寺"，"明朗桥"改称为"翔殷路 2 号桥"，"大八寺"则改作"大柏树"。在禁止使用的地名中，唯有"平昌街"的名字依然在民间广为使用。

这里最早是一个叫"池家宅"的小村子，上世纪二十年代末的"大上海计划"打破了乡村的宁静，新修筑的四平路（原名其美路）贯穿村子而过。日伪时期，"平昌街"内侧曾修建了一所"大日本第七国民学校"，即当时日本侨民小学。这个学校占地55亩，建筑面积近一万五千平方米，在当时来说相当有规模了。战后从四川返沪的同济大学工学院，就曾被安置在这所学校的校舍里，解放后被中国人民解放军空军接管，创办了"空军第二小学"，后改名"育鹰小学"。

我在部队期间有位领导大哥，是当时空四军的军官子弟，他六十年代中后期就在这所"空军第二小学"上学。据他回忆，学校门口有一个宽阔的过街楼，里面有两幢长长的两层楼房，呈南北朝向，长约百米，大楼灰墙黑瓦，尖顶上有一排壁炉烟囱，窗户很宽大，分成密密的小玻璃格。走廊和室内均为木地板，在高大的走廊上大声讲话会有回音。北楼梯上面有一个瞭望塔，据说是当年日军海军江湾机场的一个塔台。通往瞭望塔的二楼有一道铁门，常年挂着一把铁锁。有一回放学后，当年顽皮的领导大哥与另一个同学，不知怎么打开了铁门，他们沿着锈蚀的铁楼梯，攀着铁扶手拾级而上，感觉走了很久才到顶上。当时两人十分兴奋，从窗洞口往外望，可以望到很远的地方，朝南看到了黄浦江，北面的江湾机场一览无余。但他们也很害怕，因为脚下的地板已经腐烂，一不小心就会坠落，所以人在塔顶，两条腿直哆嗦。在他的印象中"绝对有10层楼那么高啊"，"再也不敢爬第二次"。近年我仔细看这座建筑的老照片，其实并没有那么高，但对于当时一个小学生来说，高到有了"戳破天"的感觉一点也不为过。

七十年代末，上海第二教育学院进驻，"育鹰小学"被挤在操场东南一隅的一幢四层楼内，占地面积仅8亩。那时候"育鹰"与二教院共用一个校门，小学生上学也是穿过"平昌街"熙熙攘攘的农贸市场，从政法路195号那座朝西的过街楼进入。我的妻子是空军政治学院军官子弟，当时她与她哥哥都在这所小学读书。她告诉我："我家当时居住在侵华日军遗留下的小木楼里，每家门口都有一小片菜地，我们从学校回家吃午饭，来回走捷径，常常翻越大院的围墙。"军队院子有一个后门，专门为家属去菜市场买菜和孩子们上学提供方便，围墙外有一条小弄堂，地图上一直标着"国粹路"，但很多人在这条路上走了几十年，也不知道它还有一个这么高贵的路名。

九十年代中期，我结婚成家后，经常会与妻子一道，沿着围墙外小道，去"平昌街"菜场买菜。菜场是沿街搭建的简易棚，现场嘈杂而凌乱，香味臭味混杂在一起，在这里鸡鸭鱼肉和各类蔬菜都能买到，是一处充满人间烟火气的地方。有一次，我去上海第二教育学院办一桩公事，曾走进政法路那座气势恢宏的老建筑。进大门的过街楼很宽，足够两辆汽车并排穿越。那时候周边已建造起了不少多层住宅，"瞭望塔"已被掩没在一片建筑森林之中。

在改造之前，空军政治学院在"平昌街"也有一个生活小区，门口的牌子写着"国定路16号"，里面只有三五栋低矮破旧的平房。我没有考证过，那些房子应该也属于日伪时期日军的配套用房。当时居住着14户居民，都是军队老职工及其家属子女，其中有杨姓和李娃等几家兄弟姐妹。由于排水不畅，一到雨季，污水外溢，泥泞不堪，住里面的居民自然叫苦不迭。1994 年底，学校决定将其动迁，彻底解决他们的问题，留下的土地另作他用。我领受任务后，挨家挨户摸清情况，提出具体安置方案，最后将他们妥善地进行了安置。后来"平昌街"改造时，原先的露天菜场曾搬迁到了此地临时过渡，用彩钢板搭了几排遮雨棚。

1997 年国定路拓宽并与黄兴路辟通，原先那片低矮的平房和棚户被拆除，新筑的这段国定路两边开始建造新楼，四平路口竖起了高层写字楼，菜场搬进了室内，消防队也入驻该区域。进入新世纪以后，原"上海第二教育学院"撤改搬迁，所有老建筑被悉数拆除，在其上建起了一座崭新的"上海开放大学"。校园内环境优美，几栋高楼拔地而起，教学综合楼、会议中心、文体教学馆等设施一应俱全。连接国定路与国顺路的政法路，也被彻底修整改造。从此，昔日"平昌街"上所有侵略者殖民遗迹荡然无存。

写于 2021 年 6 月

五角场第一家星巴克（万达广场第一食品门口），
一位常在街头拾荒与乞讨的老妪从门外经过。

周建新　摄

四平路上的烂漫时节

初冬的一天，我在五角场四平路上拍了几张照片，发在朋友圈，引采了一片点赞喝彩。照片上金黄的银杏树，点缀着两边红色屋顶的住宅楼与时尚的高层建筑，在蓝天的映衬下，美不胜收，仿佛给街道穿上了华丽的盛装。

四平路是五角场一条连接市中心的主干道路，从五角场广场直通外滩方向。这条路修筑于"大上海计划"时期的 1930 年，当时路名叫"其美路"，是为了纪念同盟会元老陈其美先生而命名。陈其美何许人也，乃浙江湖州人，字英士，追随孙中山先生参加民主革命，不幸于 1916 年被人暗杀。在电影《建党伟业》中，就有聂远扮演的陈其美的一组镜头，他陪同孙中山乘坐火车抵达南京浦口火车站，后来他被任命为统领上海的都督。民国时期"四大家族"之一的陈果夫和陈立夫兄弟，是其侄子。据传，陈其美 15 岁时从湖州来到我的老家桐乡崇福镇，在胡雪岩经营的"善长堂"当铺做学徒，他一呆就是 12 年，直到 27 岁赴沪，在他兄弟和叔叔的资助下留学日本，以后参加了辛亥革命。陈其美遇刺身亡时才 38 岁。我老家的朋友说，他一生中有近三分之一的时间是在崇福小镇上度过的，这是题外话。

日占时期，其美路一度被改为"松井路"。侵华日军在四平路邯郸路口修筑了"华中派遣军司令部"办公大楼，还在四平路附近修建了一批两层日式小洋楼，从日本迁移来数以万计的日侨，据传当时这一带马路上常常是"木屐声声"，穿和服的东洋人来来往往。抗战结束后，四平路两侧还有两所日军遗弃的学校旧址：一所是位于平昌街的"第七国民学校"，该校址现为上海开放大学，之前曾是上海第二教育学院，于95年并入华东师范大学；另一所是位于如今同济大学校园里的"大日本中等学校"。日本侵略者为了方便日军和日本移民生活，在附近还建设了许多配套的商业设施，如平昌街、旭街、明和街等。为了往来方便，曾将四平路"开膛破肚"，铺设铁路，建成了一条来往五角场与虹口溧阳路的小火车，在今同济大学校门口设置了唯一一个中途停靠站，方便日军子弟上学。不过据资料记载，没过多久，日军为了应付太平洋战争，很快拆除小火车，将铁轨和铁皮车厢拉去熔化制造枪炮了。

当年开小火车的道路，解放后开设了55路公交车，从五角场开往外滩，曾经是四平路上一道流动的风景。空军政治学院大门北侧100米左右是公交起点站，喇叭里整天在响着："55路，方向新开河，上车请买票，月票请出示。"车站上永远人满为患，空车一停稳，人们一拥而上将车厢填满。返回终点时，经常会遇到三四个戴红袖标的工作人员查票。那时候车厢里常常拥挤不堪，车上售票员自顾不暇，常有心存侥幸者。55路是上海第一条配备双层巴士的公交线，当年有许多市民专程赶来五角场，体验一下乘坐双层巴士的感受。

八十年代末期，四平路终点站沿街建起了两层商铺，从车站外面已看不到院子里的原"日军司令部大楼"。沿途经过空军政治学院庄严肃穆的大门、平昌街和铁路新村生活区，便是空军上海基地的"营盘"。80年代中后期，在营区对面，建起一座隶属于空军上海基地的天益宾馆。宾馆主楼呈圆柱形，在当时算是颇具特色的高层建筑。若是从市区返回五角场，每当看到天益宾馆的"圆桶"形大楼，就知道终点站快到了。九十年代部队开办的宾馆红红火火，生意兴隆。据说当年徐根宝带领的上海申花足球队，平时在淞沪路上的江湾体育场训练，这家宾馆是赛前定点喝咖啡、听音乐等放松队员身心的地方。

我的好朋友阿宝曾在空军基地政治部担任新闻干事，因此我也常有机会随他去那里坐一坐。有一次，一批上海电影厂演员下部队体验生活。其中就有著名女演员奚美娟，那时候她年轻漂亮。我有幸与她同桌，吃的是自助餐，我们还闲聊了几句，只是忘记聊了什么。大概有关部队日常生活之类。前年奚美娟老师出版了第一部散文集《独坐》，记录她几十年演艺生涯的所见所闻和人生感悟，这样的书我也很想拜读。

穿过环绕部队营区的走马塘，便是同济大学。这所百年大学是四平路上的重要角色，其特色专业建筑设计带动了当地经济，形成了"环同济知识经济圈"。同济大学原校址位于宝山吴淞，抗战期间被战火炸毁了美丽的校园，后经多次迁移，辗转到四川李庄，抗战胜利后搬至四平路安家落户。前面提到过的"大日本中等学校"，遗留下来一座由日本设计师石本久治设计的礼堂，后来为纪念"一二九运动"改名"一二九礼堂"，做过同济大学的学生食堂和多功能厅。

有人说："在五角场，有一片秋天，叫做四平路的银杏；有一片春天，叫做同济大学的樱花。"同济大学校园栽种的数百棵樱花树，是 2002 年日本友人为庆祝中日建交 30 周年时所赠送。每年的樱花季，同济校园内的樱花大道就美成了一幅画。每当春风拂过，樱花花瓣就在枝头簌簌飘落，仿佛下了一场密密匝匝的樱花雨。相约去同济看樱花成为附近居民趋之若鹜的踏春活动。四平路刚修筑时栽种的行道树是香樟，在日占时期被砍伐殆尽。日军投降后，曾经在民国时期担任长达十年的上海市工务局局长沈怡先生，返回上海的第一件事，就是"念兹在兹"地去看"市中心"，他在自述中写道："当我的车子在其美路（四平路）上疾驰而过的时候，以为十年阔别，两旁的行道树必已是绿荫覆道，俨然成荫，哪知一路上连树根都不曾见到一株。"由此可见，战后到处都是这种"怵目惊心"的景象。

上世纪八十年代初，为迎接 1983 年在江湾体育场召开第五届全国运动会开幕式，市政府重点将四平路与环岛中心整修一新，围绕环岛及四平路两侧铺天盖地摆满了鲜艳的"一串红"，并在两旁重新栽种了银杏和广玉兰。当年经过此地的朋友项毅，曾看到过当时的美景，至今还清晰记得。从那时候起，每到深秋初冬时节，金灿灿的街景成为四平路的一大亮点。

写于 2020 年 12 月

岁岁年年，
四平路上的银杏树又黄了。

周建新　摄

一幢已湮灭的"老大楼"

在五角场翔殷路黄兴路口，曾经有这样一幢大楼，它以错落有致的平面布局、简洁而庄重的外观造型、艺术典雅的立面装饰，吸引了无数人的目光。在五角场环岛形成、沉沦、落寞、发展的几十年间，特别是在1989年朝阳百货大楼建成之前，一直是该地区最高的一个标志性建筑。

（一）

上世纪六十年代初，大楼被移交至从南京迁至上海的空军政治学校（院），作为该校的机关办公楼。当时几乎没有人知道这幢大厦的来历和名字，传说系侵华日军所建，是"日军宪兵司令部"云云，一代又一代"政院人"约定俗成，称它为"老大楼"。

"老大楼"依照翔殷路与黄兴路的地形而建，平面呈W形，主体建筑高三层，中间局部有呈阶梯形的四楼与五楼的中央层，每层向阳处都有曲折宽阔的走廊，宽大的木框窗户，马赛克地面。面朝环岛的一侧是一间间敞亮的办公室，站在窗口可以傲视全场。记得我第一次走进大楼，就被大楼内部的陈设与气质所折服。光洁发亮的马赛克地面、溜光的水泥楼梯、结实的木扶手，无不都在透露它典雅、古朴和庄重的气息，我觉得军人的威严气质与这座大楼融为一体。当时一层是学院后勤部门，二层是学院首长办公区，三层是学院政治部机关，四楼、五楼中间层的几个房间，分别是保密室和枪弹库。出入这里的人，大多是军容严整的军人，普通百姓一般是无法进入的，外来人员必须经过严格的盘问与登记。能有幸在这里工作的人，自然拥有一份独特的自豪感。我也荣幸地成为其中的一员，与它朝夕相处了近十个春秋。

当时面向环岛的前门被人为封闭，人员从后门出入，朝外沿马路修筑了一条长长的围墙，围墙外常常是熙来攘往的人群，这段围墙外的街区因为没有一家商店，曾经被称作五角场"最寂寞的马路"。1994 年，为响应配合地方政府发展市场经济，主动打开围墙，建起了两层楼房的商场。大楼的后门，有一条通往院内的水泥马路和僻静的林间小道。道路两旁栽种着两排庄严的龙柏，仿佛是两列等候检阅的士兵，令这幢房子与院子显得更加威严和肃穆。后门入口旁，左右两侧各有一间一层的耳房，其中一间曾作大楼值班室，另一间是管理员生活间。

后门外生长着一棵高大的樱花树，每到春天，粉白色的花朵层层叠叠地开满了树冠，像一片厚厚的云朵，好像要把整幢大楼托将起来。在每层走廊的窗口，都可以欣赏到这个春日的美景。另外还有几棵粗壮的腊梅，一到寒冬时节，便会散发出幽幽的芬芳，花香透过窗户，弥漫到楼内各个房间的角角落落。每到入冬后，常年居住在耳房里的管理员师傅，早早地为大家配备了炉子和煤饼。每个房间的炉子，往往被安放在宽敞的房间中央，一根 L 形的白铁管道通向室外。每天清早，早到的同事提前生起了炉子，每个管道就会冒出白烟，沿着外墙袅袅地向空中升腾。赶来上班的路上，总会远远就能闻到煤烟的气味。走进办公室，感受到室内融融的暖意，我们可以脱去厚重的军大衣，轻松地开启美好的一天。

大楼管理员老陈，是这座"老大楼"的"守护神"。老陈大名陈佑文，老家在安徽，我不知道他是谁引荐来大楼工作的，只知道他在这座大楼内勤勤恳恳、任劳任怨，前后工作了25年以上。人说"铁打的营盘流水的兵"，军人们换了一茬又一茬，而老陈像是大楼的一部分，始终守护着这幢大楼，直到有一天大楼被推倒湮灭。

（二）

2021年国庆节后的一个周日中午，近二十位战友在五角场一家海鲜大酒店聚会。他们先后于上世纪八九十年代曾经"同室操戈"，办公地点就位于"老大楼"三层，紧挨翔殷路的一个拐角，其中有个大房间，两面墙都有面朝五角场中心的大窗户，可以清楚地观望到五角场环岛来来往往的车辆和人群，以及夜晚五光十色的霓虹灯。这群人中，也包括了我。在这幢楼里，我们少则工作五六年，多则十几年，后来陆续离开，有的在军队担任过师团职，有的转业地方后干到了处级、局级。如今三四十年过去了，大多头发花白，不再青春。但每当在一起回忆当年的点点滴滴，大家仿佛一下子又回到了从前。

那时候一个个正值青春年华，有的还是未婚青年军官，工作之余，谁还没有一点儿个人隐私呢。现在时过境迁，已经到了无所顾忌的年龄，谁都可以大大方方"抖落"出来，嬉笑一番，甚至互相"揭密""告发"。有说曾经瞒着领导，私下请同事帮忙找自己偷偷喜欢的女干部谈话；有说新婚没有单独房间，借用同事的小房间偷偷过一两天夫妻生活；也有自曝处里突然来了漂亮的"女陆军"，借机给领导送文件偷瞄几眼，一饱眼福……凡此种种，皆成了今天的笑料，一阵又一阵笑声高潮迭起，满屋子洋溢着欢乐的气氛。是啊，在"老大楼"那些"激情燃烧的岁月"里，每个人都有"一箩筐"讲不完的故事。

后来我调入学院总务处，搬到了大楼一层，负责管理营房，自然也成了管理这座大楼的一员。有一天，大门警卫打来电话，说有两个日本人想进来观看这幢大楼。我一听外国人，还是日本人，第一次遇到这样的事，不知该如何处理，连忙报告学院保卫处。后来弄明白了，他们是建造这幢大楼的设计师的子女，设计师临终前交代，有机会代他去上海看一看这幢早年由他设计的大楼。由于是军事禁区，不方便让外宾进入，最后只允许他们在楼外拍了两张照片。由于年久失修，"老大楼"室内外墙面斑驳脱落，电路老化。大雨时，屋面严重渗漏。有一年，我们营房部门趁暑假对大楼进行了整修，重新敷设了排水管道，还在楼顶上加盖了一个简易的坡屋顶。不知不觉中，"老大楼"度过了一个甲子的漫长岁月。

（三）

许多年过去了，出于对这幢"老大楼"以往历史的好奇，我查阅资料，了解到了一些关于它的前世今生。

1937 年"八·一三"上海沦陷后，日军为了长期占据中国，在上海推行所谓的《上海新都市建设计画》。根据这个方案，日军计划把五角场地区作为上海军部和"居留团"的聚集地，即"军事和行政中心"，1938 年 9 月专门组建成立了上海恒产株式会社（有限公司）。这家公司相当于军队工兵企业，不但负责土地分售，还承担修建房屋、机场、道路、码头，甚至凌驾于当时的伪市政府之上。伪上海特别市市长陈公博就曾抱怨："恒产公司像个第二政府似的。"公司成立之初，办公地点设在位于苏州河外白渡桥北侧的上海大厦。

在这里我有必要介绍一下这座大厦。上海大厦原名"百老汇大厦"，高 22 层，1934 年由英商投资建造，其建筑高度是上海解放前仅次于国际饭店的高层建筑。这是一幢早期典型的现代派风格的代表作，立面为中高两低的"跌落式"构图，所有顶部檐口均有统一的几何形装饰图案，两边均衡的双翼式外观，方形几何块立面造型，赋予简洁而不失高贵的气质。自沦为日占区以后，由于经营惨淡，业主不得不以远低于造价的价格，将产权卖给了刚刚成立的恒产株式会社。从此，大厦成了日军特务机关的大本营，上海日本宪兵队的"特高课""兴亚院"等特务机关皆设于此。汪伪特工总部"76 号魔窟"的大头目李士群，就暴死在这幢大厦内。

解放后，这幢大楼成为我国的外事宾馆。上海大厦南临苏州河，侧靠黄浦江，地理位置优越。18 楼的观景平台，更可以欣赏到外滩风光和浦东的美景。这里曾招待过包括美国总统尼克松在内的多位重量级外宾。1972 年早春二月，当中美两国领导人签署影响世界的《中美上海公报》后，周恩来总理在此宴请尼克松，然后一起来到这个阳台，共同观赏"上海第一湾"的美丽风光，令这位来自大洋彼岸的总统叹为观止。这些是这幢大厦后来的故事。而一开始，负责五角场"恒产大厦"设计、建设的工作人员，就驻扎在当时的"百老汇大厦"。

当年成立上海市伪政府，办公地依然设在五角场"新市区"的"市府大厦"，但实际上伪政府只是一个傀儡，什么都是日本军队说了算。当时在"大上海计划"时期留下来诸如"市府新厦""市博物馆""市图书馆"和"市体育场"等一批建筑，多位于"市府大厦"（今上海体育大学内）附近，而五角场环岛周边还是荒芜之地。日军便把军队布防和建设重点放在五角场环岛周边，先后建造了"恒产大厦"、日本"华中方面军司令部大楼"、振兴公寓、旭街、国民第七学校等等。在五角场建造的第一个项目，就是恒产株式会社的办公楼——"恒产大厦"。

据资料记载："恒产大厦"位于黄兴路、翔殷路的转角处，两翼高三层，中央为五层，立面采用清水砖墙，建筑用地面积4501.74坪（约14855.7平方米），底层建筑面积约1332.5平方米，总建筑面积约4901.5平方米。设计师明显受当时办公所在的上海大厦影响，在建筑平面布局和立面上，带有典型的装饰艺术风格，甚至在外墙使用了与上海大厦一模一样的赭色泰山砖。因此，我们无法否认，"恒产大厦"从根本上带有上海大厦的基因，甚至可以说是"姐妹楼"。

我了解到，负责恒产大厦设计的设计师，就是后来在日本颇有影响的建筑设计师前川国男，他曾留学法国巴黎，深受西方现代主义设计理念的影响，是日本现代建筑界名闻遐迩的领军人物，后来他设计了日本东京美术馆、东京文化会馆（上野公园内）、国立博物馆，如今被称为"关西最美书店"的京都茑屋书店，也是由其设计的京都会馆改造而成。当年前川国男在上海负责设计"恒产大厦"时，年仅 34 岁，"恒产大厦"是他早期的代表作品，难怪在他老年时对此念念不忘。

（四）

日军投降后，"恒产大厦"作为一项战争遗产，一直归中国军队使用。

新中国成立后，这幢大厦被中国人民解放军接管，在这里曾组建过空军防空学校（后改为空军高射炮兵学校），办过空军文化速成学校。1962 年 7 月，成立于 1954 年 10 月 30 日的空军政治学校（院），从南京光华门搬迁至上海五角场。从此，这幢大楼成为这所军校的行政机关，除去"文革"期间学校停办的几年，前后经历了四十多个春秋。

遗憾的是，这幢大楼在 2005 年"五角场大型改造"时被拆毁，夷为平地而仅仅一周后的 10 月 31 日，《解放日报》《文汇报》等媒体同时公布了上海市第四批优秀历史建筑名单，"恒产大厦"赫然在列。十年后的 2016 年"十一"前夕，五角场"第一高楼"——"合生汇"在这一只角上横空出世，再一次成为该地区的新地标。

写于 2021 年 10 月中旬

"共青森林"的前世今生

在上海城区东北部的黄浦江畔，有一座属于市区面积最大、以森林为主要特色的公园。这座公园占地近 2000 亩，植物品种多达 200 余种，数量近 30 万株，以丘陵、草地、湖泊、溪流、竹园等形态，构成了宽广幽深、富有野趣的自然空间。它就是五角场附近的共青国家森林公园。

（一）

清朝时期，在吴淞至虬江口的黄浦江边，筑有一条被称作衣周塘的护堤。护堤与江面间日积月累的泥沙，冲积成一大片滩涂，上面长满了芦苇和野草。根据《五角场镇志》记载，这片泥沙滩，历史上被称作"隐沙"。隐沙上曾经散落着几十户人家，有的是在滩涂上开荒种地的农民，有的是在黄浦江上打鱼的渔民。1918 年，衣周塘被削平筑成来往吴淞与公共租界的军工路，时常有车辆和军队在上面通过，从此这片荒芜的土地才逐渐被人关注。

我有位朋友的外公王金发老先生，今年 93 岁了。他父亲自小随祖辈从崇明岛渡江过来，在隐沙搭建房屋，开垦了几亩荒地，栽种粮食和棉花。据他回忆，当时隐沙有杨、陆、庞、王等姓氏的人家，一共有几十户。王老先生告诉我，他就是在那里出生，从小帮父母在地里干活。14 岁去城里的皮鞋厂做学徒工，战争期间兵荒马乱，皮鞋厂关门了，他只好回到隐沙继续种地。由于那个地方接近黄浦江水位，栽种的农作物经常被江水淹没，逢涝灾时，全年几乎颗粒无收。解放后，政府出面从黄浦江里吹沙填土，将隐沙抬高并改作苗圃基地，培植树苗。住在那里的居民被全部动迁，王金发一家搬进了沈家行的"七间头"。年轻人都在城里落实工作，他被安排到了重型机械厂上班。上世纪末，又赶上翔殷路包头路地块改造，"七间头"被拆迁后，他们一家搬进了殷行路上的新工房。王老先生说，隐沙上原先的居民，从此都过上了城里人的生活。

（二）

据资料记载，上世纪五十年代初，共青团市委发动团员青年义务劳动，割芦苇、平泥沙、填河浜，开辟了大约 2700 亩土地，种植各类树苗，被称作"共青苗圃"。当时担任团中央书记的胡耀邦同志，曾亲自到这座苗圃召开现场会，还带头亲手栽种了一棵果树苗。作家刘翔说，他孩提时代居住在杨浦的长白新村，许多课余时光就是在那片野生之地"自由散漫"度过的。他在他的长篇叙事散文集《时光》里写道："每当星期天或寒暑假，我和小伙伴们不仅到共青苗圃搭野胡子，还去比赛爬树，在草坪上踢足球。更多的时候，我会独自走到共青苗圃最深处，靠近黄浦

166

江边的一侧去看轮船。常常是静坐在堤岸上，右手托着下巴，凝望着黄浦江上川流不息的各种船舶……思绪便也犹如滔滔江水般奔腾不息。"刘翔告诉我，中学二年级时，共青苗圃是他们学校的学农基地，当他在那块土地上辛勤种下人生第一棵树苗后，让他对共青苗圃产生了无限的眷恋之情。几十年过去，昔日的苗圃已经绿树成荫，俨然成了名副其实的森林。他不无感慨地说："一转眼功夫，我们已青春不再，但孩提时代的情景，至今仍历历在目。"

上世纪1986年10月1日，共青苗圃正式改名为共青森林公园。在原来苗圃的基础上，建成了模拟狩猎、骑马游览、江边森林、纪念林、野营林、草地运动场、划船以及儿童游乐等八个游览区。90年代初，我从广州空军部队来到位于五角场的空军政治学院读书。军校生活紧张而单调，学员除了正常学习，还要进行军事训练，共青森林公园成了我们节假日放松身心的好地方。我们从淞沪路乘坐75路公交车去"共青"，穿越密密匝匝的住宅区和工厂厂区，在军工路上的公园大门前下车。一进门便见到一大片绿草地，大自然的芬芳气息扑面而来，即刻就感觉身心舒畅。那时候树木还不大，草木稀稀疏疏。有个初夏时节，我们四五个同学，带了一些罐头、面包和水果，去公园野餐、划船。碧绿的草地里，盛开着各种颜色的花朵。我生长于江南农村，自小认识一些花花草草。我给同学们介绍，开小紫花的三叶草叫酢浆草，开蓝色小花的是婆婆纳，花朵像小喇叭的是牵牛花，茎叶易割破手指的碎叶草叫做猪殃殃……还有紫云英、野雏菊、蒲公英、泥胡菜等等。有一种外形像含羞草、叶片茎部开着细小红花的，我们小时候管它叫"新娘子草"。同学们都觉得新奇，尤其一位来自武汉的女同学，显得特别惊讶和兴奋，因为入学前她刚当了新娘。两年后在我的毕业纪念册上，她还写上了她记住的几种花草名字，作为留念。这年冬天，我们看到公园内的小道旁，正在移栽一棵棵被截去树冠、用草绳捆绑的大树桩。三十多年过去了，如今这些梧桐呀、香樟呀，都已长成了参天大树，树干粗壮得两三个人才能合抱起来。

（三）

我留在上海工作后，共青森林公园依然是我最爱去的地方，每年不同季节，总会陪伴家人或朋友，骑车去那里逛一逛。初春时节，湖畔鹅黄色的迎春花星星点点，充满生机；落尽树叶的水杉林里开满了二月兰，紫色的小花仿佛为林子铺上了一层厚厚的地毯；雪松谷的小溪旁，几棵早樱花开如雪，一阵风吹过，粉白色的花瓣在溪谷跳舞。每到夏季，公园每年举办啤酒节，有音乐加烧烤，还邀来当红明星助阵，成为年轻人的打卡点；秋高气爽时节，一年一度的菊花展又一次令公园成为姹紫嫣红的海洋。记得2019年是全国性的菊花展，场面颇为壮观，各省、市都辟有专区，园艺师们用品种不一、色彩各异的菊花，制作成动物形状、建筑造型、景点小品，由花卉构成的各种形象栩栩如生，公园成了花艺博览的竞技场。

共青森林公园老少咸宜，适合不同年龄的游客。每每说起"共青"，生活在上海尤其居住五角场的朋友，都有聊不完的话题。我有几位从空降兵部队调来上海的战友，他们身体素质好，平时注重锻炼，"共青"成了他们练功习武的训练场。跑步、打拳、舞剑、倒立，几乎每个周末的早晨，都有他们矫健的身影。战友陈刚来上海比我早，他在微信上留言说，从前公园里还有地摊，售卖各种彩弹仿真塑料枪，他说那是他儿子的最爱，每次去都要买上一支。后来，按社会治安管控要求，枪摊以及"气枪射击"项目也都被取消了。还有一回，他兴奋地告诉我："我儿子小的时候，公园办过一次'森林蘑菇节'，满园都是蘑菇，我们花5块钱，买了一袋培养基回家，儿子每天给它浇水，一周后还真的长出了可以做菜的蘑菇。"

我女儿童年时，最常逛的公园也莫过于共青森林公园。她最喜欢乘坐那里的森林小火车，小火车在丛林里缓缓穿行，汽笛声"呜——呜——"地鸣叫，给孩子们带来了无穷的乐趣。儿童游乐区有一项'激流勇进'，大人陪着孩子坐在一只大木头雕成的小船里，从高高的水坡上冲下来，溅起的水，常常泼洒在身上、脸上，既惊险又刺激。有一阵子为了锻炼女儿的胆量，我就陪她去走"勇敢者道路"，攀爬各种木头和绳子构筑的游戏架子。记得还有一个飞越小河的项目，一条绳索横跨在小河的两岸，孩子坐在一块吊板上，顺势一推，便"哧啦啦"飞越过河，然后再由大人牵住绳子从对岸拉回来。女儿起初不敢，在我们的鼓励下，慢慢开始尝试，后来她还喜欢上了这种空中飞越的感觉。十年前，我从军队转业时，一度对未来有些困惑与迷茫，妻子便时常陪我去"共青"走走。我们把车停在嫩江路上的东南门，东南门是一个小门，游客稀少，但从那里进入，便立即来到了公园最原生态的地方。沿小道前行，或是浓荫覆盖的森林，或是一望无际的草地，还有碧波荡漾的人工湖泊。若是抬头，常常会见到几只风筝在高高的天空中飞舞。我们踏在软软的草地上，听见江面上远远传来"嘟——嘟——"的汽笛声。在公园的尽头，濒临浦江有一处观光平台，若站立片刻，看看江面上飞翔的鸥鸟和来往驶过的轮船，顿觉心旷神怡，什么烦恼都消失殆尽。

（四）

共青森林公园原生态的天然环境，自然成了婚纱摄影和影视拍摄的基地。天气晴好的时候，随处可见三五人簇拥着身穿白色婚纱的新娘和西装革履的新郎。在摄影师的指导下，新郎新娘摆弄着各种拍摄的姿势。在早年热播的电视连续剧《情深深雨濛濛》里，林心如、苏有朋、古巨基等在剧中扮演的五个年轻人，相约野外郊游的片段，就是在"共青"拍摄的。其中有一组镜头取自公园中间被称为"第一湾"的地方，那里水面辽阔，湖水与草地几乎在同一平面，周边草木葳蕤，杨柳依依，极富诗情画意；在《三十而已》中，顾嘉与许幻山带儿子野餐，也有"第一湾"和"松涛幽谷"的几组镜头；去年为纪念建党100周年拍摄的电视连续剧《觉醒年代》，在共青森林公园拍摄了不少镜头。剧中陈延年和柳梅告别，一句"光阴似流水"，唱得观众的眼泪夺眶而出。而剧中的这段场景，正是取景于公园"植树纪念林"附近。镜头里那棵树冠巨大而姿态优美的香樟树，深受游客和摄影师们所钟爱。有意思的是，在美剧《老爸老妈浪漫史》

第九季第 14 集中，主人公们打了个赌，赢的人可以扇输的人一巴掌，结果 Marshall 赢了。Marshall 为了扇 Barney 耳光，专门来到中国上海学功夫。师傅对他说，共青森林公园有棵"耳光树"，可以对着练习扇耳光。亏得编导凭空想得出来，上海的年轻人大多去过"共青"，看到这些熟悉的场景与离奇的桥段，笑得前仰后翻……但传说竟有外地人信以为真，还专程跑来上海，去共青森林公园寻找那棵子虚乌有的"耳光树"呢。

如今，当年原始、荒凉的"隐沙"早已不复存在，唯一留存的印记，是抗战胜利后在该地区修筑的一条仅几十米长的小道——隐沙路。而近年跃升为"国家级"森林公园的新"共青"，作为市区最大的原生态"城市绿肺"，将越来越显露它的勃勃生机，成为广大市民最喜爱的休闲之地。

写于 2022 年 6 月

在共青国家森林公园跑了三十多年的小火车，成为一代又一代小朋友的童年记忆。

周梦真　摄

第四辑 一段往日的旧时光

看上去只是一条极其普通的街巷，却不知，这调为街面隐藏了曾经拥有的显赫，以及百年来多少不为人知的故事。

——摘自《一条隐秘而充满故事的小路》

一条隐秘而充满故事的小路

政旦东路是五角场环岛边一条僻静小道，它与翔殷路平行，东起国和路，穿越国庠路，至国济路止，全长不过 337 米。街面狭窄，樟树掩映，如今已被辟为单行道，机动车由西向东单向行驶，路上行人寥落，略显萧条。然而有多少人知道，这条马路在历史上曾经有过的显赫和繁华。

我查阅 1991 年出版的《五角场镇志》发现，政旦东路是一条独立的道路，并未规划或筑成政旦路或政旦西路。最早的时候，这里还是浣纱浜村的一片农田。1933 年，根据"大上海计划"的道路规划，修筑成这条道路。刚开始，政旦东路最东端到达府南右路，即现在的黑山路，路长约相当于如今的两倍。在日占时期，国和路以东部分被围进了日军军营（今海军军医大学校园内），余下的道路曾被日军改称"南九条通"，抗战胜利后，恢复了原路名。

"大上海计划"开始实施后，在"新市区"置地建房，成为当时的一种风尚，一批达官贵人捷足先登，纷纷在五角场地区购地建造私家别墅。可惜这些建筑大多或毁于战火，或在城市更新中被拆除。1935 年，"大上海计划"的总设计师董大酉先生，率先选择在这里建造了一幢私家小别墅。董大酉是浙江杭州人，

1921 年从北京清华大学毕业，一年后赴美留学，学习建筑和考古，1928 年获硕士学位后，放弃了国外优渥的工作待遇和生活条件，毅然返回祖国，准备以自己的才干来回报这片养育他的土地。回国后，他被推选为中国建筑师学会会长，当时"大上海计划"如火如荼地展开，他被聘为上海市中心区域建设委员会顾问，由他领衔设计了市政府新厦、博物馆、图书馆、体育场等一批中西合璧的建筑，这些建筑至今已近百年，依然保存完好，成为今天的优秀历史建筑。

董大酉的私家别墅是一栋两层的西式建筑，建在政旦东路南侧，面朝翔殷路。我寻到了几帧黑白老照片，从照片上，可见那是一栋"近代杰出的现代主义建筑"，外观采用"灵活的非对称构图"，光洁的白墙简洁而大方，弧形转角、条形窗，自由的开窗方式，简单的檐部处理和极少的装饰线脚……充分体现了现代主义的设计原则。在住宅的功能上，也明显受到西方生活方式的影响，屋顶设置了游泳池，室外西侧修建了网球场。别墅于1935 年建成后，董大酉经常邀请海归同学和建筑设计界的朋友来这里聚会、打网球。可惜的是两年后，五角场沦为日占区，董大酉一家只好搬进英租界。日军占领时期，五角场地区是侵华日军的"大本营"，这栋别墅成了日军司令的私人公馆，网球场则成了军马的马厩。

另据《杨浦区志》记载，在全面抗战前夕，大华仪表厂经理丁佐成在五角场镇政旦东路 21 号建独立式花园住宅一幢，系砖木结构两层楼房，高墙铁门，花园环绕，颇有气派。丁佐成系仪表专家，是中国现代仪器仪表业的先驱。他于 1925 年 10 月创建了中国第一家仪表制造厂——中华科学仪器馆（后改为大华仪表厂），组织生产了中国第一只国产电表，为中国仪表工业的发展作出了重要贡献。新中国成立后，他曾先后担任第三、四届政协委员和上海市工商联常委。

抗战胜利后，这条小小的政旦东路，尤其是 12 号的那个小院子，一度可谓显赫一时。国民政府将新市区的办公地设在这里。当地浣纱浜人蔡福山从小商贩起步，日伪时期担任过伪保长，与侵华日军勾连，投机钻营，欺压百姓，而抗战胜利后摇身一变，成了国民党新市区区长。政旦东路 12 号则成了他耀武扬威的"行政机关"，直到上海解放时他潜逃香港，后来客死他乡。解放后，1952 年成立江湾区人民政府，首任区长是长期在沂蒙山区抗日的南下干部李守咨，区政府所在地还是设在政旦东路 12 号。彼时这条不起眼的小马路，车水马龙，人声鼎沸，异常热闹。老一辈五角场人还记得，新政府成立后，每逢一场场大型集会，这里常常锣鼓喧天，人潮如织，热闹非凡。直到 1956 年 3 月，江湾区并入北郊区，政旦东路 12 号仅设了一个办事处，"热度"才渐渐冷却下来。

岁月不居，时节如流。上世纪六十年代起，有一大批工厂涌入了当时尚属于城乡结合部的五角场，政旦东路也成了工厂聚集区。上海钢丝厂由南市区迁入，厂区从国和路到国庠路，把董大西的私家别墅也包围在其中。上海医用仪表厂迁到了政旦东路 20 号，这是一家专门生产体温计、医用电子仪器的专业工厂，八十年代影响颇大，全国 2/3 的体温计都出自这里，也是国内最早开发生产超声诊断仪器、血液流量仪器、病人监护仪等医用仪器的医疗企业。此时的政旦东路，成了工厂厂区，墙内机声隆隆，路上行人稀少。

这条道路再次喧闹起来是在上世纪九十年代中期。首先，西端的国济路被改造成"五角场综合贸易市场"，马路两边排列各类小铺面，店里或店外地摊上，铺满了琳琅满目的商品，从服装鞋帽、儿童玩具、农副产品到水果鲜花、包子点心，五花八门，应有尽有，吸引大批市民蜂拥而至，每天从清晨到深夜都是人来车往，热闹非凡，叫卖声、讨价还价声不绝于耳。紧接着，上海钢丝厂率先破墙开店，拆除了国庠路一侧的几根大管道，开张了一家对当时来说规模超大的五角场中心商场，经营百货、服装和家电。开业两年后，商场一二楼改成一家名为"老丰阁"的大型餐厅，三楼四楼，开起了娱乐总汇和卡丁车游乐场。我的好朋友陈雄先生，曾也在钢丝厂一楼门面开了一家三黄鸡店，店堂面积仅三四十平方米，只摆放了四张小餐桌，以外卖为主。他告诉我，他烧三黄鸡的"绝活"，是他在马来西亚时向一位老华侨学来的，烧出来的鸡，皮黄肉白，肥嫩鲜美，堪比"小绍兴"，每天要卖掉十几只鸡，生意做得红红火火。但是他说三个月后，就把小店转让给了别人。我问他为什么，他说做这样的小店太累了。的确，之前他在国外做过大买卖，以后他又投入到商业房产和连锁品牌经营，这么一家小店是无法牵绊住他的。在国庠路转角处，还有过一家"德州菲力"牛排馆，店面也不大，却颇具特色，是五角场"红房子"引入蓝天宾馆前的首家西餐馆。经营者胡老板是台湾人，国字脸，身体微胖，精于餐饮门道，当时他还经营着四平路国定路口的"马大嫂"火锅店。

闻名五角场的"星晨酒店",最初叫"星晨食府",当初就是租赁了钢丝厂的"肚档"。餐厅内部空间相当宽敞,前门开在翔殷路上,一道后门通向政旦东路。房屋中间有一个庭院,依稀可见当年董大酉家的那栋私家别墅。老板陈先生头脑活络,精于经营,又善于协调各种社会关系,店堂内常常酒肉飘香、食客济济。后来这家餐厅搬迁到了黄兴路上,新酒店豪华气派、富丽堂皇,菜品和服务也提高了档次,是五角场商圈营业最久的一家餐饮企业。在那里,我曾多次参加过同事或朋友的婚礼、生日宴。很可惜,这家酒店于2022年春节后歇业关张。7月中旬我开车经过,看到"星晨酒店"的大型霓虹灯店招正被长臂吊车徐徐吊下,我内心为之十分痛心和惋惜。又一个承载多少美好回忆的"老店"离我们远去了。

九十年代末期,上海医用仪表厂也将临街的房屋改做商业。在工厂大门旁边,曾有一栋四层高的小楼,开了一家"南华火锅城"。这是五角场首家大型火锅店,当时生意异常火爆,经常预订不到餐位,据说店主是一位女老板,颇有魄力。没多久她又在近政旦东路的国和路上,开了一家叫"新南华"的餐厅,生意一样的好。在火锅城西侧,还有过一家东北菜馆,服务员小妹穿得花花绿绿,嘴巴像抹了蜜哥呀姐呀叫个不停。记得每次去,都会点上他们家的小鸡炖蘑菇,还有插上一根吸管吸骨髓的大棒子骨头。在一楼门厅等位时,还会派送免费的葵花子,大家"排排坐"坐在塑料圆凳上嗑瓜子。

在临近国济路的政旦东路30弄,是一个老院子。院内有不少老房子,还是日军占领时期修筑的。新中国成立后,该院子几易其主，直到 1952 年 7 月，成立仅 8 年的空军政治学校从南京光华门迁移入驻五角场，这里成为这所军校其中一个院落，先后安排入住了 100 多户解放前参加革命的离休干部家庭。这些老同志大多数经历过枪林弹雨，功勋卓著。

在政旦东路上，不得不提到与军队干休所一路之隔的沪东金融大厦，它是空军江湾机场停飞后，在五角场周边建起的第一幢高层建筑。除了农业银行营业部，一至六楼招商引入了大西洋百货公司，那是著名的"朝阳百货"被拆除后又一家商品齐全的百货公司，深徛中老年人的喜爱，可惜仅经营了十年。在"大西洋"楼上的七、八层，一度开过一家"梅园村"酒家，店堂装潢考究，古色古香，主打正宗的上海本帮菜，也是曾经招待客人很有面子的地方。

几番沉浮，沧海桑田，这条小路也随时代变迁而变化。如今，走在政旦东路上，看上去只是一条极其普通的街巷，却不知，低调的街面隐藏了曾经拥有的显赫，以及百年来多少不为人知的故事。

写于 2022 年 12 月

盛开在五角场的白玉兰

在上海五角场核心区的一只角上，有两朵"白玉兰"，一朵娇艳盛开，一朵含苞欲放——那是两幢商业楼宇的顶部装饰。这两幢楼宇一幢叫金岛大厦，另一幢叫蓝天大厦。她们像一对孪生姐妹，长年累月盛开在高楼林立的建筑群之中，经历了近二十年的风风雨雨。

它们的地理位置十分优越，在一条通往市中心方向的四平路与连接杨浦大桥的黄兴路的夹角上。其中较早竣工的金岛大厦，是空军江湾机场停飞后环岛转角上建成的高层建筑。这两幢大厦除了7层以上的写字楼，位于下面的6层裙房经历了华联商厦、东方商厦的过渡，现如今更名为"悠迈生活广场"，以城市奥特莱斯的新业态，重新登场营运。

我曾有幸先后参与关于这两幢大厦土地归属的变更。今天，我就想聊聊它们的前世，即这两幢楼所依附土地的由来。

记得在1997年的某一天，我作为空军政治学院的营房助理员，被召集去杨浦区规土局参加了一个会议，主题是区政府决定启动五角场四平路黄兴路夹角地块的开发。然而这幅地块的产权归属，引来了不同的争议。我们认为五角场的这只"角"属于军用土地，归空军政治学院所有，而地方政府希望我们拿出征地或划拨的依据。接下来我被安排与区规土局办公室小吴，一起去查阅原始档案。

由于原先五角场属于宝山县，杨浦区档案馆无此资料存档，我们先后去了宝山区档案馆、上海市档案馆和上海市纺织局档案馆等地方，找到了一些资料，理清了基本脉络。

解放初期，这里是一个解放军炮兵部队营区的边角地，随整个营区一起征用了这个区域的土地。当时，8路公交车终点站原先的位置是条小河，河的北侧靠近现在五角场不岛中心处，即归属有争议的地块，有一家生产纺纱梭子的小工厂，工厂有40多名工人。如果土地被征用，军队需要解决这些工人的就业岗位。没多久，这个炮兵部队以无力安置工人为由，将这家工厂的土地退还给了当时的宝山县政府。后来这家厂被划归市纺织局，因此这个退还的文件是从市纺织局档案馆找到的。1962年7月，空军政治学院从南京光华门迁至上海五角场后，这块土地一直保持着这样属性。

理清了这块土地的归属，杨浦区政府考虑到经营面积450平方米左右的蓝天酒家属于空军政治学院。因此从拥军大局出发，在黄兴公园东侧一块保留项目地块中，划拨了15亩住宅用地给空军政院。杨浦区领导与当时空军政治学院首长在大柏树兰生大酒店举行了简单的签字交接仪式，我有幸参加并见证了这个过程。

1998年年底前，地块上的所有商户和居民动迁完毕，凌乱的建筑被拆除，由浙江绍兴中厦公司投资建造一幢商办楼。翌年，在施工工地周边建起了一圈两层临房，作为临时商业用途过渡，在以后的两三年里，这里曾经是五角场繁华的商业街区。

2002 年，22 层高的金岛大厦正式竣工投入使用，成为五角场五只角上的第一幢高层建筑。

蓝天大厦的原址，是蓝天宾馆的东楼。原楼高 11 层，由于飞行净空有严格要求，这座楼房曾经在空军江湾机场使用时期为五角场地区最高建筑。这家宾馆是上海市东北地区最豪华的星级酒店，以地段佳、客房条件好、交通便利享誉全市，在军队系统同样名声响亮。尤其是东、西楼两家分别叫"月光""星光"的夜总会，更是名震"江湖"。有餐厅、舞厅和酒吧，当时流行歌舞表演与卡拉 OK，这里可谓是夜夜歌舞升平，觥筹交错，霓虹闪烁。

1999 年中央军委下达通知，规定军以下非作战单位禁止开办企业，要求将已有企业撤、改、转。蓝天宾馆保留其中的西楼用作部队招待所，将东楼连同宾馆的几十名职工，移交至杨浦区商委。我当时亲自手持皮卷尺，丈量出它所占 10 亩土地，心疼地从营区划出来，"奉送"给了区商委。两年后，东楼所在的企业申请破产，移交职工全部下岗，东楼被爆破拆除。2005 年 6 月的一天清晨，我在二院 2 号楼 18 层的楼台，观看了爆破拆除该大楼的历史性一幕。这个地块被后来一家民营环保公司拍得，3 年后又一幢 20 多层的新楼落成，大楼保留了原有"血统"，命名"蓝天大厦"。

蓝天大厦与金岛大厦牵起了手。在两幢大楼的二层建起了一条连廊，将分居两处的裙楼连成一体，由百联集团旗下的东方商厦公司统一运营。自此，两幢大楼成了一对名副其实的"姐妹花"。

写于 2018 年 3 月 27 日

科技之门，五角场新地标，俗称"彩蛋"，
系已故著名艺术家陈逸飞遗作。

一段往日的旧时光

去年 10 月的一天，有朋友发给我一段视频，那是拍摄于尚未开发建设的五角场街景。我从"B 站"找到了同一天拍摄的另一组视频，合在一起总长 11 分钟，拍摄者是一位摄影爱好者秦兴培。我如获至宝，反复播放观看，觉得特别亲切，仿佛遇上一位久别的老友。视频中的一个个场景，一下把我们拽回到二十多年前的五角场。

时间回到 1994 年 4 月 14 日（星期四，农历三月初四）。那一年的春天来得有点晚，虽已阳春三月，从人们的穿着上看，气温却还十分寒冷。秦先生从外滩乘坐 55 路公交车来到五角场，从中午 12:33 开始边逛边拍摄，到下午 3:23 结束，前后历时两小时 50 分钟。他从黄兴路、翔殷路、国济路到淞沪路；从五角场综合贸易市场、政益路服装街、淞沪路地摊、翔殷路上的翔鹰花园到四平路上的 55 路公交车终点站。镜头所及，皆是我们曾经熟悉的景物：朝阳百货、蓝天宾馆、新华书店、淞沪浴室、翔殷路邮局、繁华大酒店……车水马龙的车辆，熙来攘往的人群，老旧、低矮的房屋，狭窄、杂乱的街道，嘈杂的市井声中夹杂划破天空般的飞机轰鸣声——我们曾经都是置身于其中的一分子。那时候，汽车司机可以随意摁喇叭，交警、公交站点靠"嘟嘟嘟"的哨子声维护秩序，商店内播放着港台流行歌曲，各种声音充斥入耳；非机动车与机动车混杂一道，任意行驶、停放；行人随意穿越马路，甚至穿梭在机动车道上；马路边、花园里可以自由设摊卖货；戳在路旁的水泥电杆上悬挂着长长的黑色电线，有的电杆上还"趴"着变压器……依当下人的眼光来看，那时候的江湾三角场，可谓乡气、杂乱、落后，但对于我们来说，那时候似乎更具烟火气，生活别有一番滋味。

有人将五角场商业开发分为两个阶段，我非常赞同这种观点。其一，上世纪九十年代中后期的自由开发为初级阶段，代表性的商场有朝阳百货公司、旭阳精品商厦、淮都商城、久天商城、中心商场和三峡商场等，引入的商业品牌有肯德基、麦当劳、真维斯、东方鳄鱼、达芙妮等，但这个阶段商业项目，层次偏低，业态杂乱无序，缺乏统一的商业规划；其二，自2003年中环线建设开始，进入高级开发阶段，代表性的商业是现在的悠迈广场、万达广场、又一城、合生汇等，商业项目有层次，实现错位经营，商业品牌五花八门，包罗万象。1994年4月那一天，正是五角场初级大开发阶段的前夕。视频中，在翔殷路黄兴路转角处，还有一段围墙，沿马路矗立着"凤凰"牌自行车广告牌，左侧还有蓝天家具店的一排平房。而大约一个月后，这些沿街的房屋、围墙被统统拆除，新建起了一排商业房，陆续开设了"淮都""久天""之江"等多家商场。这个位置，现在建成了180米高度的合生国际广场。秦先生拍摄的这段视频，恰好记录下了五角场初级开发之前的原始街景和风貌。

当摄影者走到翔殷路上当时的空军政治学院大门口时，镜头里是对面国济路的五角场贸易市场，国济路两侧还是低矮破旧的门面房，人群在这条狭窄的小马路上来往穿越。如今，左边就是百联又一城，右边是沪东金融大厦。这时候，视频里传来"呜——呜——"尖锐的飞机轰鸣声，一两架战斗机正从上空掠过。而据我所知，不到两个月后，空军江湾机场停飞搬迁，此地区不再限高。

环岛周边马路上行驶的，有加长公交车和双层巴士，有红色夏利出租车和白色小面包车。贸易市场和地摊上售卖的商品，有服装鞋帽、毛毯被褥、塑料盆、儿童书刊，也有水果、熟食、小吃，甚至还有瓦工刀、镰刀、铁耙、铁锹等农具。在四平路上55路车站旁的饮料亭里，出售着油炸里脊肉、吐司面包、菲律宾椰奶等食品小吃，白牌子上写着"每件1元"。那时的商店，为了营造商业气氛，几乎每家都有录音机，有的商家还在店门口安装了大喇叭，播放流行歌曲或商品销售广告。汽车司机也往往喜欢开足音响，一路伴着"咚咚咚"震耳欲聋的响声。这段视频中有两首老歌令人印象深刻。一首是黄安的《新鸳鸯蝴蝶梦》，它曾经风靡一时，歌词脍炙人口，是我们到KTV包房必点的一首歌曲；另一首现在很久没有听到了，歌名叫《想》，歌中反复吟唱："想啊想啊，我想念我那在远方的姑娘……啊哈梦想，你何时才能做我的新娘……"那一年，街头还开始流行周华健的《刀剑如梦》、刘德华的《忘情水》、老狼的《同桌的你》……还有孟庭苇的《风中有朵雨做的云》、吕丽芬的《爱江山更爱美人》……

我们在镜头里看到，熙熙攘攘的人群中，有手提公文包匆匆赶路的公务人员，有推车走在人流里的戴眼镜知识分子，有手牵手或勾肩搭背逛市场的年轻情侣，有在车站候车的大学生，有街边聊事的生意人，有肩扛蛇皮袋的农民工，也有骑车穿行的军人，还有在小花园摆摊交易邮币的男子……从他们的表情上可以读到，有既往生活的那份闲适与淡定，也有了新形势下的那种紧迫、不安和对未来的迷茫。是的，"风雨欲来城欲摧"，市场经济浪潮席卷而来，一切都在不知不觉中孕育和发生着。

写于 2023 年 1 月

解密一份三十年前的会议记录

一段老视频，点燃了"五角场人"的怀旧热情。我在《一段五角场的旧时光》一文中，通过这段视频，用文字分析、介绍了当时五角场的一些情况。我了解到，拍摄视频的秦兴培先生是上海人，今年74岁，原住南市区旧仓街157弄和平里。他于1982年赴美留学，在纽约定居，从事医务工作。从上世纪九十年代初期开始的十多年间，他每年利用假期回沪，带着自购的相机和摄影机，走街串巷拍摄了大量照片和视频，为上海保留了许多十分珍贵、独一无二的影视资料。中国历史文化名城保护专家、同济大学教授阮仪三这样评价："这是一位独特的上海人，他的这些影像资料是上海宝贵的城市记忆。"这段五角场旧影像让我感动和怀念，仿佛让我穿越到了昔日的那段岁月。那时的我还不到三十，朝气蓬勃，精力旺盛，工作中充满了干劲和活力。

我反复观看这段视频，其中有不少人似曾相识却又不熟悉，我甚至还希望在视频中找到自己的身影。秦先生在五角场辛勤拍摄的时候，即1994年4月14日，我很想知道此时的我在哪儿，在干什么呢？毕竟，时间太久远了，就是有再好的记忆力，也无法记得住将近三十年前某一天的行踪。

我查阅资料发现了两条发生在1994年4月14日的上海

新闻：

一、上海市政府新闻办公室宣布：上海率先进入人口负增长，1993年自然增长率为负0.78‰，全市总人口为1294.7万人，计划生育率已达99.78%。

二、上海灯具厂全体职工出资100万元人民币，一次性买断国有资产，将原有小企业改制成股份合作制企业。这在上海国有企业中尚属首家。

然而这两则当年的事件，与我似乎风马牛不相及。俗话说得好："好记性不如烂笔头。"我竟然在我的一个工作笔记本里，找到了想要的答案。

我有一个生活上的习惯，就是舍不得丢弃过去的物品，譬如我收藏着入伍当日县政府招待电影的电影票、军校的入学通知书以及所有亲朋好友的来信，还有零零散散写过的日记、不同岗位使用的工作笔记本。真是无巧不成书，我就是在其中的一个笔记本里，找到了那一天的工作记录。那时候我在空军政治学院工作，上班地点在"朝阳百货"正对面的"老大楼"。1994年3月8日，我从政治部调到院务部（后勤部），担任营房管理助理员，办公室从三楼搬到了底层，这个本子就是从那天开始启用的。在这之前，总务长与营房管理负责人先后找我谈话，安排我分管的事情十分繁多，营房管理、分调房、动拆迁、水电管理等，还有一个就是准备启动的房产开发。这本笔记本记录了每天的工作安排、会议纪要、协调事项以及谈话记录等等。我翻到了我想要知道的那一天，上面的记录内容是——

会议时间：1994年4月14日下午（2点30分）；地点：副

院长办公室；主题：研究房地产开发问题；参加人员：副院长张大校、总务长倪大校、副总务长高上校（已故）、营房办朱主任（高工）及作者本人（时为空军中尉）。

会议主要内容（根据讲话记录整理）：

一是为学院房地产开发工作定位。依照并落实学院常委会决定，配合驻地市、区两级政府关于大力发展商品经济的总体要求，对沿街空余营房与空地进行有序开发，以获取经济效益和社会效益；

二是汇报后勤部门成立专门机构情况。总务处已于3月底成立"房地产开发办公室"，由总务长亲自担任开发办主任，营房管理办公室主任兼任开发办副主任，任命我（作者）为办公室秘书。下设财务管理、设计工程和经营联络等3个工作小组（详见备忘录）；

三是划定了开发地块（后来的实际情况为作者补充说明）："老大楼"外侧即翔殷路一号门至黄兴路加油站为"一号地块"（今合生汇位置），拆除沿街围墙，建造二至三层临时商业用房；四平路蓝天宾馆与蓝天剧场之间为"二号地块"，拟建金鹰大厦（暂定名，后方案多次变动，至今未启动，现为停车场和军训场）；蓝天饭店及周边为"三号地块"（又称"金三角"），拟建蓝天商城（18层以上），后来实际建成六层高的亚繁商厦，在五角场大开发时被拆除，现建成苏宁易购商业广场；四平路五号门以北为"四号地块"，曾建成两层商业街，后在四平路拓宽时被拆除；黄兴路2022号沿街为"五号地块"，拟建商办楼，后建成上海蓝天建筑工程总公司办公楼，军队停止办企业后，曾多年用作杨浦工商局办公大楼；

四是通报空军江湾机场将于今年"八一"前关闭（视频中可以听到正在飞行训练的战斗机的轰鸣声），以后五角场地区不再受飞行净空的限制，即允许规划建造高层建筑。因此，会议同意除了部分地块"短、平、快"，二、三号地块应建造高层建筑，并要考虑长远，地下规划建造停车库。（完）

时至今日，这份会议记录已超过三十年，就算是国家"绝密"档案，也过了保密期限。今天公开"解密"，只是用来佐证：支持地方建设，发展商品经济，弥补军事教学训练经费不足，也是本单位在这一特定时期的工作任务。作为占据五角场"三只半角"的空军政治学院，正式启动了房地产开发工作，会议为全面开发五角场打响了发令枪，吹响了冲锋号。同一天，同一刻，一段视频与一份会议记录，从两个不同侧面成为历史见证。不得不说，这是一种上天的安排。

在今天看来，1994 年 4 月 14 日，无疑是五角场建设发展中一座有"历史痕迹"的"分水岭"。此后不久，上述"一号地块"，便拆除了围墙和一些破旧平房，在"老大楼"的外围建成数千平方米的商业房，开设了"淮都""久天""之江"等商场；区供销社在翔殷路淞沪路口，拆除了原来破旧凌乱的老房子，建起了旭阳精品商厦；翔殷路北侧的钢丝厂则腾出厂房，开设了五角场中心商场。另外，翔殷路三峡商场、淞沪路海马市场、四平路科技街等一大批稍有规模、商品业态和种类繁多的商场，在这一时期陆续开张。中星美食娱乐城、星晨酒店、唐人街美食城等大型餐饮娱乐也随之出现，肯德基、麦当劳、必胜客等洋快餐先后登陆五角场，班尼路、鳄鱼、美特斯邦威、可颂坊和元祖食品等等，各类服装、食品的品牌专卖店相继涌现在五角场街头。原来作为这一地区特色的"地摊经济"逐渐退出历史舞台，街区面貌焕然一新。五角场商业市场，告别旧模式，进入一个新的历史过渡时期。

写于 2024 年 4 月 14 日

复旦旁的淘"宝"店

听闻久负盛名的复旦旧书店，将在 2021 年 12 月 12 日关闭，我便相约同乡战友张伟立，趁其关闭前再看一看。

复旦旧书店位于政肃路 55 号，我们沿国定路穿越黄兴路与四平路，然后入政修路经国福路，拐弯抹角转到政肃路。走到国福路时，我转念一想，陈望道故居不就在国福路上吗？只见沿街几棵高大的银杏夹杂在香樟之间，其时天空湛蓝湛蓝，金黄色的银杏叶映衬在蓝色的天幕上，显得十分亮丽。穿行在树荫下，心情也无比愉悦。

这家旧书店开在一栋老楼里，三层高的楼房，一楼布满了各类饮食小店，烤串和熟食店混杂在一起，中间还有一家菜市场，里面铺满了蔬菜摊。旧书店就在二楼，旁边还有一家网吧，再往上是单身公寓。到旧书店"淘宝"的人，都是从一个破旧的楼梯走上二楼。一楼门口有书店的广告栏。广告上的一句话，点出了这家书店的宗旨，我至今记忆犹新——"为书找读者，为读者找书"。

二楼连楼梯口也堆满了书籍，所谓书店，其实就是一个不足100 平方米的书库。房子被隔成了两层，有楼梯可以上阁楼，我第一次看到书籍是这样存放的。因为那天临近下班时间，书店里人不多，一位短头发微胖的中年妇女，正埋头整理着凌乱的书籍。我和伟立各自寻找自己的感兴趣的书。里边有各种各样不同学科、不同年代、不同类别的书籍，但没有明显的分类和区位标识。在每一本书的最后一页，用铅笔标注一个数字，代表了出售的价格。我浏览了一下，价格都不贵，5元、8元，到一二十元不等。跟现在动辄50元以上的新书相比，实在是十分低廉的了。在一排书中间，我俩同时发现了一本我女儿出版的首部长篇小说《唐前燕》。我取出来拿在手里，犹豫了一下又放回原处，心想还是留给跟它有缘分的读者吧。我们大概翻了一个多小时，感到有不少书还真值得买回来。最后我随意挑了几本，一本是陈丹燕的《成为和平饭店》，她这一系列的其他书籍我有了，这下正好配齐了；还有一本是关于喝茶的，一本书法的，正好为我刚装修好的书屋装点一番——茶香书韵。

没想到才过一个月，这家书店竟然要关门，还在网上引发了不小的风波。那天恰逢星期天，无独有偶，位于福州路上的上海市首家上海书城也将在当日关闭。我们去的时候，天上飘着小雨，一楼楼梯口放满了雨伞，二楼门口和书店内挤满了人，买书结账的地方都排起了长队，等待结账的顾客手捧着已经挑选好的书。来买书的人，也是五花八门，有学生似的小青年，也有教师模样的中年人，但还是以大学生居多。除了"淘宝"挑书的人，还有背着照相机和摄像机在书店里拍摄的。我排队结账的时候，看到一位四十来岁的男子，被一群人围在狭窄的门口采访。一架摄像机对着他，有人给他送了一束鲜花，旁边是手持话筒的青年人。有不少人围着看热闹，也有拿着手机拍照的。伟立告诉我，那一位就是书店老板张强，柜台里负责结账的是他的妻子。他妻子告诉我说："这几天来了好多报纸和自媒体采访。但那么多人关注，也没用，改变不了我家书店的命运。"我和伟立趁机也请人拍了一张合照，在这家即将关闭的书店里，留下一个纪念。据了解，老板张强 20 多年前从苏北来到上海，一个偶然的机会，从废品收购站买到了一批旧书，从此他开始摆地摊销售并关注这个行业，后来渐渐做大。有一段时间二楼对面的网吧所用的房屋也都是他的书店，面积比现在大几倍，吸引了无数的大学生、老师和周边的居民。现在房租价格提升、网络销售加快，实体店越来越难以支撑。据说是因为这栋楼需要统一改造升级，租金也将大幅提高，微利销售的旧书店就无法在这里继续经营了。下一步将何去何从，无人知晓。

这次我挑了 6 本书，结账时也只需要付 32 块钱，还不到一本新书的价格。一本法国作家让雅克的《双倍写作的新邻居》，一本中国三峡出版社出版的《精篇荟萃》，还有几本艺术评论的书和一本陈汉中散文集《遥远的思念》的签名本。陈汉忠先生曾经担任过南京军区空军的宣传处处长，也算是我的战友加师兄，我在空军政治学院上学时，通过嘉兴同乡朱甫宝在天益宾馆与他会过面，当时他还是新闻干事，非常勤奋刻苦，经常在军内外报刊上发表长篇通讯，后来我俩还曾在《人民日报·海外版》副刊的同一版面上发表过文章。虽然近二三十年没有交集，对他所写的文章和空军部队内容还是颇有兴趣，我把它买回来也觉得很有意义。我们临走的时候，见店老板已结束采访，我微笑着问他："后面有什么打算，是不是在附近找地方重新开张？"他说："我们一直在找地方，但是价格都太贵了。以后若是找到了重新开张，欢迎你们再次回来。你们可以扫门口的微信，到时候我会在微信上发布信息。"我与伟立都祝他早日找到合适的店铺，并祝愿他生意兴隆。

2022年3月底的一个午后，我与妻子一道去大学路想看看那里的樱花开得如何。大学路的樱花树集中在一条名为伟德路的支路上，正是樱花烂漫时节，满树白茫茫的花朵映衬着路旁的几面艺术墙，煞是好看。遗憾的是天气欠佳，阴沉沉的，没有蓝天陪衬的樱花显得苍白无力，缺乏生气。但当我走到西头锦建路口时，发现正在装修中的店铺外写着"复旦旧书店"。这时恰好有一位工头模样的人从里面走出来，我问他何时装修完毕，他说下月初完工，下月中旬应该可以开张啦。没过两天，由于众所周知的原因，上海进入非常特殊时期。写这篇文章时我正与大家一样，在家中足不出户，新的复旦旧书店究竟什么时候能够开业，便不得而知了。

这篇文章写于2022年4月，在我整理书稿出版的时候，大学路附近的伟德路，俨然成了一条书店街，除了复旦旧书店，还有谜芸馆和悦悦书店。谜芸馆是专营侦探小说的书店，听说馆主还是一位推理小说作家，店里就有他本人的书；而悦悦书店是一家综合性书店，原名志达书店，开在复旦南门，如今更名后迁到了这里。几天前我偶尔经过，正是夜幕降临时分，书店里透出明亮灯光，看到许多爱书人正在这几家书店里淘"宝"，顿时感觉到一种与大学路不一样的"烟火气"。

写于2022年4月初

剪取吴淞半江水

在距五角场不远的黄浦江边，有一条古老的马路叫军工路。说它古老，是因为在五角场形成之前，它已经筑成，至今已有超过100年的历史了。

上世纪1918年，当时上海的淞沪护军使卢永祥，为改善宝山吴淞与上海市区之间的军情传递，派遣军队会同当时从事市政建设的沪北工巡捐局，将黄浦江西岸一段名为衣周塘（虬江桥至张华浜）的护堤削平，修筑成一条公路，因军工联合修筑而起名军工路。据宝山县县志记载："军工路被公认为本市第一条市公路。"

一个世纪以来，它一手牵着杨浦工业区，一手拉着吴淞港，成了城区与郊区重要的交通纽带。中环线建设时，从翔殷路往南的延长线修筑了高架，成为中环线的一部分，而最初修筑的那段道路，依然孤独地横卧在城市的边缘。

有人这样形容这段路："在大多数上海人的印象中，军工路凹凸不平的路面，来来往往的集卡，跨越道路的铁路道口，路旁的老式仓库，离它不远的上海港作业区，集装箱吊臂左右转动，时不时传来轮船的汽笛声……"曾几何时，这里货车倾翻、相撞，碾压行人，油罐车爆炸……险象环生、车祸频发，因此有网友说它是"上海最恐怖的道路"。

军工路是一份孤独的历史遗产。五角场地区后来修筑的道路，民居聚集，人烟稠密，纷纷成了热闹的街巷。而军工路的周边除了几家工厂、仓库、苗圃改建的森林公园，满眼所及皆是杂树中高高的铁塔、烟囱、破旧的房舍和码头吊车。路上人迹罕至，漫步在道上，身旁呼啸而过的常常是凶悍的大型集卡、土方车和混凝土搅拌车，江上往来轮船的汽笛声和偶尔缓缓驶过的货运火车，更给这段道路增添了几分荒芜与寂寞。

在这条道路上，还有几个相守百年的伙伴。闸殷路口的闸北发电厂与闸北水厂，是军工路上最早的工厂。据资料记载，1924年商办闸北水电股份有限公司接手官办闸北水电厂，在宝山县殷行乡购地150余亩迁建新厂。并修筑连接殷行至市区方向的闸殷路，两厂分别于1927年和1928年送水和发电。目前，坐落于南侧的神秘白色水塔和北侧的十多个白色粗大的烟囱引人瞩目，依然在为人类创造价值。

在水电厂附近有一座"军工路二号桥"，它跨越从新江湾城流向黄浦江的钱家浜。这座桥原本有个风雅的名字叫"剪淞桥"。桥名取自杜甫诗《戏题王宰画山水正图歌》："焉得并州快剪刀，剪取吴淞半江水"。名字起得多么富有诗意。然而，解放后军工路拓宽时，将重建的桥梁更改了名字。

军工路沿线有一条何杨铁路支线，由杨树浦接入上海首条铁路——淞沪铁路何家湾站，始建于民国廿八年，历经多次拆除与修复。我在殷行路道口，询问正在执勤的李师傅，他介绍说："现在改作了煤油燃汽机头，每天有十多趟火车往返。"不经意间，你会看到有长达四五十节老旧货车或油罐车，鸣着长长的汽笛缓缓驶过，沿途匝道红灯闪烁，敲着当当当的警钟。

军工路外侧沿江原有一处叫隐沙的滩涂，从前芦苇丛生，人迹罕至。经过多年的开发培育，变成了今天的共青国家森林公园，成为市区一个面积最大的公共绿地。军工路近闸殷路的内侧，有一条小河，名"随塘河"，塘应为最早的衣周塘，小河随塘而建，历史悠久。早先还有一座明朝遗存的土山，是殷行镇创始人殷清修筑的，叫"依仁山"，山高约五六十米。山上遍植名木，建有亭台楼阁。因年代久远，几番修塘筑路，山头渐被削平，剩下一片野树杂草丛生的遗迹。

说军工路历尽百年沧桑，一点都不为过。它从一开始就不是那么太平。当年因筑路贪快求省，多处路基低于原护堤，又缺乏先进的压路设备，路面又多以泥土煤渣铺成，经不住一年年潮水冲击、暴雨浸泡，路身逐渐下沉。阴湿天气，路面往往泥泞不堪，人、车难以通行。若遇暴雨潮汛严重，大水越过路面，淹没了大片农田村庄，沿途村舍、工厂、仓库深受其害。

"八·一三"淞沪会战，中日两军在吴淞展开激烈较量，最终日军从虬江码头登陆，沿军工路和翔殷路入侵五角场腹地，沿线民房、商铺均被炮火摧毁。位于军工路内侧的沈家行镇，拥有50多家商店和手工作坊的街市从此荡然无存，军工路也遭到了炮火的严重破坏。

上海解放前夕，国民党调集军队死守上海，汤恩伯为维护其窜逃台湾的水路通道，下令在军工路沿线挖掘壕沟，毁塘二十多处，并大肆砍伐护塘树木，堆在公路设障，想以此遏阻解放军攻占浦江水道。使得本来岌岌可危的护堤，加剧了隐患。

1958 年开始，政府拨款重修军工路。采取分段夯实、加高路基，用混凝土浇筑路面，并铺上了沥青。然而由于行驶在这条道路上的大多是大型车辆，体积大、吨位重，道路经不起碾压，常常致使路面高低不平，损坏严重。此后几十年间，军工路总是处在不断的修修补补之中。

2017 年，上海市政府公布了军工路高架工程方案，并计划将中环线北抬。近日，我在军工路东方国际水产中心门口，看到高架道路已经成型，并正向北延伸。相信不久后，"恐怖"的道路终将结束，军工路立体交通网络即将形成，大型车辆与小型轿车、非机动车及行人各行其道。我想象自己从居住的新江湾城出发，驾车驶上崭新的军工路高架，内侧可见绿树掩映的美丽家园，外侧眺望宽阔的江景。空中江鸥翔集，江面邮轮来来往往，汽笛声声，成为一道行驶途中的美景。若身临其境，真的有如杜甫诗中所说"焉得并州快剪刀，剪取吴淞半江水"的切身感受。

写于 2021 年 9 月 25 日

那些年的"江湖"轶事

金庸先生在他的武侠剧中说："只要有人的地方就有恩怨，有恩怨就会有江湖，人就是江湖。"言外之意，人群聚集，即是江湖。五角场当然也不例外。

几年前，我曾问过我朋友圈内久负盛名的"老大"，五角场究竟是否有过传说中的流氓？在我心中，"老大"是美国电影里"教父"般的人物。他身材彪悍，一米八几的大个子，鼓起的双目炯炯有神，尤其头上一对招风耳，显得格外有神威。他的口头禅是："人是被教训出来的，不是教育出来的。"这是他几十年闯荡江湖的人生总结。他这样回答我：五角场所谓的"流氓"，都是小混混，也就是香港电影里的"古惑仔"。但是，五角场人多、地方大，历来都是地痞流氓们作恶生事的地方。

确实，五角场是一个特别的地方。民国初期，上海滩上流氓与大亨一样出名，威震江湖。不过那时的五角场还是贫穷落后的荒芜乡村，民风淳朴，夜不闭户。"大上海计划"打破了这种乡间宁静，短短数年间，修筑了数十条星罗棋布的道路，建造起宫殿般的建筑群，忽然之间变成了大上海"新市区"，成了上海滩争权夺利的名利场。"八·一三"后又被日军占据，烽烟四起。据《五角场镇志》记载：五角场有两次大规模的人口扩张，一次是侵华日军投降后，另一次是国民党军队溃败后。多年的战乱，引来了众多外来人迁入，有逃荒要饭的，有做小买卖的，有战场上退下来的伤兵，也不乏无业游民和地痞流氓，五角场成为"藏污纳垢"之地，当时的治安十分恶劣。新中国成立后，经过多次整治，社会治安逐渐好转。

我在五角场生活了三十多年，有二十余年在军队，我看到的几乎都是"全国山河一片红"。但当时五角场的治安，远没有现在那么太平，什么"敲头案""灭门案"常有耳闻，但我所能看到的也就是"小偷小摸"、打架斗殴，"不正经"的职业，还有被称"打桩模子"的"黄牛"，在宾馆门口逢人便问"外汇有伐外汇"；马路上背着大拉链包，手拿几块金灿灿手表推销假名表的；在邮局门口小花园里贩卖邮币的；在商场柜台边敲边卖货的……我每次见到，都会躲得远远的。我的这种经历，常被"老大"美誉为"又红又专"。

几年前，一篇《五角场，感谢你曾经的破旧模样》火了，10万+的阅读，引起无数人共鸣。作者是媒体人晏秋秋先生，他在文中描述曾经的五角场虽模样破旧，人群嘈杂、拥挤，但充满生气。字里行间流露着对往日的爱恋，因为他把青春年华留在了那里。他也不避讳当年五角场存在的阴暗面，"学生多、军人多、流氓多"。上海人常称男的为"阿飞"，女的叫"拉三"。五角场阿飞多，但"还算是喽啰性质的"。作者说，我第一次被人"拗分"，是在江湾机场里，被抢掉2角5分。钱不多，内心的屈辱永生难忘。

"大头费里尼"写过一篇《五角场流氓往事》，一看题目就十分有让人一睹为快的冲动。为此，我从网上买来费里尼的《上海私家记忆》。"大头"本名王海，当然不是我们曾经的战斗英雄和空军司令，他也是上海著名媒体人。书中回忆了他幼时在国定路550弄的生活片段，但所述事情，恕我不敬，都是"鸡毛蒜皮"的事，诸如"阿飞""拉三""拗分""抢军帽"之类，全无我想看的"流氓往事"。老实说，我有些失望。王海先生在"海上记忆"发表过一篇《国定路，里弄旧事》，最后写道："国定路的流氓们，随着年岁上去养家糊口的世俗生活替代了'路灯下宝贝'的率性，一种茫然迭代为另一种茫然。1990年代中后期，550弄的物理性毁灭，也宣告了那个年代一去不返。"

曾几何时，上海滩上流行这样一句话："上海流氓看杨浦，杨浦流氓看定海，定海流氓看449弄。"小说《繁花》第十三章中，写到过杨浦区"工厂众多"，总体"战斗力胜一筹"；"闸北流氓，虹口黑道，侪不如杨浦工人阶级的拳头硬"；高郎桥的马头说："普陀大自鸣钟地区的人，哪里可以跟大杨浦对开，根本不配模子的。"可见杨浦那时在上海滩"江湖"上所处的地位。

这几年与朋友闲聊，常常会听到一些江湖传闻，下面几个故事就是我"道听途说"来的"假语村言"。

故事一：九十年代的时候，农贸市场收税员G，在收税过程中与一商家结下"梁子"。这家不起眼的小店，仗着背后有定海路流氓为其撑腰，在农贸市场"无法无天"，就像电视剧《繁花》里所说的"一家烟纸店、摆平一条黄河路"。G摆不平这家店，也就搞不定整条街。于是他央人邀请"凤城地板市场"的流氓为其"摆话"，双方约定某晚几点到五角场环岛来一场"火拼"。当时他们都并不知对方底细，双方各纠集了三四十人。"凤城"流氓先到，他们每人携带的家伙，是在一杆标枪头上绑一把菜刀，他们先将这些家伙隐藏于环岛地道或草丛里。不久定海路流氓也来了，两部卡车，车上站满了人，围着环岛一圈又一圈地转。在微弱的灯光里，凤城路流氓头子认出了车上的定海路流氓头子，赶忙从树丛里跑出来，挥着手冲车上大喊："阿哥、阿哥，是侬啊，真是大水冲了龙王庙啦！"对车上的人又是点头又是敬烟。于是，双方偃旗息鼓，握手言欢，七八十个流氓一起涌到四平路上的"马大嫂"喝酒去了。

故事二：有一回也是两帮流氓遇到了一块，在五角场一家大酒店吃饭，不知是因为张家的菜端到了李家，还是李家的菜上到了张家，总之一盘菜错了，本来是小事一桩，但流氓终归是流氓，只用拳头讲道理，双方大打出手。有一方感觉被打输了，吃了亏，便跑回去叫帮手，有人还带来了一把散弹枪，一声不响埋伏在门外花园的草丛里。我这里没讲哪家酒店，但门外有花园老五角场人该知道是哪家了吧。持枪的看到有人从酒店出来，乘上了出租车，便二话不说冲上去，对准后窗就放了一枪。几十粒钢珠穿透玻璃窗，狠狠地把后座那人打成了"筛子"。结果最后发现竟打错了人。

故事三：有一个外地来的小子人称小 W，许多年前在"中原"一家 KTV 唱歌，与某单位穿制服的年轻人发生肢体冲突，结果小 W 用刀把年轻人捅伤至死。这是一起典型的寻衅滋事、故意伤害的恶性案件，小 W 被判入狱十多年。从此小 W 身在牢里，却在五角场"江湖"上出了名，据说江湖"级别"也上升了。前些年小 W 出狱，混混们排着队请他吃饭。有两个 20 多岁的毛头小伙子，刚从外地来到上海，想在五角场混江湖。他们听说了小 W 的名声，打算找机会通过打压他为自己扬名。在一家新开张的小龙虾馆，这两个毛头小子遇上了小 W，他们拎起桌上的啤酒瓶，在桌子边砸碎瓶底，气势汹汹直扑上去。幸亏小 W 有两个小弟在身边做"保镖"。结果可想而知，两个毛头小子被"保镖"骑在地上，拳头像雨点般落在那两人头上，顿时头破血流、血肉模糊。经过多方周旋，最后达成"和解"，小 W 甩给两个毛头小子每人 15 万，互相不再追责。据说那两人得了钱，治好了伤，把余下的钱，在某条街上开了馄饨店与麻辣烫。结果似乎各得其所，皆大欢喜。

前面的故事纯属"贾雨村"，下面讲的属于"甄士隐"。

都说上海人吵架，只动嘴不动手，上海滩流氓打架，有时候也表现得极为"文明"。电视剧《繁花》中，有很精彩的一幕，"黑帮老大"杜长根带着一帮小弟，摆出架势要到至真园"砸场子"，他恐吓饭店老板李李："我们一人一桌，从大堂到包厢，每人只点一碗小馄饨，一坐坐一天，我看你这家店下次谁还敢来！"这就是上海滩流氓最典型的"文明"骚扰。前几年流行一句话："流氓不可怕，就怕流氓有文化。"在上海经商，最怕得罪这些"有文化"的流氓，他们精通法律，了解政策，他们的行为往往游走在法律的"边缘"，善于"打擦边球"。这种"文明"流氓的做派我早有耳闻。零几年的时候，五角场有一家高端餐厅新开业，老板让人通过关系请来了一帮子"江湖大佬"，希望大佬们对他的餐厅网开一面，别让手下的"小弟"到此寻衅滋事。这些"江湖大佬",曾在"江湖"上"乓乓响"。其实从那时候起,他们都已"金盆洗手",各有各的生意,"打打杀杀"已成为过去,"江湖"只是一种传说。据说其中有两位,看这家餐馆菜品和环境不错,还预充了几万块钱,成了那家餐厅的常客。

（本文只当消遣，现实中若有雷同，请勿对号入座）

写于 2023 年 11 月

新华书店的光阴故事

　　有人说，书店是现代人走向文明的桥头堡。上世纪八九十年代，五角场仅有一家书店，它是开在淞沪路上的新华书店。这家书店，像一股清泉汩汩流淌在这片渴望文化之水灌溉的沙漠上。我爱看书，也爱逛书店。如今在我的小小书屋里，收藏着上世纪九十年代从五角场新华书店购买的《泰戈尔散文诗全集》《中外散文名篇鉴赏辞典》（安徽文艺出版社）、《缘缘堂随笔集》（浙江文艺出版社1990年出版，硬皮精装版）以及《白话菜根谭》等几十册书籍。其中有一本《世界文学随笔精品大展》我特别喜爱。这本书是1992年8月由著名文学家施蛰存作序、上海文化出版社出版，属于"五角丛书"豪华版本，精装本定价14.4元，在当时可算得上相当昂贵的书籍了。书里集中展示世界各国上百位作家的随笔精品，可谓华章佳制、争奇斗艳，或叙事，或阐理、或抒情——浅吟低唱、高歌豪调、严辞雄辩、曲里折情，应有尽有。

　　这家新华书店位于淞沪路25号，大概在现在万达广场鲸鱼尾雕像的位置，坐西朝东，四开间门面。听说原先书店开在邯郸路上，面积仅十来平方米那么大，极像一个小书摊，除了书，也卖报纸与杂志。六十年代迁到淞沪路上后，分上下两层，面积扩大到 400 多平方米。书店两旁有太平洋食品公司、淞沪饭店、淞沪浴室等商店，九十年代中期在书店旁边开设了一家"星地超市"，我还是通过这家超市了解了后来方兴未艾的各类"超市"。每逢周末，我喜欢去新华书店转转，每次去也只会买一二本书，甚至有时候只是逛逛、看看人。那时候也不能免费翻阅，只有付了款才能拿到书本，五角场大学多，周末或业余时间老师学生都爱买书逛书店，书店里常常拥挤不堪、人满为患，买书的队伍往往排得很长。我留校工作后，逛书店似乎是我陪女朋友到"翔鹰"看电影以外的第二个"文化节目"，那时候的业余生活的确十分单调。

93 年底，我在书店门口看到贴着一张彩色广告纸，上面介绍贾平凹老师的新书《废都》，我赶忙排队买了 1 本，单价 12.5 元，价格有点贵，但我还是毫不犹豫地买了下来。买回来没两天就读了一半，觉得蛮有看头，还跟我女朋友（现在的妻子）做过阅读交流，没想到书还没看完，就看到报上报道该书被禁售了。直到 2009 年，这部"禁书"才被解禁。《废都》这本热销书被封禁的主要原因，就是在书中对男女之情进行了既细致又露骨的描写，这在那个年代看来是最不能被接受的。当年这本书在文坛引起了轩然大波，一些人批判《废都》是一本萎靡之作，而另一些像王小波、季羡林这样的作家和大师却对这本书给予了很高的评价，称赞《废都》含蓄地表达了当时的文人心理。季羡林甚至预言这本书"会在 20 年之后成为经典之作"，如今看来，季老预言成真。

我成家以后，在那里买了一本 1996 年出版的《家庭医疗指南》，这是一本大部头书，厚重而内容丰富，原著是英文版，中文版由知识出版社出版，中华医学会推荐，书中图文并茂，内容通俗易懂。以后的几年间，若是自己或家人遇到点头疼脑热，便赶紧翻看它，一一对照。这本书很实用，也很简便，解决了不少疑虑。直到有了智能手机，通过百度可以更加便捷地获取想要的信息，才慢慢疏远了这部工具书。

我身边爱看书的战友、同事、朋友不少，他们在五角场新华书店都有说不完的故事。战友陈刚每年会从这家书店选购一批新书。但凡领导、同事或部下的孩子要升学，不论是初中、高中或者大学，他都会赠送诸如《现代汉语词典》《英汉词典》等等工具书。几十年都是如此，只是如今仅仅换了书店，但那时仅此一家，别无选择。

这家新华书店除了卖书，还卖音像制品，流行音乐磁带卖得特别好，据说小小的一只柜台，有一年单位面积销量排名全国第一。从新华书店出售的磁带，都是正版，音质有保证，不像书店门外沿街有些个体户推着三轮车或直接摆在地摊上叫卖的，声音走调不说，还常常卡带。我妻子告诉我，她考入银行工作后，拿到第一个月工资，就去新华书店买了一盒陈慧娴刚刚发行的新专辑《永远是你的朋友》，其中一首《千千阙歌》风靡一时。90年底我在朝阳百货买过一个随身听（walkman），爱华牌，既听收音机，又放磁带，记得我先后在五角场新华书店买到过童安格、张学友和梅艳芳的专辑。

最近，我为了查看上海人与四川人生活方式和性格有何不同，在我的书柜里翻到一本易中天写的《读城记》。这本书封底扉页上，盖着"新华书店五角场门市部"的蓝色图章。因为这本书最初是 1997 年出版，但我这册已是 2003 年 2 月第 7 次印刷，而我必定是在这个时间之后购买，可以推测，这本书或许是我在五角场新华书店最后一次买书。因为没多久，这家书店连同周边的商铺，包括朝阳百货大厦，被一齐爆破拆除。

记忆似电影胶片般在脑海里——闪现。我在政治学院上学期间，有写日记的习惯，最近我翻看了当年的日记本，里面有多次逛书店的记录。但纸上的记录依然是乏善可陈，脑海里的记忆也是简单而重复，甚至许多事情是可以叠加在一起的，无非寻书、买书、读书的过程。于我而言，这个过程也属于生活中十分普通的事，与每天吃饭、睡觉差不多。如今多年过去，真要回忆起某一次买书的细节，已经不可能做到了。然而书籍本身会说话，在当年购买的每一册书上，还遗存当时的印记，在记忆深处还有阅读的痕迹。

写于 2021 年 10 月 28 日

江湾体育场退役滤水机（1935 年），如今变身街头公共艺术。

周建新　摄

水果摊往事

　　上世纪八十年代在广州，看到一串串金黄的香蕉整齐地吊在水果摊档口，蛇果、柑橘、芒果等水果都是用浸了蜡的毛巾，一个个被擦得油光锃亮，像艺术品一般整齐地排列着，还用红色灯罩的暖光灯打在上面，水果们泛着鲜嫩欲滴的光泽，简直可爱至极。这样的水果摊给了我极深刻的印象。

　　上海的水果，似乎没有得到类似的宠爱。我来到五角场生活的时候，水果店不多，几乎集中在国济路上。国济路是一条小路，中间路段被围起来，大门高悬"五角场综合贸易市场"的字样。靠近门口的东侧有一排简易的红色油布棚，大约三四十米长，排列着十多家水果摊。这里的水果按品种堆放，上面压一张标着价格的硬纸片，常见的有苹果、梨子、橘子、香蕉。每次走过这里，总会闻到一阵果香。

　　那时我的工作单位就在这条马路对面，是一座军校的一个部门办公室，时常会有一些接待任务，需要在会议室里摆放些水果、饮料，我就带着公务员小张去跑腿采购。其中有一个摊位的水果卖得最好，店主是一位留着短发的女子，看模样大概四十多岁，个子不高，长得壮实，面容和蔼，话语不多，不像其他人那样大声叫卖。后来听人说，她原先是举重运动员，得过金牌，退役后开了这个水果摊。我们每次买的数量并不多，但去的次数多了，也算熟识了，只是一直没问她姓名。有时候要的急，直接打电话让她将水果送到军校大门口。一年后，我更换了工作岗位，便不再去那边买水果。有一次，我与妻子偶然路过那里，她在人群中认出了我，麻利地用刀从一大串香蕉上割下几只，追出来送给我。

几年后，街道办事处对国济路进行综合整治，拆除了这排水果摊，摊主们各自寻找归宿，也不知这些摊主搬去了哪里。后来，附近开了大润发超市，一般人家都去大超市采购水果了。时间一长，我也就忘记曾经存在这些水果摊。有一回，偶然在国年路一个路口，又见到了那位女摊主。她的水果店开在一家自行车修车铺旁边，店面极小，不足十个平方，依旧是用一个个纸箱装着水果，外边还斜靠了五六根紫皮甘蔗。她明显老了不少，一头短发花白了。我向她打招呼，她回答："你好！"我问："你还认识我吗？"她低头理着水果说："不认识呀，来来往往的人太多了。"于是，我挑了些水果，付完钱匆匆离开。后来不记得是谁告诉我，这位女摊主因丈夫患病，花光了所有积蓄，还得长期照顾生病卧床的丈夫，水果生意已大不如从前了。我回来告诉我妻子，并约好我们俩找时间再去看看。但是那时候工作忙，说归说，却再也没有去过。

在四平路上的邯郸路口，曾经有过一家水果店，旁边是以卖肉包子和卤鸡爪闻名的蓝天饭店，房子是一层两开间，店面不深，也十分简陋，但这里是五角场人流最大的地段，两侧分别有55路公交与139路电车的终点站。所谓"金角银边烂肚档"，显然这里是一只黄金角。每回路过，总会看到一位穿玫红色羊毛外套的姑娘在店里忙碌。姑娘姓汤，面容姣好，尖下巴，鼻梁两侧长着不少细小的雀斑。她嘴巴甜，笑起来眉眼弯弯，讨人欢喜，生意一直很不错。小汤与我妻子很要好，她结婚比我们早，嫁了一个汽车司机，当时司机挣钱多，比普通白领收入高。她结婚的时候，是请我妻子做的伴娘。

这家店的店主，是小汤的舅舅阿根。阿根长得高个瘦条，上海人，早年下过乡，好像去了郊区哪个农场，返城后安排在空军政治学院维修队做油漆工，属于营房处的事业编职工，在当时是"铁饭碗"。改革开放后，他第一批跳槽出来，开店经商，承包了这家"蓝天"字号的水果店。平时老板阿根只负责进货，很少在店里看得到他。店内的活儿都丢给了外甥女小汤和另一个外聘的店员。他的其余时间，一是"搓麻"，二是喝酒。他搓麻将不论输赢，这是他消磨时光的方式。他爱酒如命，常常见他醉醺醺。他珍惜每一滴酒，他的口头禅是："菜可以浪费，酒不可以浪费。"每回一上酒桌，也不动筷子吃菜，只是一个劲拉着人喝酒，非把自己灌醉不可。

九十年代末，商铺房租大涨，阿根头脑灵活，把店铺的一半辟出来租给别人卖服装，转租的租金就足够他向上级缴纳承包款了。他老实、率真，管不住自己的嘴巴。结果年底就被上级收回了那间店铺。后来主管部门在翔殷路上的蓝天百货店一楼，划出一个角落给他，还开水果铺。这地方对面不远就是我前面提到的国济路水果市场，那边属于"店多成市"，已成气候，而他这边独此一家，"孤掌难鸣"，他的生意一年不如一年。他最后干脆放弃承包经营权，回到营房处做回了老本行。

世上的许多事是说不清楚的，万事万物变化得太仓促。十多年前，水果销售流行开设超市式卖场，规模大，品种繁多，店名大多叫做"甜再来""全而廉"之类。国定路平昌街菜市场旁边也开了一家，名字好像叫"田缘"，店老板是从浙江西部来的兄弟俩。店里有五六个人，都是家里人或者亲戚。兄弟俩一个瘦尖，一个敦实，我看到他们最拿手的是刨甘蔗，一根甘蔗到他们手上，三下五除二，只见刀起刀落，一段一段去了皮的甘蔗，直接落进套在小桶上的马夹袋里，动作十分娴熟。如今，"田缘"也关门了，曾有一家崇明点心店接了盘，不久前我路过那里，看到又改成了一间"××大药房"。一切随时光流逝，而兄弟俩在门外刨甘蔗刀起刀落的情景，时常在我脑海里浮现。

　　　　　　　　　　　　　　写于 2022 年 11 月 30 日

书屋窗外的三棵树（外三篇）

我在五角场有一间白鹭书屋，窗外生长着 3 棵池杉，在我眼里他们是一个相亲相爱的家庭：父亲、母亲和孩子。

我时常在冬日暖阳里，透过窗玻璃观望这排落尽繁华的杉木，左边一棵粗壮、挺拔、伟岸，腰间枝头挂满了须状的果实，该是一位壮汉；右边一棵娇小、纤瘦、婀娜，枝丫间结着累累果实，是一个女子；中间一棵比左边的矮小，比右边的高大，他既有稀疏的须须，也有纤细的果实，且紧挨着右边那棵，似一个初长成的孩子，依偎着自己的母亲。

有一天半夜，我站立在窗前。窗外飘着细雨，微光中，杉树们安静屹立，仿佛在与夜的天地一同沉睡。忽然，中间那棵兀自轻轻地左右摇摆，像一个调皮的孩子向我招呼——而另外两棵则依旧肃然静穆。我顿时惊愕了，一股暖流涌上心头——真乃万物皆有灵啊。我想，人世间的美好，亦不过如此！

迷　宫

据说某年复旦开学，一位新生入学报完到，就沿邯郸路步行去五角场逛街购物。回来时，到校门口发现一个神奇的现象：走的时候毛主席大雕像的两只手臂明明都是背着的，回来怎么变成一只手臂抬起向人招手了？他跑去问门卫大叔怎么回事。门卫大叔问他："你是哪个大学的？"

"复旦大学呀！"

"啊？这里可是同济大学哦。"

原来他在环岛走错了一个路口，沿四平路一径走到了同济。

虽说这是一个笑话，可扑朔迷离的五角场，的确是一个容易让人摸不清方向的迷宫。

海外奇缘

有一个二军大子弟，复旦大学新闻系毕业，八十年代去了澳洲，在一家华文报纸做编辑。老大不小了，还未成家，也没有女朋友，大家都为他着急。有一天，报眼位置空出一小块，没有素材填补，领导怂恿他为自己做一个征婚启事。结果没两天，就有一位女士按上面留下的电话打了过来。

女的问："您是哪里人？"

答："我是上海人。"

"我也是，上海哪里？"

"杨浦区。"

"我也是，杨浦哪里？"

"五角场。"

"我也是，五角场哪一块？"

"二军大。"

"我也是，……"

原来，他俩都是二军大子弟，在同一个大院长大，二人在异国相遇，成就了这段神奇的海外姻缘。消息传回国内，双方父母皆大欢喜。

城乡有别

上世纪八十年代，曾有四五年时间，五角场分别属于市区和郊区。五角场镇划归市区杨浦，五角场乡留在郊区宝山。但道路纵横交织，无法划分，形成了"你中有我""我中有你"的尴尬局面，给管理带来了不便。俗话说"铁路警察各管一段"，路上的警察分不清该管哪一段，倒是老百姓知道，识别马路警察的标识是：穿胶鞋的是宝山警察，穿皮鞋的是杨浦警察。穿胶鞋的还有一个特征，常常把裤脚挽得高高的，那是因为他们上班前，往往还在田间干农活。

第五辑　我在五角场 City walk

今天在五角场发生的巨变，与生活在五角场或者曾经在此生活过的你息息相关。每一堵墙、每一块砖、每一枚角铜上，都镌刻着所有人的名字。

——摘自《我们留在这里的印记》

我在五角场 City walk

（一）

这几年，City walk 闯入我们生活。在去年小红书发布的《2022 年十大生活趋势》中，"城市漫游（City walk）"排在第五位。

"City walk"起源于英国，原来的意思是在伦敦漫步，渐渐地演变成城市漫步。伦敦是一座古老的城市，有着悠久历史和灿烂文化。漫步街头，通过自己的感观，总是会接受到各种各样来自这座古城的异域风情。我有幸在 2017 年至 2020 年这几年间，先后四次造访这座城市。记不得多少回漫步在伦敦街头，无论是繁华的商业大街还是冷僻的民居小巷，无论在喧闹的泰晤士河边，还是静谧的海德公园，或晨曦初照的清晨，或夕阳西下的黄昏，都能感受到这个城市带给我们的厚重与活力。

在伦敦漫步，我喜欢欧洲的异国风情，感受古老英伦文明。我也喜欢漫步上海五角场的街头，因为我十分熟悉这里的一切，了解它们的发展历程，这些街道、建筑楼宇甚至一草一木使我安心，让我的身心更加放松。每次走在路上，无论是哪一路段，还是哪一幢建筑，我都会产生不同时空上的感受——当下的、曾经的，甚至还会联想到此地远古的景象。就仿佛看到一个进入盛年的中年人，你看到他如今的成熟、成功与辉煌，你也见证过他曾经的青涩、纯真、青春，还想象他孩提时代天真、幼稚、甚至顽劣的样子。

你的第一种感觉，自然就是当下的场景。你所看到的五角场是高大的、时尚的、壮观的、瑰丽的、五光十色的……如果只能用一个词来表达，最合适的是"震撼"两个字，这与昔日破旧的"下只角"形成了鲜明对照。我相信走在五角场的人，都会有与我同样的感受；另一种是以往的场景，也就是你我曾经耳闻目睹的，喧闹、杂乱，而又亲切、温情脉脉，充满人间烟火气，这是我们熟知的五角场，也是刻在我们心底的烙印；还有一种，是深入了解、熟悉五角场历史的人所特有的感受，是需要展开想象的翅膀，才能触及到的那种原始场景。

（二）

我们不妨举一个例子，譬如此刻，我站在下沉式广场的中央，这是五角场的"原点"。映入眼帘的画面，耳朵捕捉到的声音，鼻子嗅到的气味……凡身体任何一个部位所能接触到的气息，都会将我沉浸其中。有"盘旋"在头顶上飞碟般的"彩蛋"，从五只角上每幢大厦、商场刮下来的风，由五个不同通道涌动的人群；广场内流淌着轻松、欢快的背景音乐，耳旁掠过的人们说话的声浪，从空中传进广场的汽车发动机声、车轮与地面的摩擦声……这些都是这里所特有的，不同于与世界上任何一个地方。

见此情景，我回忆起熟悉的场景：那是三十多年前，我脚下这片土地还是中心绿地，在圆盘上有高过人头的乔木，也有低矮的灌木丛，孩子们在绿荫中躲迷藏、做游戏，也有居民在夏天的夜晚手执蒲扇在这里乘凉，身边有人叼着冰棍躺在草坪上。这片草地在时光流逝里悄悄发生着改变：1983 年起，中间竖起了一座"算不上巍峨"的不锈钢雕塑，上面的空心圆球象征我们脚下的地球，寓意"冲出亚洲、走向世界"。到九十年代末，草地周边安装了圆形围栏，中心换了一座比原先敦实的雕塑，三条不锈钢大道上，驰骋着三辆别克汽车。五只角上，陆续发生着在今天看来只是局部的、微小的变化：朝阳百货一角长高了，凌乱的旭阳整齐了，寂静的围墙被"破墙开店"，最破旧的一角被推平，造起了亚繁商厦。绕着转盘的车辆日益增多，车辆的档次也在提升，随意穿越道路的人不见了，原先高分贝的噪音越来越弱。

每当这时，我的思绪还会长上翅膀，飞到了尚属民国时期的三十、四十年代："新市区"建设如火如荼地展开，五条马路在村舍、农田间陆续筑就，刚修筑好的石子路面上，偶尔有汽车驶过，一路尘土飞扬，田野里干活的农民好奇地仰着脖子观望，顽皮的农家孩子新奇地跟在烟尘里追赶着车辆……

（三）

有时，站立在某一幢大厦前，就会浮想联翩。无论是"市府大厦"、杨浦图书馆、长海医院影像楼、江湾体育场等民国老建筑，还是新世纪后建起来的大楼，都会有不同时期的影像在眼前重叠。

譬如我现在走到了合生汇的大门口，门外高大的雕塑迎候着来往宾客，门旁咖啡馆玻璃幕墙内人影憧憧。我不由自主地想起此地曾经是空军政治学院庄严的大门，门口站着手持步枪的卫兵，他们穿着上绿下蓝的空军士兵服，脚穿解放胶鞋。出入这座大门时，持枪卫兵会向我庄重地行军礼。大门左侧是总值班室，我曾多次在那里执勤，每逢夜深人静之时，环岛结束了一天的喧嚣，偶尔有货车轰隆隆驶过。当下这个时节，大门内侧该是开满桃花、海棠，还有一棵老樱花树，粉白色的花朵如云一般铺满树冠。再往里走，有我上班的办公桌椅、有我安然休息的家……恍惚之间我还会产生这样的幻觉：铺满碎石的道路，坑坑洼洼，路旁被炮弹"糟蹋"的庄稼地里，劳工们正在荷枪日军的监督下，修筑起那幢后来被称为"恒产大厦"的房子。一个叫前川国男的日本工程师正面对一张摊开的图纸，叽里哇啦说着日语。五条马路汇聚的中心，划出了一个圆形空地，一辆悬挂太阳旗的军车，引导着一辆装满货物的马车，绕着圆形空地转圈……这是当年这片土地曾经遭受的屈辱。

（四）

因为熟悉了解这些历史，类似的想象时常在猝不及防间出现。眼下正是孟春三月，淞沪路两侧的早樱开得正旺，映衬着

"万达"和"又一城"两座时尚商业建筑。人们都聚集在室内购物、餐饮、娱乐，地面上人影稀疏，走到这里我就会想起那时的岁月：一边是当时五角场最聚人气的朝阳百货，然后依次有太平洋食品门店、新华书店、星地超市、海马市场……无论白天黑夜，都是摩肩接踵、熙来攘往；另一边则有旭阳精品、"唐人街"、新艺照相、金美美发等等，还有开往共青森林公园方向的75路公交车站。每当华灯初上，两侧的夜市开始热闹了，昏暗的灯光下，人头攒动，叫卖声、流行音乐声不绝于耳，场面热闹非凡。

淞沪路修筑于1926年，当时仅从翔殷路修到小吉浦河，我曾看到一张初筑淞沪路时施工现场的照片，压路机正在碾压路面，四野空旷，没有任何建筑；我也见过照片上刚修筑好的淞沪路桥，桥栏石板上雕刻着美丽的花纹，而桥头两侧也是空无一物。所有这些沧桑巨变，都是在近一百年间几经波折形成的。

（五）

我因写过五角场的道路，分得清它们的走向，也几乎走遍了每一条路，每到一处，都会有各种各样的联想。这种联想，不仅仅在地面上，还包括地下。五角场除了四通八达的道路，以及众多高楼大厦，还有一条上海目前最长的地下商业街——太平洋森活广场，这条地下商业街从政通路穿过虬江、政民路，直达政学路，首尾长达500米，地下面积超过两万平方米。而这条地下长街将来还将直通三门路口。这样的规模，在国内也是屈指可数的。

我每次走到这条地下商业街，看霓虹闪烁、灯影交错，不由想起五角场的那条神秘的地道。那是日军侵华时期修筑的地下工事，分布在黄兴公园与黄兴路附近，全长数公里，最大的厅面积达到一千多平方米。据说当年日军从江苏昆山拉来两百多名民工，挖了数月，完工后所有民工都被杀害。这个地下工事有两种用途，一是用于地下排水，二是用于战争的需要。传闻日军投降后，驻扎在五角场的日军正是通过这个地下通道，从今黄兴公园走马塘，乘上快艇撤退至停靠在吴淞口的大轮船。当地百姓说一夜之间，这么多日本兵全都无影无踪了。

（六）

漫步在五角场街头，我也会想起许许多多与之相关的人。在邯郸路近国福路，就联想到《共产党宣言》翻译者陈望道先生；在政旦东路，我联想到"大上海计划"市中心建设的总规划师董大酉；在翔殷路海研所门口，我联想到敬爱的周恩来总理曾在此脱下自己的手表，一边看秒针，一边数着潜水员的脉搏；走在江湾体育场，我联想到茅盾带着他的儿子和女儿前来观看"全运会"时的"窘迫"……在苏宁易购广场，我想起了与我共度两年军校生活的同学们，这里是我初到五角场的地方，这种回忆令我的思绪回到火热的青春岁月。

有一位曾经住在铁路新村的老人，从他们居住地到五角场，必经一棵歪挬子树，这是一棵法国梧桐，他们每次走到树下，拎着东西的大人都会坐在树下休息片刻，而孩子们则会爬到树上玩一阵子。照片上歪脖子树的背后，还有一片茂密的柳树林。我每走在四平路上，常猜想当年那棵歪脖子树的位置，是长在国定路口呢，还是在 10 号线地铁站旁边呢。

每次走到万达广场巴黎春天门口，这里正是原来的朝阳百货公司，我联想新婚那年我与妻子到朝阳百货搬回彩电一刻的喜悦，心头由衷地涌起一阵甜蜜和幸福。忆起有一年三八妇女节，我带领三四十名军校女学员到万达影院看电影，电影名字忘了，但那时的场景依旧历历在目，进影院前，我们就在巴黎春天门口广场上拍照合影，学员们开玩笑说我是当代"洪常青"，我听后有一种神圣的自豪感。而走在长海路上，我想到了那年陪同在长海医院待产的妻子散步，增加"胎儿"活动量，第二天妻子就顺产生下了女儿。因此我漫步在这条路上，内心多了一份欢喜。

在修建合生汇的五六年间，翔殷路黄兴路围着长长的围墙，里面是一个大工地。有一位老人几乎每天坐在围墙外的花坛边，看来来往往的人，每当有人问路、问公交站点，他就会站起来热心地介绍，还会为他们引路。他是我的父亲，那时候我因为工作没时间陪他，父亲便常常独自去五角场街头转悠。如今他已过世十年，每到那个转角处，我总会想起他，内心不由得多了一份忧伤与追思。

随着时间推移，这种联想像一座仓库似的，越聚越多。前几天有幸与著名作家赵丽宏老师夫妇小聚，赵老师告诉我他早年一件难忘的小事：在华师大读书时，夫人张老师花五十块钱为他买了一辆二手自行车，不过这辆车实在太破旧了，于是他请在"上拖"的青工朋友帮忙"翻新"。有一天赵老师欣喜地等候在黄兴路上的"上拖"大门口，他的朋友骑着铮亮的自行车向厂大门驶来，这辆旧车似"凤凰涅槃"，焕然一新。赵老师说的"上拖"，如今全名叫上海拖拉机内燃机公司，与我的白鹭书屋仅一墙之隔，这是五角场一家市属大型企业。从此以后，每当站在书屋窗口远眺或经过黄兴路口，我又多了一份想象，怀想起当年赵丽宏老师接过人生第一辆自行车那一刻的快乐。

我们在城市漫步，其实是在重温和编织自己的人生故事，丰富我们的生命色彩。我在五角场 City walk，期待与您邂逅或重逢，我们不妨相邀走进街角的咖啡馆，就着咖啡的醇香，聊聊五角场的沧桑巨变，交流一下人生感悟，分享生活中的种种美好！

写于 2024 年 4 月 20 日

熠熠生辉的"彩蛋"

如今矗立在五角场中心的彩蛋，是这一地区最具标志性的建筑，它有一个文雅的名字——"科技之门"。远远望去，它像一架大型飞碟，时尚、现代而富有科技感。这是已故著名视觉艺术家陈逸飞先生在世时，亲自领衔设计的最后一件作品。这个团队曾为浦东的世纪大道设计了雕塑"日晷"，成为浦东新区的一个城市亮点。而这个彩蛋，令如今五角场人引以为傲，它时常出现在新闻和影视作品中，甚至被拍进了美国好莱坞大片《Her》中。

在人群热闹的时候，若是有空闲，到五角场广场走走，看看人，看看景，是一种享受。每天早晨开始，为了赶公交、地铁或逛商场，人们紧追慢赶、行色匆匆，而傍晚时分则最宜闲庭信步。夕阳透过建筑天际线投射下来，将半个下沉式广场染成黄灿灿的，而建筑物的灯光渐次开启，两侧商场上的 LED 大屏滚动播放着广告，广场背景音乐正播放着欢快的音乐。走进广场，人们放慢了脚步。新潮靓丽的年轻人，往往成双成对，或者成群结队；背着沉重相机的大叔，将镜头瞄准了即将亮灯的彩蛋；几个身着汉服的女生嬉笑着从地下连廊穿过；一些身穿鲜艳服饰的时尚大妈，正做着各种摆拍的姿势……

中心地面，曾有一幅以五角场为中心的杨浦地图，若是双脚踩在上面，就能一览无余地确定自己的位置，一切均在足下。五角场地区道路分布，是上世纪民国时期"大上海计划"的产物，五条马路呈辐射状向外延伸，其余道路围绕五条主干道，像蜘蛛结网般连接，这是欧美城市道路普遍采用的模式，方便人员与车辆的通行与疏散。五条马路交会的核心，原先就是汽车绕行的一个转盘，一直被称作"环岛"，名字倒也形象，道路的车流仿佛是水流，中间的"大转盘"就形成了一座"孤岛"。据《五角场镇志》记载，1930年，五角场的5条干道陆续建成，但中心空地却依然一片荒芜。"水塘纵横，杂草丛生，还有几堆坟墓"。由于地势低洼，雨季常常积水，成为湖泊，道路泥泞不堪。直到上世纪八十年代初才铺设排水管道，抬高环岛基础，成为真正的"岛"。"岛"上种植呈五瓣花形的草坪和一些矮小灌木，每逢节日来临，还会插上一圈彩旗装饰点缀，烘托节日气氛。有人曾在新浪博客上这样回忆："儿时起就是绿色的花园，长满草头一样会开白花的野草，还有一座碉堡和零星的大冬青树。夏季夜晚是乘凉的好去处，凉风习习，我们在那里玩丢手帕的游戏。"这位博主应该是一位女子，绿色环岛给了她童年时期美好的回忆。

在环岛的周边，曾经有"以单日销量第一"而著称沪上的朝阳百货公司，有红极一时的情侣约会地桃园咖啡厅，有平民餐厅五角场饮食店和高档酒楼淞沪餐厅，有五角场地区首家影院翔鹰电影院，有侵华日军遗留下来的"恒产大厦"，有"名扬江湖"的蓝天宾馆"星光"和"月光"两家姐妹夜总会，有拆除一段被称为"最寂寞围墙"而开业的淮都商城和久天商城，还有仅开业5天就被拆除的亚繁商厦，还有曾经蜚声海外的山根酒吧与黑匣子酒吧……

上世纪八十年代初"五运会"在上海召开，开幕式就在江湾体育场，为此专门在岛中央赶做了一个城市雕塑：一座银色的钢架尖塔，塔顶托起一只钢筋焊成经纬线的大地球。这一雕塑的寓意是祝愿我国体育健儿"立足本国、冲向世界"。据当时新闻报道称"不算巍峨，但也鹤立鸡群"。不过后来有人说它"太粗俗平庸"，甚至当时有市民对记者说，"像一个巨大的晾衣竿"。

为迎接新世纪的到来，九十年代末重新制作了一座雕塑，名为"世纪的旋律"。雕塑依然采用不锈钢材质，在3条交织向上攀升的钢带顶部，安放了一个钢球，钢带上分别固定停放着上汽通用新上市的别克新世纪、赛欧和商务车。远远望去，恰似一座巨大的汽车广告展台。《城市批评上海卷》作者梁宁宁评价："雕塑俗套的造型，在阳光和雨水中变得斑驳低劣的质地，和五角场的品位一拍即合。"但不管别人怎样看，我们作为五角场常住居民，每当步行或骑车经过环岛，常常会为五角场拥有如此巍峨的城市雕塑而自豪。

没过几年，该雕塑就被拆除了，"彩蛋"随着中环线建成隆重登场。新建成的五角场交通，实现了人车分流。中间设置面积达6300平方米下沉式广场，广场周边有宽阔的环形连廊和水池，并安装倒挂式音乐水幕，仿佛是一道自上而下的天然瀑布。彩蛋下的下沉式广场，像一个庞大的音乐舞池，成了市民出行与休闲的好地方。匆匆穿越地下通道，一下子柳暗花明，别有洞天，仰头环顾四周，有置身于大峡谷的感觉。

每天夜晚，"彩蛋"霓虹闪烁，熠熠生辉。有一次我乘坐飞机从欧洲回上海，途经五角场上空时正值夜幕降临，我从飞机舷窗里欣喜地看到了彩蛋——一个色彩斑斓而迷幻的椭圆球，四周灯光通明，像是被一圈圈闪闪金光包裹着。彩蛋在机翼下缓缓移动，令整个五角场变得更加灵动，目光所及，流光溢彩、美轮美奂。

写于 2020 年 11 月

镶嵌在新江湾的一颗钻石

2021 年 7 月初的一天，我沿淞沪路来到尚未竣工的淞沪路地道与空中"连廊"综合工程现场。地下的行车通道已初步完工，各种交通标识安装完毕。沿途和连廊周边绿化已初具规模，新植的行道树排列整齐，绿色的草坪方方正正铺满路旁。工地上，施工人员正埋头忙碌，各种红色或黄色的工程机械，上上下下伸展着长长的手臂，一派繁忙的景象。

我沿着刚刚铺设的石级款款而行，信步走上天桥连廊，视野里是一个巨大的平台，缓缓向下移动，直到被踩在自己脚下，顿觉四周豁然开朗。天桥下的各种车辆，像一群群奔腾的野马，从四面八方向此处汇聚，又奔向它方。这是一个由五条马路交会而成的新的"五角场"，从前有人称之为"小五角场"。淞沪路南北贯穿，三门路东西贯通，闸殷路从三门路与淞沪路之间斜插东北方。一座钻石形的天桥，仿佛是一条白色的绸带将这五条道路串联了起来。

闸殷路三门路交会处的国华广场，是此处首家开业的商业综合体。国华广场共计 16 万平方米，两幢主楼为高层建筑，汇聚了酒店、影院、餐饮以及宜家家居超市等多种业态，于去年 6 月在疫情防控期间低调开张。淞沪路的西侧，曾是几家部队大型仓库和地方工厂，先后都被置换或拆迁，现在陆续建起了十多幢高楼，有国正中心、凯迪立方大厦、君庭广场、益田假日广场（施工中）等等，几条新辟的陌生道路，贯穿于大楼与大楼之间，横向的有政学路、政高路、政恒路，纵向的有国安路、国霞路、国亮路与国通路等，路名延续了五角场地区路名的起名规则。

最引人瞩目和值得期待的是淞沪路闸殷路一角，楼宇钢结构已达十多层之高，其上有七八台塔吊正同时施工作业。这是铁狮门项目的最后一项工程，在这里将矗立起超过 280 米的楼宇，建成后成为五角场地区乃至杨浦区的最高建筑。届时，站在楼顶上，可以雄视整个杨浦，朝东望去，还可以一览无遗地看到东海。铁狮门于 2011 年启动了"尚浦领世"综合体项目的分阶段开发，包括高品质住宅、甲级写字楼、大型商场、五星级酒店、零售商业、文娱设施以及绿化空间，总建筑面积约 90 万平方米。随着建筑陆续竣工，已有耐克、汉高、大陆集团等企业入驻，字节跳动区域运营中心也将落户其中。（修改文章的时候，刚发生的几个新闻事件需补记一下：一是杨浦第一高的"云际尚浦"主楼 A 座去年已经封顶，今年可以投入使用；二是美高梅美幻酒店将入驻"云际尚浦" B 座；三是苹果 CEO 库克专程来到位于该区域的"叠纸"公司洽谈合作。）

追溯到上世纪九十年代中期之前，这里曾是江湾机场与外界交通往来的"咽喉"，机场大门就设在这里。闸殷路的修筑，是民国时期为了位于殷行镇黄浦江边新建的闸北水电厂，"闸殷"二字即闸北水电厂与殷行镇各取一字。淞沪路原计划从宁国北路北端为起点，越过翔殷路，修筑至吴淞镇。然而因为经费短缺，1923 年仅修筑到徐泾桥宅的小吉浦河。现在的三门路，原名三民路，是以孙中山先生的"三民主义"起的路名。日军侵华期间，强行拆毁殷行古镇和附近 38 个自然村，新建江湾飞机场。机场将闸殷路以北这段淞沪路，围入机场作为内部道路。日军把五角场广场改称"维新广场"（又称"五条辻"），把此地称作"兴亚广场"，计划在两者之间大兴土木，建造营房与民房，成为日本在上海的一片"乐土"。

日转星移，江湾机场几度易手，新中国成立后，成为中国人民解放军空军航空兵机场。而机场以南地区，除了几处军营，大多成为工厂和储运仓库。上世纪九十年代初，我多次出入江湾机场，见到营门警卫军容严整，管理有序，而大门以外道路破损不堪，车辆杂乱无序，令人唏嘘。记得我在空军政治学院读书时，有一个周末约了两个同学去钓小龙虾，就在这座大门口竟然遇到了一位失联多年的战友。他是与我一起入伍的同乡，当时同在南京的空军部队，后来我们分别考上了不同的军校，开始尚有书信来往，毕业时都没有回到原来的部队。我被分配去了广州，没想到他分来了江湾机场，五六年没有联系，突然相遇，我们惊喜万分，有一种"他乡遇故知"的感觉。

进入新世纪以后，上海市将江湾五角场列为城市副中心和商业中心，明确该中心范围南至国定路，北至淞沪路闸殷路，并规划南区为商业，中区为办公，北区为商业办公。随着上世纪末空军江湾机场搬迁，"小五角场"迎来了新的发展机遇。如今，空中连廊即将建成，它将周边楼宇串联起来，形成一个融商办于一体的 CBD 中心。若干年以后，这里必将像这座空中连廊的造型——钻石一般闪亮耀眼，成为令人瞩目的新天地。

写于 2021 年 7 月

新江湾有一座"大绿岛"

在上海东北部有市区唯一的一片湿地，被业内人士称为"大绿岛"，它像极了镶嵌在稠密水泥森林中的一颗天然绿宝石。长期封闭管理，不对公众开放，为"大绿岛"蒙上了一层神秘面纱。

七月初，《浒江一湾》作者赵勇兄邀请几位文友，前去新江湾城实地探访。上世纪九十年代中叶，赵勇从市政府机关抽调到方兴未艾的新江湾城建设小组，在那里"深耕"22年，先后担任办公室主任、工会主席、纪委书记。他三年前退休后，将自己亲历的第三代国际社区打造过程，从人文、生态、宜居的角度，进行了全面而生动的回顾和介绍。这本书填补了完整记述大型社区开发过程与经验总结的空缺，具有较高的历史价值。参加此次活动的有创作多部《上海大案》报告文学集的公安作家刘翔，有著名诗人、《上海外滩》杂志主编曹剑龙等，我们都是《浦江一湾》的忠实读者，对新江湾城的规划建设过程饶有兴致，并希望有机会能去神秘的"大绿岛"实地考察。赵勇兄一直铭记在心，趁疫情稍有稳定，便赶在他去澳洲陪带孙女之前，满足了我们这份心愿。

是日天气晴好，烈日炎炎，绿树掩映的新江湾腹地蝉鸣声声，我们一行来到位于淞沪路 1000 号的生态展示馆。这个展示馆玲珑别致，分上下两层，外立面由大宽幅的玻璃幕墙构建，有一半置于水中。进门时，脚下是各种昆虫图案花纹的玻化砖地坪，楼梯扶手上也缀满了各类动物图案。馆内除了陈列一些植物、动物的标本，主要采用各种图表与文字，并结合多媒体形式，展示新江湾城的全貌与开发进程。听讲解员小姐介绍，由于新江湾城自上世纪 30 年代末日军修筑机场以来，一直是军事重地，环境相对封闭，局部地区人迹罕至，使得原有的植物与动物和谐生存。上海城投公司在开发建设时，采取了行之有效的保护性措施，确保这些动植物保持延续的生态环境。目前，整个区域拥有的野生动物品种与数量超乎想象，有水獭、黄鼬、狗獾、刺猬等野生动物及各种蛇、蛙、鱼等品种数以百计，还有水鸟、林鸟等鸟类达一百余种，各类蝴蝶、甲虫等昆虫更是多达三百多种。

结束生态馆参观时，赵勇告诉我们，在开发过程中，建设者遵循动植物的生存规律，采取抢救性措施，保护生态链。譬如，专门开辟了两公里长的"生态走廊"；在道路与桥脚底部设置通道或空隙，方便动物迁徙；甚至还在僻静处，为动物"谈情说爱"留有私密空间。他强调这个生态馆并非博物馆，不是要参观者记住多少物种名称，而是希望通过传播生态知识，唤起人们对生态理念的关注。

走出生态馆，我们沿着一条木栈道进入杂树繁茂的森林，四周满目苍翠，空气中弥漫着浓郁的大自然气息，林子里响起蝉啼与鸟鸣的大合唱。赵勇兄介绍说，这里原本是机场一个弹药库，他们在开发时保留了植被的原貌。穿过一座小山丘，林子愈加茂密，小道两侧郁郁葱葱。讲解员指着水塘边一棵被几株棕榈与朴树包围着的大树说："这是一棵大桑树，树龄超过 100 年。"我对这棵传说中的"桑树王"感到好奇，拨开树丛钻进去，伸展双臂将大树来一个拥抱，结果两只手指不能触及，之间尚有一大截，我估计树干的胸径得超出一米。只见它深褐色的树皮呈竖向龟裂，身姿高大挺拔，长势极旺。我从小生活在江南蚕乡，田间地头遍植桑树，但这么高大的老桑树，还是第一次见到。我仰头看树冠，在蓝天映衬的树枝上，生长着层层叠叠的心形叶片，这是我熟识的未经嫁接的野桑。赵勇解释说，晚清时期有一位秀才，在附近村庄举办过养蚕培训，传说这棵桑树就是当年栽种的。

我们来到一座水上栈道，两边是宽阔的水面，浅水处和岸边长满了芦篙与菖蒲，绿莹莹的水面下还有一些枯枝朽木，几只小野鸭悠闲地在水面游弋。工作人员指着那片水域说，这是白鹭栖息地，每到傍晚，成群的白鹭会陆续归来，在这里戏嬉、休息。随后我们翻过一个土坡，来到一座"小木屋"，见门口挂着中英文标示的"生态研究室"。室内布置雅致，并有一个可容纳数十人的会议室，吸引我们目光的是墙上一幅油画，画着一片原生态湿地和几只展翅飞翔的江鸥。赵勇兄兴奋地为我们讲起了这幅油画的来历和它背后的故事。原来这是曾设计五角场"彩蛋"的已故艺术家陈逸飞先生的遗作，他生前未完稿，最后还是由他生前的团队合作完成的。

离开小木屋，我们脚下踩着一条老旧的水泥路，黑色的路面布满密密匝匝的裂痕，似一位饱经风霜的长者。记得《浦江一湾》中有过记载，当年大导演史蜀君给开发团队献言，她说："这不是一条普通的水泥路，而是一条走过了抗日战争、解放战争、建设新中国的成功之路。"建设者们怀着对历史的尊重，将这段道路原原本本地留在了"大绿岛"上。

最后，我们在一座绿荫与碧水环绕的"竹岭风1号"小会所座谈，大家一致为市区保留了这样一块生态园而感慨万千。作家刘翔兄自小生活在杨浦区，对杨浦的一草一木有着深厚的感情，他前年出版的长篇非虚构作品《时光：一个人的杨树浦叙事》，讲述的正是他本人亲历几十年间的时代大变迁，从军工路到杨树浦，从安波路的明朝古树，到共青森林公园，叙述了一个个鲜活的往事。他说整个杨浦唯独对"年轻"的新江湾城比较陌生，今天在赵兄的安排下，恰好填补了这一空缺。我想起了一句公益广告："保护生态功在千秋，美化环境造福后代"。总书记也曾说过，"绿水青山就是金山银山"，强调了保护生态的重要性。新江湾城的生态建设，正是实践这一理念的体现，代表着未来更加美好的人居环境。我作为居住在新江湾城的新居民，是这些优美环境的受益者，对这里的生态环境有着切身感受，这里的河道更清澈洁净，空气更清新香甜，鸟鸣更清脆悦耳。诗人曹剑龙兄随后即兴赋词一阕《渔家傲·游江湾湿地》："湿地清幽妆花树，江流泻玉澄如许。心静风微驱溽暑。知何处？清凉世界江湾伫。水影波光嫌罩雾，仙槎飘向天河去。景美情真皆记取。遥寄语，年年晴好无风雨。"

写于 2022 年 7 月 28 日

漫步在翔殷路上

翔殷路上曾经有翔鹰电影院、翔殷路邮局和五角场卫生院，还有第二军医大学与海研所，沿路修筑的"翔殷花带"与小花园，树木茂盛，景色优美，这些地方都是我上世纪末经常光顾的地方。走在这条路上，总感到十分亲切、安心。

这是一条富有历史厚重感的道路。民国十一年（1922 年），翔殷路（包括原名翔殷西路的邯郸路）在内忧外患中筑成，成为现在五角场的首条主干马路。该道路东起军工路，西至当时的东、西体育会路交会处（今大柏树），因跨越引翔、殷行两乡而命名"翔殷"，道路全长约 6 公里。筑成至今已整整 100 年，它见证了这一地区由偏僻乡村到繁华都市的巨大变迁。

翔殷路建成后，首先获益的是复旦大学。1917 年，复旦公学正式更名为复旦大学。校长李登辉亲赴南洋，向海外华侨募集资金，回国后在当时的江湾跑马厅（又名万国体育会）附近购地 70 亩，陆续建成相辉堂、奕住堂、简公堂等校舍，并于 1922 年初迁入到该校址。翔殷路筑通后，特别是后来通了公共交通，师生往返市区不必再走学校政民路上的"后门"，绕道江湾镇赶乘火车。起初，翔殷路周边依然十分荒芜，但路旁栽种了不少枫杨和刺槐等行道树，成为校园外一道美丽的风景，复旦师生课余时间爱去那里散步，他们"或畅谈时事"，"或切磋功课"。

不久，自小吉浦至翔殷路之间的淞沪路筑成，该路将翔殷路东西一分为二，故将西段称作翔殷西路。1927年以后，国民政府推行"大上海计划"，选定区域以翔殷路为界，即翔殷路以北、淞沪路以东的7000亩土地，作为"新市区"所在地，一时间成为市政建设热土。市政府在该区域大兴土木，建成市府新厦、市博物馆、市图书馆以及市体育场等大批设施，还在翔殷路上的沈家行一带修建了大批职员宿舍。从此，翔殷路上跑起了来往市区的公交车，但那时候还是粘土路面，可以想象车辆驶过，尘土飞扬。市政府的迁入，吸引了大批精英人士纷纷在此买地建房，我曾经看到过一张旧照片，从市府大厦远远望去，依稀可见有不少零零散散的房子，撒落在沿翔殷路一带。当时就有担任"大上海计划"主任设计师的海归博士董大酉，著名旅法画家赵无极的父亲、喜爱艺术的银行家赵汉生……彼时翔殷路上名流荟萃。那幢颇具现代西洋风格的董家私宅，直到十年前建设凯迪金融大厦时才被拆毁，而赵无极少年时代居住的"小白楼"，至今还矗立在政通路国和路口。

"八·一三"淞沪会战爆发后，国民党守军一度誓死守卫当时的新市区，经过一个多月顽强抵抗，虬江码头被日军攻陷。侵略者沿着翔殷路一路扫荡，见屋就烧，人畜不留。复旦师生及时往西部转移，校园随后也被日军占据。从此，五角场地区成为侵华日军的大本营，翔殷路更是成为日军布防和殖民生活的中心地带。翔殷路、翔殷西路分别被更名为特务路与协和路，沿途建起了恒产株式会社的"恒产大厦"、华中派遣军司令部大楼、旭街生活中心、军马场等等，白天随处有横冲直撞悬挂太阳旗的日军车辆，夜晚则成了"灯笼高挂""木屐声声"的"东洋乐土"。

新中国成立后，解放军进驻了国民党军队曾接管的日军营盘，翔殷路沿线成为"红色海洋"。军医大学的"红十字方队"、空军政院的"蓝天骄子"，与邯郸路上复旦大学的"莘莘学子"，交相辉映，装点扮靓了这条"饱经风霜"的道路。曾几何时，上海最后一条有轨电车在这条路上"叮当叮当"地行走，国达路口的小楼里居住着翻译《共产党宣言》的陈望道先生，苏步青校长每天骑车来回穿越邯郸路……1963 年 5 月 12 日，敬爱的周恩来总理来到翔殷路上的海军医学研究所，视察潜水加压舱实验室。他取下自己的"上海牌"手表，脸贴观察窗，隔着玻璃替潜水员数脉搏，不断地问潜水员："感觉怎么样？"我们敬爱的总理，每时每刻都在为党和人民呕心沥血地工作。进入八十年代，道路两旁日新月异，电影院、百货大楼、医院、银行大楼等拔地而起，9 路、59 路等公交车往来穿梭，"叮铃铃"的自行车铃声此起彼伏。经绿化美化工程改造，"花园""花带"伴随两侧，成为市民休闲健身的好去处。九十年代初，我就读于空军政治学院，当时学校没有礼堂，每逢总部文艺团体来慰问演出或部队文艺汇演，都安排在翔殷路上的"军大礼堂"。我们一二千名军校学员整装列队，一路上声势浩大，雄赳赳、气昂昂，歌声、口号声震天价响，至今时常在我脑海里回荡。

新世纪以来，五角场迎来了翻天覆地的改造升级，翔殷路、邯郸路更是"沧海桑田"，全封闭的中环线贯穿首尾，工程因地制宜，时而上高架，时而入地道，彰显人性化的立体交通。当你驾车行驶在中环线，尤其是穿过五角场上方的"彩蛋"，恰似穿越了一段光怪陆离的时光隧道。如今，再次漫步在翔殷路上，凝望道路两侧，高楼林立，霓虹闪烁，在短短几十年间，有了如此翻天覆地的变化，怎能不令人感慨万千。

写于 2022 年 11 月底

仿佛穿行在时光隧道里。

周建新　摄

伦敦五角场

五角场的名字，源于同一交会点的五条发散形马路，经过近百年的发展，如今这些马路都成了繁华的街衢，围绕这些街道还有密如蜘蛛网一般的次干道路。这样的城市道路规划，当年就是仿效欧美的做法。最典型的是法国巴黎凯旋门所处的戴高乐广场，有人称之为星形广场，它是由12条放射形街道构成的；英国伦敦也有不少类似的地方，著名的特拉法加广场就是由五条马路交会的中心广场，附近考文特花园的七晷区，是由七条街道交会在一处，中央的纪念碑建于1694年，已有300多年的悠久历史。

女儿在伦敦读书时，曾借住在东伦敦的斯特拉福德（Stratford），她以那段经历为背景，写成了《东伦敦的烟火味》（散文集，2021年由上海文艺出版社出版）一书。我也曾到那儿小住，繁荣的商业氛围、便捷的交通方式和良好的生活环境给我留下了深刻印象。斯特拉福德是一个繁华的城市副中心，恰好也是由莱顿路、莱顿斯通路、罗姆福德路、新普拉斯托路与高街5条发散型街道所构成，众多情形极像我熟悉的上海五角场，因此被我称之为"伦敦五角场"。

女儿在其中一篇以书名为题的散文中写道："斯特拉福德是

我租住公寓所在的生活区，属于东伦敦二区与三区交界处。"我一读到这里，就联想到了上海内环与中环交界处的五角场。"那儿有一座庞大的地铁站，串联起六、七条交通枢纽，地铁站旁坐落着欧洲第二大商业中心 Westfield，每日都是熙熙攘攘，不同阶层的人都能在此享受到生活的种种便利与快捷……"读着女儿的文章，我感觉她描述的仿佛不是远在异乡的斯特拉福德，而是眼前的上海五角场。

让我惊诧的首先是斯特拉福德的地理位置，它在伦敦市区地图的右上方。那里的交通十分便利，可以乘坐地铁红线（亦称中央线）穿越市中心，乘坐 DLR 线通往金丝雀码头，还有银禧线和地上火车可供出行选择。从斯特拉福德出发，26 分钟直达牛津街和摄政街、30 分钟抵达唐人街，而到金丝雀码头仅需 10 分钟。这与上海五角场的位置与交通极为相似。五角场也位于上海城区东北部，距离杨浦滨江 7 公里（我把它比作伦敦金丝雀码头）。正在蓬勃发展之中的杨浦滨江，拥有 15.5 公里的滨江沿线，首期开发建成的恰好是以码头命名的"渔人码头"；从五角场到人民广场开车 25 分钟左右，乘坐地铁到南京东路外滩、豫园，也差不多半个小时。

斯特拉福德与五角场一样，也是一个商场集中的商业中心。毋庸赘言，五角场商业圈，已享誉沪上，去年春节期间的消费指数，已排名上海第二，仅次于南京路和人民广场商圈。2.5 版的五角场万达广场，是全国所有运营中 800 多个万达广场里业绩最好的一个，2021 年十一黄金周销售额 1.1 亿，客流量每天超过15 万人次；又一城、悠迈广场和苏宁易购各具特色、各领风骚；

最年轻的合生汇商业广场，总建筑面积达 36 万平方米，拥有 17 万平方米的购物中心、33 层 180 米的超高 5A 甲级写字楼，以及五星级凯悦酒店。除此以外，环岛外围还有许多诸如大学路、金储休闲广场、江湾里以及国华广场等商业街和综合体。在五角场，已经形成以环岛下沉式广场为联络线的一站式消费模式。如此丰富多样的商业空间，让居民有一种得天独厚的优越感，也让临时来到这里的人们，有一种家的归属感与家的温暖。

伦敦斯特拉福德也是一站式消费的商业集中地，吃喝玩乐五花八门，应有尽有。记得女儿初到伦敦读研时，宿舍安排在南岸，那里与伦敦金融城仅隔一条泰晤士河，但陪同购买生活用品的司导，还是开着车带我们去斯特拉福德购物。那里有一家 Westfield，女儿在书里多次提到，是整个欧洲排名第二的购物中心，拥有几百家商铺，其中有不少奥特莱斯品牌店。大品牌包括 John Lewis、Waitrose、M&S、24 小时赌场 Aspers、Vue Cinema 电影院和 holiday inn 酒店，仅各国风味的餐厅就有 70 多家。此外，还有很多独立的商店，包括超市 Sainsbury's 和家居用品店 Tiger。对于华人来说，还有一家中国超市必须提及，那就是伦敦两家"龙凤行"之一，另一家开在中国城内。在那里，端午可以买到肉粽，中秋可以买到月饼，就连"老干妈""海底捞"火锅底料都能买到。这些商场通过天桥和地下通道连成一片，让人们充分地聚集起来，快乐地享受生活。使得来到这里的游客，尤其是在伦敦留学的中国学生，同样感受到一种家的温暖，如同第二故乡一般。据熟悉伦敦的女儿说，类似这样综合性大型商场聚集的商业中心，整个伦敦就斯特拉福德一处。

斯特拉福德还有一个标志性活动区——伦敦奥林匹克公园，公园占地 250 亩，是 2012 年的奥运会开闭幕式及主要比赛场所，如今成为最受游客欢迎的景点和吸引来斯特拉福德的重要原因之一。我曾到过这个公园，其实就是一个综合体育中心。让我记忆深刻的是被称为"伦敦碗"的体育场外的轨道火炬塔，这座 100 多米高的钢塔被人誉为"建筑的诗与远方"。它既像一轮过山车，又似一部螺旋滑梯，在我看来，它的造型更像一位身着古装的中国女子在回绕身子舞动长袖，也像舞者头上的发髻，盘出了雕刻镂空的花样。直到现在，还有这座钢塔的两张"芊芊倩影"储存在我的手机里。

这座体育公园恰好可与五角场的江湾体育中心相媲美。从规模上，它占地 250 亩，而如今的江湾体育中心，扣除创智天地后，占地 240 亩，两者十分相近；奥林匹克体育公园作为 2012 年伦敦奥运会主会场，具有世界级知名度。而江湾体育场有着近百年的悠久历史，曾在此成功举办过民国时期第六、七届全国运动会和新中国建国后第五届全国运动会，知名度和影响力也是非同寻常。2024 年 5 月哔哩哔哩在此举办隆重的"永远二十二"毕业歌会，邀请了二十多位大牌明星参加演出，数千名观众都是当年的大学毕业生，这样的活动为这座古老建筑注入了年轻的活力。

"从地铁站出来后的广场，在上下班高峰的时候最是热闹。各种肤色的人坐在广场旁的台阶上，在此停留休息，有的抽着烟，有的拿着一杯刚买好的咖啡，有的拿出手机与人对话，有的望着迎面来往的人群，他们交谈甚欢，笑声不断，甚至盖过了广场上的音乐。"女儿在书中这样描绘斯特拉福德，而这样的描述，同样适用于五角场广场。斯特拉福德是一个有着悠久历史的老工业区，聚集着不同国籍、不同种族的人群，成分十分复杂。而上海五角场也因大学多、驻军多、创新型企业集中，居民来自全国各地，包括外国工作人员和留学生。在五角场，讲普通话的"新上海人"的比例远高于市区的其他区域。

记得我去伦敦看望女儿那回，清晨站在斯特拉福德的天桥上，远远望见了女儿，她正从她的宿舍方向穿过广场向我走来，然后乘着电动扶梯缓缓从广场升上来，我的心里无比激动。这一刻，多么像数年前我站在五角场东方商厦一侧迎接放学归来的女儿，望见她背着重重的书包，乘着自动扶梯从下沉式广场缓缓上升……那次去伦敦，恰好遇上中秋，我与妻子陪着女儿在他们宿舍厨房里过节，邀请了隔壁的几位室友，其中还有外国同学，招待他们的，除了我们从国内带去的月饼，其他食物都是从斯特拉福德商场里采购的，让这些身居异乡他国的学生度过了一个美好的节日。女儿送我们回酒店，在天桥上看到当空一轮明月，让人感觉仿佛置身故乡一般。

伦敦斯特拉福德让我感觉似曾相识，那是因为它与五角场一样，都会给异乡人一种置身于家乡的感受。十八世纪英国大文豪塞缪尔·约翰逊曾经这样赞美伦敦："若是你厌倦了伦敦，那就是厌倦了人生。"我想说：假若你热爱生活，就来上海五角场吧，因为在这里有你想要的全部生活。

写于 2024 年 5 月 16 日

哔哩哔哩在江湾体育场举办 2024 年"永远二十二"毕业歌会，众多明星与数千名大学毕业生为这座古老建筑注入了年轻的活力。

周梦真　摄

他就是"五角场人"

一个大雨滂沱的秋日,五角场街道的洪承惠老主任来到我的书屋,赠送我一套他新出版的《成昆铁路纪实》上下两册厚实的著作,这是一套十分珍贵的书籍。我很想知道,是什么力量,让洪主任发誓"余生只为一件事",写成这部大著。

洪主任是上世纪九十年代初五角场街道成立时的第一任主任。街道办事处成立之初,底子薄、基础差,许多基础设施还没有完善,那个时候属于艰苦创业阶段。我刚来五角场那几年,曾多次与洪主任有过接触,但够不上深入。毕竟我只是军校一个办事人员。记得有一次关于整治国济路贸易市场,街道召集了相关的军队单位代表,我作为营房管理部门工作人员参加了会议,会上洪主任向大家通报了情况,并提出了解决方案。后来尽管遇上一些棘手难题,但都一一解决。彻底清除了环境管理上的"顽疾"。

那时我并不了解洪主任的情况,经过最近两次接触才知道,原来他也是从部队转业回到上海工作的。洪主任告诉我,1962年,还是复旦大学预科生的他踊跃报名参军,光荣地成为铁道兵一师的一名战士。当年的铁道兵逢山凿路、遇水架桥,生活上是风餐露宿、沐雨栉风。从1964年至1970年的六七年间,他全程参加了举世闻名的成昆铁路大会战。他如今想来，觉得这是他一辈子最值得骄傲的一件事。成都至昆明的 1100 公里，一半以上是烈度七到九度的地震区，到处是山体滑坡留下的危岩、泥石流，人称"地质博物馆"。外国专家曾断言，那里是"永远不可能修建铁路的地方"。的确，上世纪六十年代，我国经济尚不发达，科技力量还很落后，要完成这样的工程，几乎比登天还难。然而，我们 30 万军民联合奋战，经过六年的艰苦卓绝努力，把永远不可能的事做成了。

说到这些，洪承惠老主任脸上洋溢起无比自豪的神情。入伍后，他历任战士、班长、政治干事等职务，1978 年转业回到上海工作。他时常回忆起那段"激情燃烧的岁月"，并一直关心、关注曾经的"老铁"们的情况。他发现从来没有一部完整记述那段光辉历史的纪实文学作品。他为此感到惋惜和遗憾，也为自己曾经是一名宣传干事而深感羞愧。2004 年，洪承惠从正处级岗位上退休了，关于如何安排好退休生活问题，他有自己的打算，有一个在他人看来不可思议的"宏图大志"。他私下暗暗发誓：余生只为一作事——要把成昆铁路建设的纪实文学空白补上。

刚开始的时候，洪主任手头掌握的资料还不多。于是他千方百计到处查阅、收集资料。他来到上海市图书馆，只要是与这段历史相关的文字、图片，就用笔记本摘抄或用相机拍摄下来。他常常身边携带几个空白本子和十多节相机电池。记完一个本子，换上一个新的；相机电池耗尽了换上新电池。最初的两年间，他一共摘抄了几十本笔记，拍摄的图片储存在硬盘中，一共储存了数千个文件夹。

资料收集完毕之后，他就到处寻访曾经的首长、战友，倾听他们回忆和讲述当年经历的人与事。这些当年曾经一起奋战的战友，来自五湖四海，如今撒落在全国各地。陪伴在洪主任一旁的是我的朋友魏果旺先生，多年前他曾经是洪主任的助理，对洪主任的情况非常熟悉。果旺告诉我，洪主任是个尽善尽美的人，他为了力求内容的真实性，与嫂子一道，无数次走访了四川、重庆、云南，每一次采访常常需要辗转多地、几经周折。其中有一位"女炮手"胡清碧，是当年师里的先进典型，曾经在"九大"期间还有幸与周总理同桌吃过饭，她了解掌握不少情况。洪主任专程从上海跑到成都，又从成都跑到资阳，结果还是无果，又辗转了两个地址才找到她本人。那些年，洪主任把自己和老伴的退休工资全都花费在了旅途上。就是这样，他将沉睡在档案馆中的史料、亲历者回忆素材、散落在民间的记忆碎片，一一收集、整理起来。

2016 年 9 月，洪主任腰椎间盘犯病，医院为他动了手术，用四根钢钉支撑了腰椎，但还是落下了严重的后遗症，无法长时间坐立，上下楼梯就更加困难。那次手术，使他猛然意识到时间上的紧迫感，"要写好这部书，必须与时间赛跑"。此后的两年多时间，洪主任几乎全身心扑在创作上。他的写作的过程，用他自己的话说是"历经了千辛万苦"。他自知自己的文字与文学基础欠佳，专门收集和买来了 30 多本字典和词典，还买来诸如《文学概论》之类的理论书籍，坚持边练边写，并虚心请行家指导。他先在纸上奋笔疾书，然后一个字、一个字地输入电脑。从清晨到深夜，手酸了，换一个姿势，腰痛了，请老伴为他揉一揉。他写作的时候，时常像回到了当年的会战现场，一群又一群战友，一位又一位英雄人物活灵活现地来到他的面前，与他交流，向他倾吐自己的遭遇。那些日日夜夜，他连做梦都是游走在成昆铁路建设工地上。功夫不负有心人。他于 2019 年终于完成了八十多万字的初稿。他将初稿发给部分老领导、老战友，征集他们的意见，收集起来后反复琢磨、修改、校对，一次次反反复复，又是几易其稿，直到完全满意为止。

当我了解到新书背后这些故事后，我对洪主任更由衷地增添了一份敬意。从他如此执着的工作态度上，我们可以看到五角场今天的辉煌，是由无数"五角场人"共同努力而取得的，尤其是像他这样曾经的"带头人"，付出了更多的努力。我曾经想专门写一部"五角场人"，写一写曾经或正在五角场工作、生活的人们，不论他是公务员还是普通百姓，也不论他是公司的老板、写字楼里的白领、站在马路边的警察，还是清扫街道的环卫工人、送快递的小哥，讲述他们的生活故事，通过活生生的人物行为、语言、形象来反映这座城市的发展与历史变迁。而洪承惠先生就是我心目中"五角场人"的杰出代表。

写于 2022 年 10 月

我们留在这里的印记

印记，也可称为痕迹。针对不同的对象，我认为印记分为两种：一种是别的人、别的事物或者事件留在你心头的记忆，这是属于你个人的精神财富；另一种则是你给周围的人或事物留下的印象，也就是你留给这个世界的痕迹。我在书写五角场往事的时候，关注的大多是在五角场生活着或曾经生活过的人、曾经存在的事物或者在此地发生过的事件，属于后一种印记。其实，从社会发展来看，更应注重你曾经为这个地方做过什么，或者说给这片土地留下了什么印记。这个问题也应该问问我们自己。"我又不是设计师、工程师、或者哪一个行业的建设者，更不是决策者，我能给这片土地留下什么呢？"是的，我们一个普通人，往往对自己曾经所做过的事感觉微不足道或者不甚了解。其实不然，我给你讲一个关于你的故事。

话说上世纪九十年代某一天中午 12 点 40 分，你陪一位朋友从四平路步行到翔殷路邮局取包裹，包裹领取单背面已盖上了鲜红的公章。经过翔鹰电影院门口时，你们进入了路旁一男一女两个中介公司员工的视野，他们手中的客流计数器"咔咔"两声，你和朋友被录入了行人流量数据中。你的这位朋友毕业后很快去了别的城市，后来你也离开了五角场。但因为多了你和那位朋友，使得这个时段的人流增加了两个人，经专业数据分析达到了某个外资快餐企业的开店条件，譬如"肯爷爷"，在外滩东风饭店、人民广场和徐家汇开设店铺后，就开到了五角场的翔殷路上。而"麦叔叔"与"肯爷爷"是一对"欢喜冤家"，无论在哪个发达国家或地区，有它必有它，有它也必有它。于是，"麦叔叔"紧随其后，在"肯爷爷"不到 50 米的地方，也开了一家店铺。有了这两家国际快餐巨头，一直跟随其后的各类品牌商店，陆续登陆这一商业区，餐饮如"鹭鹭酒家""好享来""红房子"，服装如"班尼路""真维斯"，女鞋如"达芙妮""百丽"，量贩式 KTV 如"好乐迪""上海歌城"等等。五角场从此一改以往凌乱、破旧的形象，商业档次和规模不断得到提升。

你还敢说，这与你没有关系吗？虽说我们都只是宇宙里一颗尘埃，但世界就是由无数细微的尘埃组成的。正是每个微不足道的人和事的互相牵连、作用，推动了时代发展与社会进步。今天在五角场发生的巨变，与生活在五角场或者曾经在此生活过的你息息相关。每一堵墙、每一块砖、每一条角钢上，都镌刻着所有人的名字。

写于 2022 年 11 月

侬好，五角场

——一位"五角场人"的情感记忆

（一）

一提到上海五角场，我相信许多人会眼中放光。由于种种原因，他们与五角场结下了不解之缘——或许你曾在这里读书深造，因为五角场有一批著名的高等学府：复旦、同济，财大、体院、上理工，还有军队中的空政院、二军大。数年的寒窗苦读让你与这里融为一体；又或许你曾在这里当兵，因为五角场驻有空军基地、海军基地、海军医学研究所和总后综合仓库、军用码头，更有上面提到的两所军内闻名的军事院校，无论你是士兵、学员或军官，几度春秋，你也已将这里视为第二故乡；更多的人，是生于斯长于斯的居民，或者从外地来这里安居乐业的新上海人。然而，无论你是哪一种情况，都会对五角场有刻骨铭心的记忆，我们中的大多数人已经把自己的宝贵青春留给了五角场。不论是五角场如今的高端时尚，还是当年的简陋破旧，都令人感受到这里的天地冷暖、人间烟火。

如果有人说，北京五道口是众多北漂青年的"伊甸园"，那么，上海五角场就是我们五角场学子的"香格里拉"。1990年9月，我从驻扎在广州的空军航空兵部队，考入空军政治学院，以后读书、留校工作，以及如今退役创业，都一直在五角场，至今已超过三十年了。而这三十年，也正是五角场脱胎换骨、突飞猛进的时期，我有幸成为一个建设崭新五角场的见证者与参与者。

（二）

俗话说"三十年河东、三十年河西"。五角场的发展也是起起落落，经历了平静、辉煌、落寞、崛起的曲折过程。据《五角场镇志》记载，唐朝时期这里还是一片汪洋，至唐末宋初逐渐由滩涂成陆，明朝时期有了村落、小镇，而后开始人丁兴旺。目前最古老的见证物，就是坐落于安波路上小区内的一棵银杏树，这棵高二三十米的古树已有 400 多岁了，至今枝繁叶茂、生生不息。

这片土地引人瞩目，始于民国时期的"大上海计划"。1927年，新成立的南京政府把上海列为特别市，政府想摆脱外国势力对华界的束缚，搬离租界包围中的办公地，千挑万选看中了汇湾。这里南连租界，北接吴淞，左依浦江，右傍淞沪铁路，属难得的"风水宝地"。于是征地 7000 亩，筑路、建楼，大搞基本建设，这就是所谓"大上海计划"市中心建设。逐步建成了市府大厦、博物馆、图书馆、运动场、航空博物馆及"三十六宅"等一批市政建筑以及配套设施。

"八·一三"淞沪会战后上海沦陷，侵华日军曾把五角场当成重要据点，建房屋、修机场、筑码头，迁入日侨数万人，先后修建了"华中方面军司令部大楼""恒产株式会社办公大楼"、江湾飞机场以及五角场周边150多栋被称作"振兴住宅"的花园洋房与"旭街""平昌街"等生活设施，这些日伪时期遗留的建筑，抗战胜利后被中国军队接管。从此以后，市政府回迁老市区，五角场这个曾被人称作"新市区"的热土迅速冷却，重归寂静。

著名作家梁晓声曾于1974年至1977年在复旦大学中文系读书，五角场是他常去的地方。我读他回忆五角场的文章，从字里行间感受到，他对五角场保留着和对复旦一样的绵长情愫。他说"复旦和五角场是一种整体"，据他回忆，五角场"路面处处坑洼，柏油层下，沙子裸露。雨天积水；若刮风则扬尘"。（散文《五角场忆旧》）。尽管曾经那样破旧，他如今回想起来，依旧像当年吃到的阳春面那样念念不忘。

五角场的复苏始于上世纪八十年代初，该地区由郊区宝山划归杨浦。1983年9月，第五届全国运动会在江湾体育场开幕，当时的国际奥委会主席萨马兰奇来到现场，为迎接这次盛会，扩建了五角场通往市中心的四平路，整修了环岛中心花坛，曾经破败的市容市貌被整治一新。八十年代末，三间门面的朝阳商店迁入新楼房，一下子成为上海滩日销150万元的百货"巨头"，方圆几公里的居民、师生、官兵乃至农民工，都是光顾朝阳百货商场的常客。

八、九十年代，五角场最火的是夜市。每天傍晚开始，"朝阳百货"周围，沿淞沪路、翔殷路、邯郸路两侧，到处都摆满了各色各样的商品，有从广州批发来的牛仔裤、女性时装和港台明星盗版录音带，有从温州、义乌批发来的廉价鞋帽、打火机、儿童玩具，在昏暗的灯光下，录音机轮番播放着迪斯科舞曲，兜售商品的叫卖声不绝于耳，馄饨、烧烤、冷面等点心小吃摊位，热气蒸腾，到处充满人间烟火气。

（三）

翔鹰电影院自1983年10月建成开业后，跻身于市三星级电影院行列，首轮进入永乐天王院线，95年票房收入超过600万元，这在当时看来非同寻常，为此被称为杨浦区文化系统的一只"雄鹰"。后来电影院破墙开店，开设了五角场首家"肯德基"洋快餐和"可颂坊"西饼屋。值得一提的是，售票厅下层经营的桃园咖啡厅，内设卡拉OK雅座，招揽吸引了许多年轻情侣，我与妻子的第一次约会，就是约在那里。无独有偶，前年与宝山区一位女企业家聚餐，无意中聊到这家电影院和咖啡厅，她说她与她先生的第一次见面，也是约在那里。可见，当年的桃园咖啡厅，按时下流行的说法，还是一个"网红打卡地"。

除了看电影、买新书、逛地摊，你可能跟我一样，在黄兴路上的修鞋摊请那位来自苏北的老唐师傅修过鞋，请隔壁修车摊上的小高师傅修过自行车；在翔殷路的元祖食品买过生日蛋糕；在四平路国定路口的"马大嫂"火锅店吃过38元的自助火锅；在淞沪浴室泡过澡，在群艺照相馆拍过照、冲洗过照片，在国济路

五角场有五只角，"空军政治学院"雄居"三只半"。
九十年代初作者在翔殷路 1157 号"一号门"前留影。

刘光成　摄

五角场农贸市场买过水果、蔬菜；到共青森林公园吃烧烤、荡游船，去江湾机场水沟里钓过小龙虾，去五角场文化中心跳过交谊舞……

九十年代中期，翔殷路黄兴路口开出了"淮都""久天"两家商场，接着在翔殷路淞沪路口开出了"旭阳""三峡"，还有政益路服装街、"海马市场"开张营业。从那时起，五角场商店林立，商品品类齐全、琳琅满目，周末购物不必再去四川北路、南京东路。随之而来的各种餐饮也如雨后春笋般涌现，传统美食和洋快餐中西合璧。肯德基、麦当劳、必胜客先后入驻，邯郸路上的傣家酒楼，翔殷路上的西安饺子馆，政旦东路的东北人家，各类美食相继诞生。中大型餐饮酒店先后有老丰阁、星晨（唯一现存的餐饮老店）、宏通海鲜舫、中星美食娱乐城等等。95年前后在政通路上开了一家金岛温泉浴场，花几十块钱可以泡温泉、穿着浴衣吃自助餐和躺在浴场里看演艺节目，给我们带来了一种全新的消费体验。"五角场人"从此开启了丰富多彩的生活模式。

（四）

五角场虽地处上海一隅，却是一个人文荟萃、名流云集、人才汇聚的黄金角。一不小心，与你迎面擦肩走过的，可能是复旦、同济的某位知名教授，或者军队某个专家。据复旦大学著名历史地理学家谭其骧教授的日记记录，那个年代进一趟城不容易，从复旦到市中心需要换乘3部公交车，每次来回折腾大半天时间，平时都会"去五角场转一转"。文史教授贾植芳先生在日记里也经常写到陪夫人去五角场散步，"洗澡理发""修鞋""修钟表""配中药"和"银行存款"，常去五角场淞沪路上的新华书店"淘宝"和翔殷路邮局订阅报刊、邮寄书稿。当然，爱看电影的教授学者们也会是翔鹰电影院的常客。

五角场驻军多，海陆空都有。从前街上穿军装的人占比很高，人群中常有"闪闪的红星"。军改前，驻扎在五角场的几家军队和军事院校规格都很高，二军大、空政院和空四军都是正军级单位，每家都有将军一大群，1988 年授衔以后，将军们扛上了金光闪闪的肩牌，五角场街头常见"将星闪烁"，一不留神，你或许就看到有将军步行或骑车经过街头。

（五）

进入新世纪以后，既是中环线建设的需要，又是为了提升市级副中心品质和档次，五角场商圈几乎被推平重建，原先老旧低矮的建筑一律被拆除，一座座高楼拔地而起。2004 年，一个时代商业标志的朝阳百货大楼被爆破拆除，而作为时尚新标志的万达商业广场在原址上崛起；原先旭阳商厦的一角由商业航母"百联又一城"取代；东方商厦、苏宁电器商厦等商业巨头先后登陆开业。环岛上空架起了一座形似飞碟的钢铁"彩蛋"，每至夜间，霓虹闪烁，五光十色。宽敞的下沉式广场熙熙攘攘，人头攒动，轻歌曼舞。高架中环路从空中飞越而过，地下还有地铁、隧道，形成地面、地下和空中的立体交通网络。环岛周边，高楼林立，车流、人流各行其道，动线分明，秩序井然。最值得称赞的是，在核心外设置了一条辅环交通线，分流疏导车辆、人员，其中在新辟的国定东路上，建成一条集餐饮娱乐于一体的"金储休闲广场"商业街，吸引大批定向消费人群，成功培育成与核心商业区相配套的商业街区。

从此，五角场的发展驶入了快车道，城区面貌日新月异。2019年五角场镇撤镇改为长海路街道，而成立于1991年10月的五角场街道办事处，迎来三十周年庆典。五角场作为新崛起的城市副中心，每天人头攒动、车水马龙，这里既是繁华的商业中心、时尚打卡地，更是年轻人创新创业的一方热土。五角场的变迁，是整个上海城市建设的一个缩影。生活在五角场的人们是幸运的、幸福的；见证了这个时代的变迁、拥有这份回忆的人们更是幸运的、幸福的。

写于 2021 年 5 月

"五角场人"的集体记忆

2021 年 7 月 18 日，在上海市档案局与档案馆承办的《档案春秋》微信公众号上，推送发表了我写的一篇题为《天地冷暖，人间烟火：一位"五角场人"的情感记忆》一文，引起了无数人的共鸣，他们同样生活在五角场或者曾经在五角场生活过，大家争相阅读、转发，当日阅读量就破万，三天后这篇文章的读者更是接近三万。第二天，"澎湃新闻""上海老底子""个人图书馆"等多家媒体或公众微信号都相继转载了这篇文章。评论留言区更是热闹非凡，无论是熟悉或不认识的读者朋友，争相发表各自的感想，让我十分感动。以下摘录其中一部分，分享给本书读者（括号中的文字系作者补注）。

谢谢周老师对第二故乡五角场的厚爱，深情记录五角场的变迁，五角场人民感谢你！

——洪承惠（五角场街道办事处第一任主任）

感谢我的战友、兄弟和搭档，用心用情、有条有理地讲述五角场的前世今生和世纪变迁，为我们沉淀一段难以忘怀的情感记忆……在我们这些"五角场人"心中，它不仅仅是一个传承百年的地理标志，还是上海世纪腾飞的人文标签，更是我们三十年挥洒青春热血的一座纪念碑……

—— 潘伟民（战友）

回味当年五角场，仿佛又身临其境。

—— 李崇义（街道退休干部）

五角场，我们的第二故乡，激情澎湃的岁月犹如昨日，蓦然回首，皆已成翁矣！

—— "破天狂人"（网名）

两年的政院学习，让我不能忘怀。毕业后，每次去上海都会去五角场，都要到学校看看，并留影纪念。谢谢周同学，读了你的作品，让美好的回忆，历历在目！

—— 卫红（军校同学）

文章写的非常好，四十年前我曾经在空四军当过兵（在江湾机场集训），蹉跎岁月，记忆犹新，曾经的五角场变化非常大，回忆起了记忆深处的事情。

—— 强强强（网名）

满满的回忆。还记得翔鹰电影院旁边有个邮局，以前经常到这里寄包裹。

—— 汉芳（某商会副秘书长）

读来亲切。在五角场生活了近40年，发生在这里故事很多。在建党100周年之际，感谢战友周建新深度记述了五角场，留住了我们这代人的记忆。五角场这些年的变化，折射出上海的快速发展，反映了时代的伟大变迁。回望征程成就斐然，民族复兴已势不可挡！

——孙建华（战友）

温泉浴场印象深刻，我有个同学父母思维超前，那时还是福利分房，而她家就在政通路买了房子，前面就是这个浴场刚试营业，几个要好同学一起去她家玩。

——Benny（网名）

混在南空大院，在翔鹰电影院看的《古今大战秦俑情》，在五角场麦当劳偶遇过"复星"的董事会……

——"云涧好物"群里的鲲鹏（网名）

五角场凝聚了多少人的回忆，是复旦同济高校学子求学的考场，是红十字和生命线的战场，是科创企业家打拼的商场，是无数有情有义人士魂牵梦绕的广场……

——冰歌（战友）

读后让从小在五角场长大的我感触颇深，特别是翔殷电影院门口的洋餐厅，那可是小时候每个周末都要去打卡的网红地。

——张君平（公司同事）

五角场的变迁写得如临其境。从我懂事起，每年的寒暑假都是在五角场空政院度过。暑天的露天电影、冬天的浴室等都给我留下了难忘的印象和回忆。院里的子弟大家如同一家人，玩得不亦乐乎。

——杨媛媛（南京微友）

我是79年来五角场的，印象最深的就是五角场环岛那个交警，全国劳模；还有朝阳百货，那时觉得在里面做营业员很高大上；还有每次放暑假去复旦游泳馆游泳，在淞沪路旁边梧桐树上抓知了。那时，真的很开心，无忧无虑。

——钟灵芝（银行经理）

建新同学让我们回到了年轻的三十岁。记得刚入学，配宿舍钥匙，是在朝阳商场一楼，正在和师傅交流，被人从背后拍了一下，回头一看是在飞机场工作的航校同学，激动万分！在朝阳商场发现豫烟比郑州的价格低。贸易市场是每次回家探亲前都必去的地方，在江湾体育场参加拍摄电影……领导教员的培养和同学们的感情永驻心间。

——章大勇（军校同学）

正如文中开头所言"一提到上海五角场，相信许多人会眼中放光……"建新在那里一呆就是30年，他的情感是生了根的自然流露。我虽然只有短短两年，却也会眼中放光。在那里我见识了军队政治学院的殿堂；在那里板报爱好者开展粉笔画交流和比赛；在那里收到家中一封电报让我经历了一整夜的胃痉挛；在那里我几乎每个周末要换乘两趟公交车，去鲁迅公园旁的一个长途电话亭，给一个人打电话……

——吴建林（广空战友）

这就是老五角场，我家是79年搬到五角场，从小在这长大。记得第一部武打片《少林寺》在翔殷路二军大放映站播放，那真是人山人海，电影结束，厅内地上到处都是各式各样的鞋子，一地鸡毛。

——朱先生（某派出所所长）

还有老的五角场新华书店，那也是不得不提的记忆，上下两层，在里面也流连了许多时光。

——Chenyou（网名）

我 79—81 年在五角场与政校家属区一沟之隔的车间学习工作，与同学经常跨过小水沟到那里去钓小龙虾、抓蛤蟆。从那时起，对五角场有了一个深度了解，当时用的是公交月票，我们这些学生把五个角上的公交线"浏览"个够。

——曹为民（网名）

五角场除了有 55 路公交车，还有一条有轨电车，经过复旦大学到永安公司，起步 3 分钱。我父亲从上海市房管局下放到杨浦区下只角，当时很不开心。他说五角场饮食店的雪里蕻肉丝面不错，带我去吃过，阳春面 8 分一碗，雪里蕻肉丝面一角钱一碗……

——高玉伟（部队退休高工）

读书那会常去五角场的一家新疆饭店补补，门口烤肉摊人气一直很旺。

——叶建南（网名）

我的初中就是在五角场度过的，可以说是整个青春年少都留给了五角场，深有感触啊！

——天马行空（网名）

六十年代末在政通路的部队学习针灸，战友们在那里种了很多农作物（西红柿茄子豆角辣椒等等），长得非常茂盛，伙食团都吃不了，拿到营地外面去卖，一分钱一斤，一下子全被抢光……政通路的营房后来全部拆了，现在的五角场已经没有以前的影子了，但是她一直是我心中的一块宝地。

——大海（网名）

1990年左右的五角场，印象最深的是去小商品市场买牛仔服、看翔鹰电影院的通宵电影和吃四平路拐角的美味大肉包。

——钱忠华（网名）

我小时候住在黄兴路延吉西路，上世纪五十年代的小孩哪里有什么东西可以玩的，我们几个小孩经常到少云中学后面游泳，到江湾机场采"珠珠"……那个环形的空地上有个碉堡，东面原来是日本鬼子的司令部，建筑物好大。那时候到处一片荒凉，杂草丛生，行人很少。国顺路朝北五角场不到一点有部队营房，看电影8分钱，洗澡一毛钱；国权路、国顺路以东都是农田，但听说现在已经通到军工路了。短短几十年，现在五角场非常繁华了，我有次坐地铁8号线过去，乖乖，和市中心没有区别，真是沧海桑田啊！

——云卷云舒（网名）

我在上海这么多年都是围着五角场转。是啊，确实是个宝地，读书，安家，工作全在这里。

——杨凤培（微友）

拜读啦，五角场也是我很有感情的地方，看到周老师写的文

269

多年后回首五角场，
它就像是一座我们已经失却的伊甸园。

章觉得特别好，有历史有故事。

——黄昕蒙（复旦大学学生）

非常怀念国济路上那家东北老夫妻开的小面馆。

——宋邱立（公司合伙人）

读了建新的文章，往日的景象历历在目——三十多年前我从沈阳军区空军机关，考入位于五角场的空军政治学院读书，后调入学院政治部，和本文作者同在一个部门，94年转业到上海证券交易所。五角场的变迁是上海城市发展的缩影，怀念曾经在一起学习工作的战友。

——吴建国（战友）

五角场的快速发展符合年轻人的消费观念，一到周末更是汇集了几十万年轻人，不愧享有大学城的美誉。很少有人讲五角场的故事，周先生是个有心人。

——薛增（杨浦规划局退休干部）

来上海这么多年，唯独对五角场情有独钟，甚至于视为自己的第二故乡。记得零几年刚到这工作，还没有万达、百联，远没有现在繁荣昌盛。而我最有幸的事，就是见证了聚集美食小吃的国定东路从无到有，从寂静到繁华！致敬为五角场做出奉献的每一位工作者！

——王萍（微友）

有幸参与了五角场的规划与建设……（字少内容多、贡献大）

——真诚（网名）

以前五角场有个转盘，上面有一辆别克"赛欧"模型，还有很多双层公交车的55路。

——王胜美（微友）

周政委真是一个有心人，收集了那么多的回忆。我和五角场也相伴了30年，30年变化历历在目，被感动到了，文章记录的不仅仅是变化，还有史料价值。这个很了不起，为你点赞！

——张伟（战友）

建新的笔下不仅是对五角场变迁的介绍，更是饱含了一份对五角场浓浓的情怀。

——高建群（战友）

五角场是几所高校的中心，我见证了它的变迁。从最早的朝阳百货，大西洋百货，到万达广场、百联又一城和这几年刚刚开张的合生汇及凯悦酒店，让下只角的五角场变成了市民时尚浪漫的休闲场所。每当夜幕降临，华灯初上，绚丽夺目的霓虹灯让人心醉。

——彩舟云淡（网名）

五角场第二故乡，留下了满满的回忆，祝愿五角场越来越好，战友、朋友们幸福如意！

——Taran（网名）

言词质朴，忆往寄思，叙事融情，以"五角场"变迁映衬"五角场人"情感，真切耐味，越品越甜！我在政院先后学习了4次，05、08、14、17，虽算不上完全的五角场人，但对五角场的变化历历在目，对五角场的情意随岁月愈浓。感谢周哥，让我们又增加了一份幸运与幸福的感动！

——曹政委（某部首长）

当年去五角场，车少路长，还要轧闹猛挤公交。那时的江湾体育场，看场球并非易事，曾几次去五角场尝过这种味道。地铁通了之后，我也旧地重游，看到的是另一番情景，换了人间。如今五角场商圈，是杨浦地标，是上海的东部繁华地区。社会发展还要依靠经济发展，靠人去艰苦奋斗。

——"上海老底子"岷江（网名）

读完这篇文章，自己的思绪一下子回到了孩提时代。在那物质匮乏的年代，每当来到离家仅几里路的五角场，仿佛去南京路、淮海路那样新鲜和好奇。走进每一家商场，都会目不转睛，走过每一家食品店，都会被扑鼻的香气所陶醉，虽然囊中羞涩……五角场伴随着我们成长，我们也见证了五角场的今昔，从一个破烂不堪的小集镇，成为大上海东区无人不知的繁华都市。

——茅一鸣（保险专员）

五角场我虽然只生活了短暂的一年，但记忆犹新。拜读佳作，更让人能全面客观地了解五角场的发展过程。空政院在五角场就占了三个角，一提到五角场，就让人想到了空政院。文章高瞻远瞩，客观真实。

——周旺成（军校同学）

女儿考上复旦读书，五角场，似曾熟悉，又很陌生。读文章两遍，转发了！

——小雪（微友）

桃园咖啡厅内设卡拉 OK 雅座，招揽、吸引了许多年轻情侣，我与妻子的第一次约会，就是约在那里。

——孙海东（网名）

我们在淞沪路开了 5 年裁缝店，现在再去不认识了。

——红娘会所（网名）

那时我在五角场农行上班，中午经常约了同事去单位对面的发廊做头发，店面不大，墙上却贴满了港台明星的大头照，我们学着她们的样子把刘海儿，也吹得高高的。路边摊位上 5 毛钱的"油墩子"很好吃。

——阿黎（微友）

朝阳百货后面的淞沪路小学和隔壁的向阳幼儿园，留下了我的童年，记得那时的向阳幼儿园竟然还有泳池。有时做梦还会回到那个农贸市场，仿佛闻到那里温州电烤鸡的香味。江湾体育场，爷老头子帮我讲，他跟丈人阿爸在那里看过有贝利的足球赛。初中放学后跟同学从黑山路走到五角场，兜兜小吃摊，在地摊上淘淘磁带、发饰、粘纸、贺卡、洋娃娃……好怀念。

——odd（网名）

此情可待成追忆，感谢周先生！

——一举（网名）

2021 年 9 月整理